闽南师范大学"文化诗学理论与实践"重点项目成果

本丛书得到闽南师范大学出版基金资助

闽南师范大学文化诗学研究丛书

文化诗学之文本解读

沈金耀 著

中国社会科学出版社

图书在版编目(CIP)数据

文化诗学之文本解读 / 沈金耀著 . —北京:中国社会科学出版社,
2016. 5
ISBN 978-7-5161-7628-3

Ⅰ. ①文… Ⅱ. ①沈… Ⅲ. ①诗学—研究 Ⅳ. ①I052

中国版本图书馆 CIP 数据核字(2016)第 032678 号

出 版 人	赵剑英
责任编辑	冯春凤
责任校对	张爱华
责任印制	张雪娇

出　　　版	中国社会科学出版社
社　　　址	北京鼓楼西大街甲 158 号
邮　　　编	100720
网　　　址	http://www.csspw.cn
发 行 部	010 - 84083685
门 市 部	010 - 84029450
经　　　销	新华书店及其他书店

印　　　刷	北京君升印刷有限公司
装　　　订	廊坊市广阳区广增装订厂
版　　　次	2016 年 5 月第 1 版
印　　　次	2016 年 5 月第 1 次印刷

开　　　本	710×1000　1/16
印　　　张	15.5
插　　　页	2
字　　　数	252 千字
定　　　价	58.00 元

凡购买中国社会科学出版社图书,如有质量问题请与本社营销中心联系调换
电话:010 - 84083683

闽南师范大学文化诗学研究丛书

主　编：林继中

副主编：祖国颂（执行）　李春青

编　委：沈金耀　吕贤平　张嘉星　张则桐
　　　　张文涛　黄金明　孟　泽

目 录

丛书总序

"文化热"已多次被宣判"过时了"，但它总是在更多的领域顽强地冒出头来！它渗入各学科研究，且未有穷期。究其原因，就在于文化本是人类自身的影子，甩也甩不掉。无论是物质的，还是精神的，只要涉及人们的行为方式，都可归入"大文化"。这种海纳百川式的品格正是它的生命力之所在。也因为它的深、广、大，所以不可能被一次性地认识，因此它总是潮汐般时起时落，永不停息。潮汐过后，沙滩上似乎平白如故。然而，从长远看，它却不断地改变着大海与陆地的疆域。

自 20 世纪 80 年代改革开放以来，西方各种文学思潮也相继涌入中国，可谓"你唱罢来我登场"，只是"各领风骚若干年"。不过即使在西方，各种思潮此起彼伏变动不居，也是常态。人们认识事物总要从具体、个别到整体，通过不断分析、归纳、综合，站上新高度俯瞰整体。从"分野中峰变，阴晴众壑殊"始，至"会当凌绝顶，一览众山小"终。是的，各种理论思潮激烈地碰撞、融合，需要一个更大的"力场"。文化，作为中介与互动、互构的攸关方，成为理想的力场。文化诗学高唱于形式主义、结构主义、解构主义、西方马克思主义、女权主义、后殖民主义、现代主义、后现代主义等五光十色的思潮交错横流时代的后期，并非偶然，它至少反映了学术界需要进行一次从外部研究到内部研究、微观研究到宏观研究的大整合的需求。文化诗学大有可为。居于这一认识，漳州师范学院（现已改名闽南师大）比较文学研究所决定改名为文化诗学研究所，并于 2000 年 11 月由《文艺理论研究》编辑部、山东大学《文史哲》编辑部和福建省漳州师范学院联合发起，漳州师范学院文化诗学研究所承办，在漳州召开了我国第一次文化诗学学术研讨会。此后，我所成员在《文学评论》、《文艺理论研究》、《文史哲》、《文艺报》、《福州大学学报》

及本校学报发表了一系列论文。会后十五年来，人员或有变动，但队伍不散，目前仍有十来位研究员坚持本项研究工作。由于我们内部经常就某些主题切磋，并与兄弟院校多次进行交流，所以虽然尚未形成总体相对固定的理论框架，各种不同的专业话语也让人难免有"杂"的观感，合而未融，但已有了核心的共识。诚如首任所长刘庆璋教授所指出的："我们认为，'文化诗学'在'诗学'前冠之以'文化'，首先在于突出这一理论的人文内核，或者说，在于表明：人文精神是文化诗学之魂。""同时，尽管'文化诗学'这一理论术语是美国学人最先提出来的，但它对于我们中国学人来说，倾心于此论，可以说是我们民族长期文化积淀形成的文化基因使然。因为，自'诗三百'起始的中国古代文化，就充满了诗性精神，诗与文化的联系之紧密达到了整个文化被诗化的境界。"我们又进而认识到：文学与文化系统之间是一种双向建构的关系，所建构的归根到底是人文，是人性。现在，我们以丛书的形式发表我们初步的研究成果，以求教、就正于同道学人，以期推进本学科建设，诚盼读者诸君不吝赐教。是为序。

林继中
于闽南师大文化诗学研究所

前　言

　　什么是文化诗学？如何从文化诗学的立场解读各种文本？文学有什么用？思考这些问题是本书的出发点。

　　文化诗学是一种整体性的文学批评，将文学活动视为人的生存的重要内容。

　　人的历史就是人不断成为人的历史，从文化的角度看就是人不断地创造各种文化成果，并不断地文化自己（塑造自己）的过程。各种文化成果，就是人在生存中，要不断解读的各种文本。对各种文本的解读是人理解世界的基本途径，是生存的起始环节，所以，文本解读实际上不是一个技术问题，文本解读关涉到人如何理解世界，如何塑造自身的问题。

　　本书并非一本讨论泛文本解读的书，主要讨论的还是文学文本及与其相关密切的文化文本的解读。但需要说明的一个基本立场是，文化诗学的文本解读不是将文本看作一个客观的研究对象，而是思考人们如何在不断的解读中创造新的文本，文本解读如何影响读者的自我塑造，本书将在这样的关系中思考文本解读的问题，阐释文学与人生的相互建构。

　　因此，文化诗学理所当然地主张在广阔的历史文化之中解读文学文本，因此文化诗学面临二重文本解读难题，一是在重构的历史文化语境之中解读文学文本；一是如何透过复杂的文本之网重构历史文化语境。所以，文本解读对文化诗学的文学批评而言显得尤为重要，故本书在阐释文化诗学基本观念的基础上研究文化诗学文本解读的方法与策略。

　　本书分为上下编，上编讨论什么是文化诗学，文化诗学对人的文化的思考，文化诗学的基本观念、立场如何导致文化诗学的文本观念，在这个基础上展开文化诗学的文本解读。

　　下编从第五章开始，具体讨论文化诗学的文本解读。第五章先概述文化诗学的文本观念与文本解读的实践，随后分别从继承中国传统思维方式、尊重文化中的文本自律性、从文字细读开始文本解读、人的诗意向往与文本的善意解读等四个方面讨论文化诗学的文本解读策略。

第一章　文化诗学之道

当今"文化诗学"已成为一个流行的学术概念。但文化诗学之道——何为文化诗学、文学诗学的学理依据、文化诗学的实践及其意义等等，仍需认真辨析，以作为进一步研究的基础。

第一节　何为文化诗学

首先，简单地说，文化诗学是一种文学批评的实践。有的学者说是一种新的文学理论，有的说是一种方法，认真想一下，还应该是一种不拘于某种理论和方法的文学批评实践。如美国文化诗学提倡者史蒂芬·格林布拉特所述，西方马克思主义、后结构主义、文化阐释人类学等理论方法他都有所借鉴，但他也不归属于任何一种理论营垒。[1] 从现有的材料看，现代意义上的"文化诗学"最早出现于美国学者史蒂芬·格林布拉特的著作中，中国从 20 世纪 90 年代开始也使用文化诗学的概念。关于中国的文化诗学的兴起和发展已有许多论文从不同角度描述过了，本书不再赘述。在全球化程度已如此之深的现代世界，一种学说的提出已不可能是纯粹的美国货或中国货，文化诗学也是如此。

从格林布拉特的文章看，文化诗学的提出与马克思主义、后结构主义理论存在学缘关系，他将文学和艺术视为社会实践不可缺少的组成部分的立场颇能引起中国学者的兴趣。中国的文学传统也十分注重文学的社会功能及其与历史文化的复杂关系，因此，文化诗学在中国的兴起也是有自身的文化基础的。

---

① 参见张京媛编：《新历史主义与文学批评》，北京大学出版社 1993 年版，第 2 页。

　　但作为现代的文学批评实践，我们仍需细心辨析它的现代学术品格。

　　第一，文化诗学的出场是对审美诗学的反拨。现代西方文学理论中的"诗学"是对文学形式的体验、分析。① 对文学作品进行形式批评，最为典型的是新批评，力求将文学作品当成一个独立的艺术世界，进行文学文本自身的细读。在诗学前加上文化，体现的意思是将文学艺术作为社会文化的组成部分，从而在它与其他文化因素的复杂关系中解读文学作品的丰富意义。在中国，20 世纪 80 年代在社会文化领域出现美学热，文学艺术的审美特征被强调、突显，在 90 年代随着社会改革开放、市场经济不断发展，那种将文学艺术定位为高雅、非功利审美对象的文艺审美理论显出它的局限。90 年代前后，中国现代意义上的文化诗学也适时而兴了。在文化与审美的关系上，中国当代的文化诗学一出现立即产生分化，有的学者在提倡文化诗学时排斥对文学文本的审美解读，有的则在文化阐释的同时包容文学文本的审美解读。这种分歧缘于更深层次的文化理论及美学理论分歧，这也展开了一个问题域，即如何看待文学文本的审美解读、审美鉴赏在当代文化中的地位和功能的问题，如何描述、理解当代人的审美活动的变化及发展的问题等。

　　第二，当代文化诗学借鉴新历史主义的历史观与文本观。如果只是将文化诗学理解为从社会文化整体入手研究文学，那还未能体现它的现代学术品格。如童庆炳先生所说："文化诗学不是什么新鲜的东西。中国古代文、史、哲不分，那时的研究就是一种综合性的研究，而研究的成果就是文化诗学了。我认为像孔子的'兴观群怨'说、孟子的'以意逆志'说和荀子的'美善相乐'说等，都是最早的文化诗学。"② "最早的文化诗学"还不是当代学者提倡的文化诗学，我们要在传统的基础上接着讲文化诗学，阐释"传统文化诗学"的现代意义。现代学术意义上的文化诗学，深受新历史主义的影响，也因此而有别于旧历史主义的文学批评实践。历史地解读文学文本，这是旧历史主义与新历史主义的共同之处。但如何重构历史文化语境，则显出新历史主义与旧历史主义的不同。首先是

---

　　① 如乔纳森·卡勒的《文学理论入门》："在文学研究中……诗学以已经验证的意义或者效果为起点，研究它们是怎样取得的。"（《文学理论入门》，李平译，译林出版社 2008 年版，第 64 页）

　　② 童庆炳：《文化诗学是可能的》，《江海学刊》1999 年第 5 期。

对历史本体把握的不同立场，旧历史主义认定历史发展有其自身的规律，正确的历史叙述应当阐释历史发展的必然性，将某一阶段的历史作为一个有内在联系的整体进行描述。新历史主义更看重历史事件发生的偶然性、断裂性，力求审视历史的总体，因此主张突破各种强调连续性的描述模式，将各种偶然性、断裂性的事件纳入历史描述，因此各种描述均有其一定的合理性，拒绝承认唯一正确的描述。其次，是对历史叙述文本的看法不同。如果承认历史本体中的偶然性、断裂性事件的存在，那么，对历史进行描述的文本就不可能是对历史的"客观、真实"的描述，各种历史文本的构成，都是叙述者依据一定的理论前提、叙述模式，从某种特定的立场出发做出的叙事。在叙事时，总要对断裂、偶然、分散、零碎的事件做一番选择、排列，使之形成合乎规律的、体现必然性的历史整体，因此，任何历史叙事都不可避免地体现了叙事者的立场、态度和偏见。因而新历史主义进一步认为各种历史文本的建构免不了对各个断裂的历史事件进行情节的编排，使之成为人们可以理解的有故事情节的历史过程，因此，历史文本都具有虚构、修辞的成分。在这一点上新历史主义与旧历史主义表现出重大分歧。由此引出的问题是，我们应该如何对待历史文本及其叙述的历史的真实性？对文化诗学研究而言，则具体化为我们如何重构历史文化语境？因为，如果要在具体的历史文化语境中解读文学文本，那首先如何重构历史文化语境就是一个重要的问题，我们只能通过各类文本去重构历史文化语境，所以新历史主义对历史叙事所提出的各种问题我们都必须面对，并做出自己的思考。

　　第三，全面阐释文学在社会生活中的功能，突出文学与现实人生的相互建构的功能。传统文学理论常用表现、反映、再现、模仿、象征、隐喻等术语描述文学与现实生活的关系。文学的功能与作用是多方面的，自从有了文学，文学本身就具有多方面的功能与意义，在众多功能中不同的文学理论话语往往特别突出某种功能罢了。文化诗学从新历史主义的角度出发，揭示文学与社会生活的多重关系，突出强调文学文本与现实人生的相互建构关系。如格林布拉特在《走向一种文化诗学》一文中分析电影对美国民众的意识形态的建构，关于两桩杀人案的小说和电视剧与真实事件相互构成的描述，意在阐释文学艺术与现实人生的相互建构的关系。同时指出这种相互建构的关系，很难用传统文学理论术语诸如表现、再现、象征、模仿等术语来表达。其实，中国传统诗学对文学与人的教化有更为丰富的论述，只是在近代审美至上的文学理论视野中被遮蔽了。这里引出了一个文化诗学的问题域，即现实文化如何建构人格，现实中的人是否还有保持主体性的可能。许多新历史主义、后结构主义的阐释认为，当代社会中大写的人死了，认为所谓人的主体性只是一个神话。但现实中的人并不甘心处于被建构的处境，所以人的自我塑造与被塑造就成了一个值得研究和探讨的问题，由此引出大量的问题。这是文化诗学研究引出的问题域。

　　简要考察文化诗学的兴起及其现代学术品格，我们似乎可以说文化诗学是对以往各种文学理论话语的突围与超越。它主张的是重返文学活动的实际本身，更全面地重新思考文学活动的性质与功能。

　　因为，各种文学话语先在地阐释了文学的性质、功能、意义，当我们依据某种文学理论话语解读文学文本时，已被先在的阐释裹挟而去，当我们习惯于某种文学理论话语时，我们又往往顺其自然地"正确地"解读文学文本。实际上，我们已是在某种理论的制约下、规范下，很可能不自主地、无意识地在某种遮蔽下解读文学文本。所以，如果我们力求更合理、真实、适当地解读文学，就必须反思各种理论在我们身上所造成的理论前见，让文学批评的实践穿透各种理论话语的屏障进一步靠近文学活动本身，穿透各种历史文本把握历史真实从而重构历史文化语境，在双重穿透中更充分地阐释文学文本的意义，阐释文学活动在现实人生中的功能与意义。

　　当然，我们也不至于天真地认为我们可以容易地恢复一种"天真"的眼光，纯客观地解读文学文本。上述所谓的进一步靠近文学活动本身，只是表明批评者的理论自觉，对各种理论保持反省的立场，自觉清理、反思自己的理论前见。文化诗学之"文化"二字，正是表明了这种文学批评实践的理论自觉。文化是一个包含人类所有创造成果的概念，以文化标志诗学，不同于以某种理论标志的诗学，如结构主义诗学、现象学诗学等，这些说法表明某种文学理论是依据某种哲学理论建构起来的诗学，而"文化"二字，表明它并非局限于某种现成的理论，而是对各种理论辨析之后采用合适的理论或自己创立某种理论。（文化诗学的倡导者可能未明确宣称或不敢妄言创立新理论，但似乎有这个倾向）然而，将文化诗学理解为一种文学批评实践，并不意味着文化诗学的文学批评不必借用任何理论，因为，任何文学批评总离不开各种理论视野及理论方法，号称不必用任何理论的人往往是使用某种理论而不自觉而已。因此，我们更强调的应该是理论上的自觉，一方面对自己所使用的理论进行必要的反思，理解所用理论的长处与局限；另一方面以开放的态度面对其他理论，在深入思考的基础上借鉴各种理论成果。当然，最理想的状态是创立自己的理论。

在全球化的时代，一种学说、实践方式的出现，已经很难说是纯粹的美国或中国学术，因此，我们讲文化诗学应有开阔的视野，必须回应新历史主义、解构主义在人文科学领域提出的课题，认真思考并解决文化诗学的基本问题，使文化诗学成为一种有效的文学研究方法，成为一种有益于人类自我塑造的文学批评实践，或可能成为一种有实践意义的理论观念。

第二节　文化与诗学的结合

由于文化的复杂性，文化观念的多重阐释，我们要对文化与诗学的结合作出我们自己的思考。

文化诗学，如果要将它作为一种学科、实践、理论，首先困扰我们的就是对"文化诗学"的界定。由于文化是一个多义乃至含义相反的含糊概念，在多义的"文化"观念的基础上阐释的文化诗学也杂乱多义，让人无所适从。在这种情境中，我们的思路是返璞归真，返回文化、诗学立足的源始之处，重新出发，阐释我们关于"文化"与"诗学"的理解，从而理解现在所说的"文化诗学"有什么意义，文化诗学的研究可以做什么以及能够做什么。

现在流行的"文化"概念，公认是一个外来的术语。在英文中"culture"这个词的一个原始意义是耕作，后来引喻为对心智的培养。在中国古代，"文"与"化"分别使用，是两个词语。"文，错画也。象交文。""化，教行也。"（《说文》）当两个字合用时，是文治教化的意思。在这里不做词源考证，而是借文化这个词的较早的用法说明"文化"较为原始的一种含义，即"文化"是"人化"的过程，是人成为人的过程，应理解为人的存在的展开，理解为人不断地"文化"自己。

人如何"文化"自己？人类创想种种理想境界，创设了典章制度，建构了家庭国家、创造了各种器物，创作了各种文学艺术，形成了形形色色的生活方式……以致当人们一想到文化时，就自然而然地将文化理解为各种文化成果，往往从物质、制度、习俗、思想等文化既成物来理解和把握文化。于是，有了科技文化、政治文化、民俗文化、艺术文化、宗教文化，还有饮食文化、广告文化、企业文化等等的所谓"文化"。人类正是在创造各种文化成果的同时，也现实地文化了自己本身。或者说，人类正是以创造各种文化成果的方式在现实中"文化"了自己。如果以这种方式思想"文化"，那文化应该区分两个基本含义。第一，作为动词的文化，文化就是人类不断地在培育自己、完善自己，这是中外皆有过的原始的文化意义。第二，作为各种文化成果的总称或特称的文化，是人的本质力量对象化的既成之物，可以分成物质、制度、精神三个层面或分成更细的各种门类的文化成果。

现在流行的各种文化研究，基本上是针对各种文化现象、文化成果的研究。文化诗学，要与各种文化研究区别则必须有自己的学理起点。在上述两个文化的基本含义之中，哪一个是文化诗学可取的出发点，这是我们在这里要提出来的问题。要解决这个问题，须对"诗学"做一番辨析。

一般而言，在现代学术环境中"诗学"作为一种理论，是指研究文学的艺术的理论。但这种意义上的"诗学"似乎不能直接用于"文化诗学"这个术语的构成。在人类的文化成果当中，文学艺术是一种独特的现象，也是文化的重要组成部分。同时文学艺术在人的"文化"过程中起着特殊的作用。比如诗歌，作为最早的文学形式，它在文化中的作用就是多方面的。中国最早的诗集是《诗经》，对《诗经》的使用、解读、阐释就体现了诗歌的多种功能。而在近代，各种论著中流行的对中国诗文功能的主流阐释是抒情言志。如王文生先生说中国美学史"实际上是抒情文学的情味在理论上和实践中形成、发展以及全面扩张到其他文艺领域的历史"①。将诗文的主要功能定位于"抒情言志"，这个说法确实道出了"诗"的主要功能，但也遮蔽了诗的其他功能。王先谦《诗三家义集疏》：

"诗者，持也"者，亦《谱序孔疏》引《含神雾》文，取诗同

---

① 王文生：《中国美学史——情味论的历史发展》，上海文艺出版社 2008 年版，第 4 页。同时可参阅王文生：《论情境》，上海文艺出版社 2001 年版。

声字为训。孔云："《内则》说负子之礼云：'诗负之'。注云'诗之
言承也'。《春秋说题辞》云：'在事为诗，未发为谋，恬淡为心，思
虑为志，诗之为言志也。'然则诗有三训：承也，志也，持也。作者
承君政之善恶述己志而作诗。为诗，所以持人之行使不失坠，故一名
而三训也。"①

　　从此说，诗就是对人的心灵、精神、品德进行全面的培养与建构
（当然由于历史的局限，这里主要是自上而下地对人的"建造"）。而诗的
"言志"也不等同于现代所界说的表现个性或抒情。《左传·襄公二十七
年》记载郑伯在垂陇设宴招待赵孟，让子展等七人陪同。赵孟请那七人
"赋"诗，于是七人各诵《诗经》一章以言志。这里的"赋"即是诵诗，
借《诗经》中的诗句以表达自己的见解、看法、想法，而且往往游离原
诗的原意。"春秋外交常以赋诗表意，赋者与听者各取所求，不顾本义，
断章取义也。"② 这是《诗经》的文化功能的体现，"言志"在这里并非
指原诗作者的"抒情言志"。

　　从王先谦所述"诗有三训"来看，诗的原始功能主要是对人的"文
化"（教化）。然而，诗又是人作的，所以这里人与诗、诗与"人的文化"
有了多重的关系，研究人如何作诗、如何"赋诗"（诵诗、用诗），研究
诗对人的教化作用应该是中国古代"诗学"的原有之义。孔子所说的
"兴观群怨"正是这种诗学的要义。但不管怎么说，在现代的思想中，
"诗学"最基本的意义是关于作诗的思想。

　　那么作诗的本质特征是什么？作诗在人的生命活动中具有什么意义？
这是我们应该关注的问题。如果不将作诗仅限于"言志""抒情"，从诗
的发生、运用的实践来看，作诗最本质的意义是一种对人自身进行建造的
重要方式。在揭示人的真实生存的同时创想人的理想境界，由此实现人的
完善。正由于人的"情志"最为隐蔽，所以后世更多地关注诗在抒情方
面的功能，这也情有可原，但不能永远将诗的功能局限于抒情言志。因为
我们如果继续追问抒情言志的目的，还是应该归结于对人的塑造。亚里士

---

　① 王先谦：《诗三家义集疏》，中华书局 1987 年版，第 3～4 页。
　② 杨伯峻：《春秋左传注》，中华书局 1990 年版，第 1146 页。

多德论诗人的职责在于根据可然或必然的原则描述可能发生的事，这里也有着对人的引导和塑造的意蕴。将作诗的本质功能理解为对人的塑造，在现代也有更为直接的阐释。福柯说我们可以把一盏灯、一座房子当作艺术品，为什么不能把人的生命作为艺术品来建造呢？他说："我认为，只存在一个实践结果：我们必须把我们自己作为一件艺术品来创造。"① 因此，我们必须对"作诗"做一个广义的理解，它最基础的功能主要是"持人之行使不失坠"，是对人自身的建构。

从对人的建构来解读文化和作诗，立足于对人自身的塑造，那文化和诗学就有一种天然的密切关系，在现代组合成一个专有名词也就是自然而然的事情了。也只有在关于人的自我塑造的意义上，文化与诗学才天衣无缝地结合在一起。现在关于文化诗学的一些特征的解说也才有了切实的依据。比如说文化诗学的综合性、建构性、审美性、现实性等，也只有在关于人的建构上才可能完全统一起来。

因此，文化诗学所依据的文化应该是作为动词使用的"文化"，文化、作诗都解读为对人的培育、教化，文化诗学的学术旨趣在于研究人的文化过程，研究文学及各种文化行为对人自身的建构作用。

第三节　文化诗学的神韵

只要不是为了理论上的纯粹性，人们一般不会断然否定文学与现实生活、历史文化的密切而广泛的联系。我们会很自然地承认文学是文化的一个组成部分，文学作品在历史文化语境中产生，文学作品对人的历史进程的反作用等。由此我们也可以从文化的角度对文学做综合性的研究，可以将它作为一种独立的文化作品进行研究，也可以从人类学的角度进行研究，可以从政治学的角度进行研究，可以从宗教学的角度进行研究。而且，文学作为文化的组成部分，对文学本身的研究自然就是一种文化研究。即使是对文学艺术所进行的多学科、跨学科的研究，但不管如何综合、跨学科，如果缺乏文化诗学的神韵，它们还只能称之为文化研究。但

---

① 转引自［美］理查德·沃林：《文化批评的观念》，张国清译，商务印书馆2000年版，第278页。

是，既然提出文化诗学这个新概念，就应该认真思想它的本质特征，思考它与其他文化研究的微妙差别。

人之人化，人的文化不能在虚空中进行，人创造了各种物，在物的建造、利用、让物成为物的过程中人拥有了自己的世界。所以人对自身的建构，必然以对物的创造来体现，在建造物的同时也建构了人自身。同理，在文学写作的同时也在追求自身的人格形成、引导人的现实行为。在现实生活中，人们总要根据身处其中的文化历史以各种方式表示自己是一个什么样的人。一个有文化的人，可以说每个人都有关于自身的叙事，有自己的诗歌史、或小说史、或散文史（较多的是散文史，在当下有更多叙述方式，如博客、微博、微信等网络写作方式），以自己的"文学史"（叙事史）隐蔽地或公开地向自己或向别人叙述自己是一个什么样的人。但我们要注意这种自我叙述不可能是客观的叙述，往往是将自己理想化了。对自己做理想化的叙述，实际上说的是自己应该或可能是一个什么样的人，也就是说在自己的文学史中构筑自己的理想文化人格，并以此引导自己的现实行为、形成自己的现实人格。这或许是文学与现实人生相互建构的机制。文化诗学的旨趣正在于研究、揭示这个文学与人生相互建构的奥秘。

如果我们可以接受文化、作诗是人对自身的建构这样的说法，那重要的问题是：我们以何种尺度建构自身？

以"诗学"为名，人们顺理成章想到"诗意"。或许人对自身的建构应该是一种富有诗意的建构。这是可以接受的思路，但如同文化不能等同于各种文化成就、文化成果的既存形式，诗意也不能理解为某些经典的诗意表现形式。尽管诗、画的艺术形式及其经典作品，是诗意最为集中的表现形式。但"诗意"所指不能只是在经典诗歌、绘画作品中表现出来的"诗情画意"，这些"诗情画意"的表现只是诗意的某种表现形式（方式），尽管是经典的方式，但也不是诗意本身。诗意本身比任何经典作品的"诗情画意"更为根本。正是人的能动、自主创造的本质特征，使得人的生存是诗意的。人超越现实的美好向往是最为源始的诗意所在，基于这种美好向往的生存，就是一种诗意的生存。如海德格尔说："作诗是本真的让栖居（Wohnenlassen）。不过，我们何以达到一种栖居呢？通过筑造（Bauen）。作诗，作为让栖居，乃是一种筑造。"这样的作诗"只要善良，这种纯真，尚与人心同在"，"以神性来度量自身"① 就是根据诗意的本质作诗。或如马克思所说："动物只是按照它所属的那个种的尺度和需要来构造，而人懂得按照任何一个种的尺度来进行生产，并且懂得处处都把内在的尺度运用于对象；因此，人也按照美的规律来构造。"② 马克思所说的"构造"也应该包括对人自身的建造，如此说来，"美的规律"也是人建构自身的尺度，是一种超越现实的更为美好的尺度，"以神性来度量自身""按照美的规律来建造"就是诗意的建构。

作诗，应做广义的理解，是对人自身的塑造。人的历史，正是人类各种力量相互争执、斗争、协商、交易所得的结果。人类曾经以神的旨意、绝对的理念作为建构自身的尺度。因此，神、天子、理性在人的塑造中具有主导或超越一切的力量，人们服从外在的超越性力量而处于被塑造的地位。近代社会，技术理性的强大力量极大地改变了人们的生活，技术理性渗透至人类生活的各个环节，成为塑造人的重要尺度。另一重要力量是金钱，它获得了超越一切的力量，所以金钱也充当了极为强硬甚至几近暴力的建造尺度。人们以君王、绝对理念、金钱、技术理性作为建构的尺度，从而将诗意或"美的规律"的尺度遗忘了。人类共同在世界中"文化"（塑造自己），各种力量、各种方式、各种人在文化中相互争执、批判、协商、研究，由此产生彼此认同的人之为人的理想文化人格。我们往往站在各自的立场上追求公正、道德、平等，展开相互批判，但实际上只是以某种方式的文化来批判另一种方式的文化。在现代民主社会，人的建构已不可能只根据天子的旨意、绝对的理念来"建构"人，人们如何建构自己、文化自己应是各种力量相互争执、协商的结果。在各种文化批判、文化争执中，以诗意或"美的规律"为尺度进行的争执和批判，才应该称之为文化诗学。因此对诗意、美的规律的守护，采取神性的尺度，以诗意向往作为人的自我塑造的向度，正是文化诗学的神韵所在。

从人的自我塑造出发，人首先是一种以各种可能性引导自己生存的存在者。人以什么方式探索、想象生存的可能性？文学是一个重要的方式。

---

① ［德］海德格尔：《演讲与论文集》，孙周兴译，三联书店 2005 年版，第 198、214 页。
② ［德］马克思：《1844 年经济学哲学手稿》《马克思恩格斯全集》第三卷，人民出版社2002 年版，第 274 页。

在文学创作中，确实如亚里士多德所说，是描述可能发生的事，这个可能发生的事当然是人所做的，因此也就描述着可能形成的人格，所以在文学活动中，作者和读者共同建构着一个人甚至一个民族认同的理想文化人格，这个理想文化人格的内核是诗意或美的规律，一个民族的理想文化人格又以各种方式引导并内在地塑造着现实中的人。

当然我们也注意到理想文化人格的具体内容是历史性的，不可胶着凝固的。但无论如何，人类需要一种富有诗意的理想文化人格，它包容各种美好向往而超越各种文化偏见。

第四节　文化诗学的文本解读

人的文化，人对自身的建构，建基于人对万物的理解。对自然万物意义的阐释，实际上是将万物作为各种文本来解读。所以文化诗学的文本解读以文学文本作为主要解读对象，但不能只限于文学文本，必须扩大文本的内涵，凡是阐释对象的意义，这个对象就可以当作文本来对待。刘勰《文心雕龙》的《原道》篇，论述日月山川都是"道之文"，人文也是"自然之道"，进而指出"旁及万品，动植皆文"。① 刘勰《文心雕龙》中的"文"不能等同于我们这里所说的"文本"，但其中的思想是可以借鉴的。自然万物，如果当作道的表现方式，反过来，我们也可以通过自然万物解读"道"的奥义。所以，中国传统思想中又有"澄怀观道"的说法，在这个意义上，自然万物（包括人及其所创作的文化成果）都可以当作文本来解读。在当代，似乎应从人的生存的角度看待人们对万物的解读，正是生存的需要，人们必须正确地解读万物对人而言的意义，才可能安全、健康地生存，同时也只有正确地解读万物才可能更好地理解人在自然进化过程中的意义。也许我们可以遵从传统的文学观念，认为文学批评就是对各种文学文本的研究与解读，但我们还应意识到，各种经典的文学文本正是创作者对世界万物的特殊阐释，要深入解读文学文本势必与文学文本的创作者一样，具有对世界万物的解读能力。于是，从事文学批评的人索性也将世间万物纳入文本解读的范畴，从诗意向往的角度解读万物的意

---

① 参见周振甫：《文心雕龙注释》，人民文学出版社 1981 年版，第 1 页。

义。当然这也是从更为广阔的角度——即在历史文化语境中解读文学文本所需要的，因为要重建文学文本的历史文化语境，自然要解读各种历史文本，理解文本化的历史。所以，本书论述的文化诗学的文本解读，以文学文本为主要解读对象，旁及各种各样的文化文本。

如果着眼于人的自身建构进行文本解读，文本的范畴不限于文学文本，自然不能将文本解读仅仅当作一种认知技巧或方法，它更是人们生存过程中的起始的重要环节，也是建构现代文化成就的基本途径。各种类型的现代文化成就，是在各种力量相互影响、相互交往、相互制约之中建构而成的。人与人之间的交往、各民族文化之间的交往、人对自身的塑造和建构、各种文化力量的相互制约，这些行为的起始环节是相互理解。这种理解实际上是互为文本进行解读，于是文本解读的对象超出传统以"作品"为界限的文本，而是"动植皆文"的文本范畴。

如何解读"动植皆文"，这个意义上的文本，包括文学文本，正是文化诗学应该研究的重要课题。以什么立场、以什么方式、以什么目的进行文本解读，正是我们需要研究的课题，它不限于方法论意义上的文本解读，所以本书从文化诗学的文本解读策略着手展开相关问题的讨论。文化诗学打开的研究视域极为广阔，本人没有能力全面展开论述，所以本书主要限于以下几个方面讨论文化诗学的文本解读策略。

第一，文化诗学研究人在诗意向度上通过文学活动塑造自我、文化自己。诗意地文化自己这是最富创造意味的自我塑造。所以，本书从探讨文化创意开始，但这里所说的文化创意是指人对自我的塑造与富有诗意的文化构想。由此出发进行文学批评，将会重新建构研究对象、概念、方式。重新思考我们应如何看待文学，如何解读文学文本，如何更恰当地理解文学的功能。

人在文化自己，可由两方面进行思考。一方面各种文化因素都对人的塑造产生作用，文化传统以各种方式教化人，各种文化制度直接规范人的行为，使之成为合乎各种文化规范的有文化的人，这是文化对人的塑造。另一方面，每一个体的人也都是有意识的人，特别是当代人具有充分的自我塑造的意识，因此，一个国家、一个民族的文化也时时有新的因素出现，形成文化发展创新的动力。所以，人的文化是规范与创造的双重表现。文学活动作为人的重要的文化活动方式，文学话语对人的塑造具有重要作用。文学文本又是人创作的，所以文学文本与人的现实生活形成相互建构的关系。因此，文学活动是人的文化最典型的表现领域。在文学文本的解读过程中，人们不仅得到"审美享受"，也对人自身进行着自觉或不自觉地全方位塑造，当某种文学经典被广泛接受时，最直接的是构成一个民族的文化认同感，对个体而言，最直接的是通过文学经典的解读而形成自己的理想文化人格并以此引导自己的人生历程。

因此，文化诗学的文学文本解读高度重视文本解读过程中，对人自身的塑造作用。所以，文化诗学的文本解读，不能将文本仅仅当作科学研究的对象。

第二，在文化中理解文学文本的产生。在文化诗学的视野中，文学文本的产生排除了浪漫主义的创作观，认为文学文本并非天才独创。也不局限于将文学文本与现实的关系看成是反映、再现、象征等，而是同时揭示了现实生活与文本之间相互建构的关系。

各种文化力量的相互作用、协商产生了各种文学文本，文学文本参与现实人生的建构，这是文化诗学对文学与历史的基本把握。文学文本既是对现实的再现或反映，也是对人的内心世界的表现，它可以象征地再现这个世界，也可以隐喻地表现人的内心深处。但除此之外，文学文本与现实人生更是一种相互建构的关系，这是文化诗学的主要课题。由此，文化诗学的文学批评在文化过程中研究文学与现实生活的相互建构，研究各种文化因素对人的建构，研究文学文本解读对人的现实人生的建构作用。

要研究文学与实际生活的相互建构，自然要重视历史语境的重现。如果我们只是限于将"诗"放在文化语境中解释，那我们可能恢复了诗的曾有过的意义，但还是将文化等同于文化成果，将文学文本作为"科学研究"的对象，其文本解读的意义止于对文本的"正确认识"，还是忽略了文本与现实人生的相互建构的重要关系。所以，对历史语境的重现，是为了更好地理解在特定的历史文化中，人的现实生活与文学（文化）文本的相互建构的关系、人的文化过程。所以意识到"诗"的文本与现实行为的相互建构及相互建构中的诗性特征、诗意本质，应该是当代文化诗学与其他文化研究在研究视野方面的显著区别。

第三，文化诗学的文本解读视角。从人的文化出发，则应该在复杂的文化网络中解读文学文本。人的文化（自我塑造）是在各种精神文化方式的相互建构之中进行的。文学是内涵最为丰富的精神文化方式，文学文本的丰富内涵与精神文化总体的丰富性几乎相当，文学往往被当作某种文化的象征或表现。所以，各种理论也都可以在文学中找到可作为研究对象的内容而在文学文本解读中大显身手。正是将文化视为各种力量（包括精神力量）的相互建构，所以人们能够以哲学、人类学、宗教、政治、经济的方法解读古今中外各种文学经典文本，但这些研究方法仍然是来自各学科的单一的解读方法，只不过是它们将文学作为各自研究的对象罢了。

文化诗学的文本解读不是并列各种不同学科的解读，而应在复杂的文化网络中解读文本的各种丰富的含义。作为在文化中产生的文本，文化诗学的文本解读除了应读出文本自身构成的自律性之外，对文本与其他文化文本独特的相互关系更要加以研究，这一文本在何时出现、与何种文化文本相关、与其他各种文本的相关程度、与文化传统的断裂或继承等，都有其独特的关系，这些关系构成了文本在文化中的自律性。文化诗学的文本解读视角，应是高度重视文本在文化中的自律性，从而在复杂的文化网络中解读丰富的文本含义。

然而，这里也出现一个问题，就是我们如何把握文化网络的问题。一般的操作方式是重建各种历史文化语境。而为了重建文化语境需要解读各种文化文本，于是，关于古代文化文本的现代阐释、跨文化的文本阐释、现实文化文本的诗意阐释等作为文本解读的前提而成为重要的研究课题。

首先是对传统文化文本的解读。一方面应从传统文本产生的语境出发解读古代文本，但建构传统文化语境又需借助其他古代文本，我们陷于无穷无尽的文本之网，所以，我们必须尽可能地确定一个适当的文本链接。另一方面，对古代文本进行现代意义的转换，必然受制于当下的文本之网，我们也要选择适当的文本链接。有了这两个方面的意识，意味着我们在解读传统文本时，不能固守某种"权威""正确"地解读角度，要时时意识到我们的解读有一定的合理性，但同时也存在多方面的局限性。我们需尽最大努力梳理传统文本在文化中独特的文本链接，理解在这种独特链接中的互文性，才可能比较"正确"地解读文本、建构文本的意义。

其次，对跨文化的文本，应尽可能理解不同文化的特殊性，尽可能从文化自我阐释出发理解各种文化，不可将某种标准作为唯一正确、先进的标准衡量其他文化文本。尽可能理解本文化文本之链与其他文化的文本之链的关系，在跨文化的解读中建构富有建设性的文本意义。

再次，文化诗学注重传统文本的解读，但更为注重现实文化的研究，研究现实文化相互建构的展开、呈现、循环。在现代社会中对人的塑造最为直接的是政治意识形态，所以文化诗学的研究自然而然地较多关注政治意识形态对文学、对人的建构作用。文化诗学的整体性视角使我们看到主流意识形态对某些文化现象的遮蔽，但这些被边缘化的文化因素并不因为其被视而不见而消失，相反它们会以某种意想不到的方式报复主流文化。因此，着眼于人的全面发展、和谐发展，文化诗学研究必然高度重视这些非主流文化的研究，揭示非主流文化行为在文化中的合法性及其在人的塑造过程中的重要作用，揭示非主流文化行为对主导意识形态、主流文化行为的反抗与颠覆。当然，也分析、展示主流意识形态对非主流人群的"文化"，以主流的理性、文明、审美等"正面价值"同化或教化非主流的文化行为。由此我们可以看到，会有各种不同的文化诗学，因为对人的教化可以采用各种理论、通过各种途径，各种文化力量自然会提出塑造人的各种主张。但是，在现代民主社会不可能也不应该有一个绝对的思想和理论来教化人，人的理想文化人格，应是各方文化力量协商的结果，是各种理论思想相互建构的结果，这也就难怪格林布拉特要说文化诗学不是一种教义而是一种实践。如果将"文化诗学"弄成一种教义，则可能产生试图规范一切的文化霸权主义的文化诗学。

相互建构的文化意识，开启了我们对文学与历史、各种文化方式、各种民族文化之间的关系的新视角。我们特别强调在文本之网中解读各种文本。国门打开之后中西思想、学说、生活方式的互构已不可避免，当代中国学者已非单纯的"中国文化"，现在的问题已不是要不要相互建构，而是如何相互建构的问题。但深层文化的互构不是像中国人吃麦当劳那么简单，理论方面的相互建构需要中西学者的深思。文化诗学的提出开阔了学者们的视野，我们得以关注更为广泛、深刻的相互建构，值得我们思考的是一种深刻的互构何以可能、可行，由此探索新的人类文化之道。文学研究者，更是追求在广阔的相互建构中创立更为辉煌的文学理论和文学研究方法。

第四，对各种文本观念的反思。文本解读实践受制于文本解读者自身的文本观念。所以，进行文本解读之初有必要反思各种流行的文本观念。

　　首先，文化诗学的文本解读不能只限于文学文本。海登·怀特指出历史文本的建构也具有文学性或诗性（指创造性或虚构性），其实其他文化文本也可能是富有诗意的。各种文化方式总与人的自我建构相关，也都可能蕴含诗意，同样可以成为文化诗学研究的对象。特别是在现代民主社会，任何一种文化方式都不具有绝对的权威，都不可能垄断诗意。所以文化诗学的研究对象也就自然扩大至经典文学作品以外的文化文本，这也被现在的学者认为是文化诗学跨学科的表现之一。本来只是研究文学的"诗学"现在却研究文学之外的文化文本。也许，研究对象扩展至非传统文学文本才是文化诗学研究跨学科品质的主要表现？这里的问题是，非传统文学的文本如何成为文化诗学研究的合理对象？也许我们在对人的"文化"这个意义上可以说明非文学文本作为文化诗学研究对象的合理性。同时，从人的文化需求出发，也是我们解读古代文化文本的基本依据。

　　其次，应注意文本自身构成理性与非理性并存的现象。这有几个方面的表现：其一，文本对事件的描述，流行的文本观念一般都要求其真实、正确地再现事实本身。对此，我们更应注意要文本对事件的描述不管如何努力真实地再现事件，总是真与非真并在。其二，文本自身的构成，流行的观念是要求具有严密的逻辑性、完整性、一致性等所谓的合理性，但由于人的思维的局限性，所有文本都不可能真正做到彻底的合理性。基于以上两点，我们在文本解读中不能只使用理性思维，需要容纳非理性思维。问题在于我们如何在适当的节点运用不同的思维方式。对此，我们注意到中国传统思维的有效性，所以在第六章，本书一方面对经典传统文本做实例解读；另一方面也是探讨中国传统思维方式在现代文本解读中的应用，揭示中国传统思维方式在人类思维整体中的重要价值。

　　第五，善意解读与诗意向往的关系。如上所述，文本解读的过程也是人的自我塑造的过程，由此产生的问题是人愿意（希望）如何塑造自己。对此，首先是如何认识人性的问题，进而是在这个人性的基础上进一步塑造的问题。作为现代的学术思考，我们不可能将人性的根源归结为某种神的旨意，或天生不变的本性。如果说人的本性是天生的，那到底人性是善还是恶？这是一个永远争论不清的问题，因为不管是人性善还是人性恶的说法，都可以找出无穷的例子来说明，也可以找出无数的反例来辩驳。更合理性的认识，似乎应该说人性是在人的历史中历史地形成的。如果说人性是在人的历史中历史地形成的，那么主张人性善有什么意义？

如果说人性是在人的历史中历史地形成的，那么，先贤主张人性本善的实际意义是对人性建构目标的选择，也就是人应当向善建构自己的人性，而不是说人性本来就是善的。我们在现实中观察到的人性，都已经是人们在人的历史中建构的结果。对此，本书的第九章将做进一步的探讨。

如果说文本解读是人自我塑造的重要途径，人的自我塑造的最终目标是人的自我完善，那么，文化诗学的文本解读的基本原则应该是善意解读。首先，文学的文本解读应有益于人的自我完善；其次，在文化交往中，重要的是愿意真诚地表达自己并理解别人，表现在文本解读上的善意解读原则就是愿意公正地理解文本，善意地建构文本意义。

如果可以说，人性善的主张实际上是先贤对人性远景的选择，那么，这种选择就是最富诗意的人生向往。所以，在文化中的人的诗意向往就是不断向善的追求。所以，文化诗学的文本解读必然将善意解读作为一个基本的原则。

人在世界中诗意地文化自己。

大道流行，生生不已，阴阳互长，化生万物，是为文化。以《道德经》《周易》为文化根基的中国学者，本应更为方便地理解大道变动不居而又成物的"文化"，但一种泛科学化的理性思维往往使人不知不觉地将所思之物对象化、客体化，有意无意地忽略流行变化本身，"文化"也难逃此劫。当文化仅仅被理解为各种文化成果的集成，于是才有了人言言殊的文化以及"文化诗学"。因此，各种"文化诗学"在以各种文化成果为致思依据的同时也应思及"文化"本身，由此各种各样的文化诗学才有对话的共同基础，才能展开更合人性的文化，创立更富诗意的诗学。

第二章　诗意维度的文化创意

　　文化中的人与人的文化是一个重要的问题，也是一个与文化诗学关系密切的问题。

　　文化诗学研究的方法与流行的文化研究方法有很多的相通之处，文化诗学的独特之处是从诗意向往的维度思考人与文化的关系。

第一节　文化对人的塑造

　　从历史的角度看，文化是人创造的成就，同时在创造各种文化成就的同时，人也塑造了自身。但从当下现实的角度看，我们感觉到的往往是文化无所不在地对人的塑造与制约。我们不得不首先思考文化对人的塑造。

一　文化中的人

　　人创造了文化，在这个说法中的"文化"指的是总体的文化成果，或用威廉斯的说法，文化是一种整体的生活方式。当这样看待文化时，文化不能是一种唯心主义的产物，也不是单纯被物质基础（经济基础）所决定的后果。现在有个说法，叫作文化唯物主义。[①] 文化作为既存的社会历史成就，先于当下个体的存在而存在，作为一种整体的生活方式，对人进行全方位的塑造，个体的人也在这种生活方式中"文化"自己，使自己成为有文化的人，成功地融入社会。所以，我们思考"文化中的人"势必重视文化对人的塑造。"文化中的人"这一说法，意在强调现实中的

---

① 对文化的物质性的理解，参见欧阳谦：《"文化唯物主义"辨析》，《哲学研究》2012 年第 1 期。

人并非一个先在的、抽象的、既定的、独立的存在者，也不具有先验的、永恒的本质，而是在文化中不断建构自身的存在者。

　　当然，考察文化对人的塑造，也应看到人在实践中的"主动"创造。人也在不断地建构新的文化成果，进行自我塑造。所以，在"人的文化"（人的自我塑造）中，建构与被建构是并存的现象，文化诗学倾向于将人的文化看成是一个建构/被建构的过程。不必像后结构主义理论一样，过于悲观地认为"人死了"，或判定人永远处于毫无意义的碎片状态之中。

　　人创造了各种精神、物质文化成就，总体的文化成就构成现存的社会，人生存于社会之中，既存的文化建制、成果、规范不断实施对人的塑造。简约地说是人创造文化，文化反过来塑造人自身，文化是一个动态的过程，是人不断自我形塑的过程。所以，我们说人在文化中不断地文化自己。（后一个"文化"作为动词使用）这是一个循环反复的过程，不可能将问题单向度地、机械地认定某一方决定另一方，因为实际上是无法确定某一方为原点。理解文化与人的关系，有必要强调人文科学的思维方式，承认悖论式的人的生存，理解两极并存的关系，容忍在场/非在场（道可道，非恒道也）的言说方式，或许超越理性主义、本质主义的思维习惯，将可能更好地阐释人与文化的关系。

　　文化塑造人，在现代文化研究的视野里，人的主体性、身体、性别、他者等社会身份，都是在社会生活中经由某种特殊的生活方式、意识形态、话语等建构出来的。

　　在人的文化（对人的建构）过程中，对生活于现实社会的具体的人最直接最明确地进行塑造的是教育体系，一个国家的教育体制，就是最集中地对人进行塑造、规训的系统。在学校之外，家庭、宗教机构、艺术设施、社会团体也都在无所不至地实施对人的塑造，更有强制性的诸如监狱、法庭等司法机构对人进行强制性的约束。在现实生活中，人时时感到外界力量对自己的制约、规范、训诫，实际存在的文化（体现某种意识形态的生活方式）看起来似乎是一种外在的力量实施着对人的管制，但根本上还是人自己对自己的文化（对自身的塑造与教化）。所以，人类社会产生了政府，并愿意费巨资维护政府的运行，于是，在整个国家体制的统筹下，各种机构实施对人的"文化"。

　　文化对人的塑造是全方位的，控制、规训、暗示、诱导、强制各种方式都有，对人的塑造的实际运作的途径、方式、诱因是值得研究的问题。不同的理论视野往往从某一方面阐释文化对人的塑造，强调某种因素的功能与作用。有的主要揭示意识形态对人的塑造，这个视角更多地是揭露意识形态对人思想、意志、情感的扭曲。有的从话语的角度揭示各种话语暗中携带的无所不至的权力，由此控制人的身体（各种行为）。有的从语言与心理的关系揭示承载文化的语言对人的建构。在所有的文化因素中，我倾向于认为话语对人的塑造是最直接的，与文学研究的关系也最密切，所以文化诗学研究应更加重视话语研究的理论观念、方法的借鉴。

在不同的社会历史阶段、文化阶段，总有一些新的因素成为塑造人的力量，如图像（视觉）因素在当代社会中对人的影响就空前的强大，它对人的影响的力度、广度、强度已超越了日常话语、文字对人的影响。网络传播技术使得图像的获取、传送十分便捷，因几乎无所不在的获取图像的"监控""抓拍"正深刻地改变着我们的生活，整个社会正在实际地变成福柯描述的"全景监狱"。当然，作为一种便捷的传播手段，通过网络传播的图像也正成为人们展现自我形象的重要方式。图像化的表达成了一种最时尚的话语方式，因此，对视觉文化的研究就成了当前文化研究中的一个最具开拓性的领域，或许文化诗学也应该对此加以认真研究，但本书限于学力，对此暂且未加论述。

当然文化诗学还是要找到一个合适的角度研究文化对人的塑造。

二　文化塑造人

说文化塑造人，这个说法中的文化应是指人类创造的各种文化成就。个体之人初生即处于这样的文化之中，历史的文化成就从各个层面、各个角度对人进行无所不至的塑造。在文化研究中，各个学科从不同角度研究文化对人的塑造，与文学研究相关密切的主要是意识形态、话语等视角。

（一）意识形态

当人们特别关注意识形态对人的塑造时，可以发现是主张某种意识形态的人以各种方式塑造符合这种意识形态规范的人。当某种意识形态被建构成一个庞大群体的共识，从而在实际生活中形成了具有共同核心价值观的国家、民族。占据社会主导地位的利益集团则力求将他们的意识形态变成全社会的共识，并以各种方式展开全方位的以某种意识形态塑造人的进程。

何为意识形态？意识形态这个词有各种不同的用法和含义，主要观点是：

　　——它是一种观念，理想，价值或信仰的体现；

　　——它是一种哲学观；

　　——它是一种宗教；

　　——它是一种控制人们的但却是错误的价值观；

　　——它是一整套习惯或仪式；

　　——它是一种文化借以形成的中介；

　　——它是某个特殊的社会阶层，性别和种族集团所提倡的某种观念；

　　——它是权力结构中占统治地位的力量的价值观；

　　——它是一种文化围绕其主题生产意义和角色的方法；

　　——它是某种文化和语言的同盟；

　　——它是对自然事实的一种带有文化建构性的表述。①

由此看来，意识形态，可以理解为是某一利益集团大力提倡的，在特定的社会历史语境中用以塑造自己和别人的观念体系。意识形态产生于特定的社会实践之中，最终为经济基础所决定。意识形态，任何利益集团倡导的意识形态，意在规训人们的行为、思想，它可能使人接受不利于自己的观念、条件等。

意识形态的运作不可避免地偏向某个群体利益。但意识形态往往以各种方式取得合法性，如美感、客观真理、普遍利益等。用普遍共享的"美感"巧妙地表达和体现某种特定集团利益的意识形态。或者将某种意识形态偏见，阐释为客观真理，将集团利益粉饰为全民族甚至全人类的利益所在。文学艺术是意识形态宣传最为借重的方式，文学，在文化研究、文化诗学的视野里，不再是一种单纯的审美对象，它与主流的政治、宗教

———————————

① ［英］丹尼·卡瓦拉罗：《文化理论关键词》，张卫东等译，江苏人民出版社 2005 年版，第 82 页。

等各种意识形态有着复杂的同谋关系。当然，文化诗学从更为广阔的视野出发，更多地揭示了文学活动对主流意识形态的突破与反叛。

意识形态对人的塑造最终是要将个体的人塑造为合格的社会成员，使之具有"合法"的身份，使之在社会中扮演"合理"的角色，使之合乎规范地管理自己的身体，从而正确地行使权利和义务，从而形成一个"和谐"的社会。

（二）话语/权力

一个社会、国家的统治者不仅要掌握国家机器，而且要掌握意识形态领导权，这在葛兰西看来就是一种文化霸权。主张某种意识形态的群体，当力求让全社会、全民族的人接受某种意识形态时，一般是通过建构种种无所不至的话语来实现的。现代统治者的意识形态通过各种话语运作而成为整个社会的主导意识形态，由此表现出不同于传统政治权力的文化霸权。

意识形态这个词在西方的理论中名声不好，多用于表示政治偏见。因此，使用话语这个概念讨论文化对人的塑造，显得更客观、公正一些。在人类社会中流传着各种各样的话语，比如关于我们的人种根源，我们民族的本质特性是什么，祖国对我们意味着什么，什么样的生活方式是正当的，什么是科学、文明，什么是疾病与健康，作为现代人应有什么样的知识和修养，一个现代人应如何过好自己的一生等。各种话语看似受制于它们所描述客观对象、它们所阐释的各种概念和命题，其实对象和命题反而是某种话语建构出来的。各种各样的话语所隐含的规则制约着人们的思考，决定各种陈述的可能性，决定人们可以谈论什么对象、讨论什么主题、甚至预先决定什么是正确的，人深陷其中不知不觉地服从各种话语所具有的思想、方法、规则。通过各种话语，我们不仅接受了各种价值观念，甚至选择什么职业、在什么时间锻炼身体都听从某种话语的诱导、暗示。话语由此表现出它的制约人的权力。话语是无所不至的，它扩散到社会的各个层面、角落，因此话语携带的权力也是无所不至的。

当某种意识形态渗透到各种话语之中时，就可能真正实现对人的塑造。因此，当人们思考话语与权力的关系时，往往从谁能说话、谁有权说话、谁说话算数的角度谈论话语与权力的关系。其实，更重要的是话语无所不至地控制人们的思想、行为，让人自觉地以某种规则行事，它更多的是在这个意义上实现它的权力。所以，当代的文化批判，应当着眼于各种话语是如何形成的，它隐含的规则是什么，它建构了什么对象、概念、主题，它如何对人的思想、行为产生规范作用等，对这些方面进行分析和研究。

尽管权力无所不在，但在有权力的地方也存在着反抗权力的可能性。这个问题也可以与主导意识形态对人的控制联系起来看。意识形态尽管无所不在地塑造人，人也不可能超越特定的意识形态的影响，但人还是有可能突破某种意识形态的局限。在跨文化、跨学科的话语交流中，关注话语形成过程，可以帮助人们意识到某种话语的局限，从而反省自己所习惯的话语。

文化对人的塑造从某些重要的方面体现出来，如主体意识、身体等。

（三）被塑造的主体与身体

现代人最喜欢表现自己的个性，强调实现个体的独立性，强调个体的人生价值，最喜欢说"我就是我"，但往往没有意识到这些观念正是被建构的，不是天生自然的。当代文化研究以不同方式指出这一点。"后结构主义强调，主体不是一种自由的意识或某种稳定的人的本质，而是一种语言、政治和文化的建构。"① 克尔凯郭尔、叔本华、尼采在这方面已有重要的论述，如"尼采对传统道德的批判，意在指出作为主流意识形态所创造的主体，已被一种自虐的内在化的强制的价值观系统地训诫过了"。② 当然，在不同的现代理论中，主体这个词是有不同含义的，但各种现代理论都从各自的研究领域具体地研究主体性被建构的机制和过程。

在福柯的理论中，某种对象是由某种话语确定的，因此，主体性的确定也是经由话语而得到确定的。当然文化对人的规训不仅仅是说说而已。福柯以监狱、精神病院为典型案例，揭示了文化霸权通过身体的控制实现对人的灵魂的控制，被控制的灵魂从而造就驯服的肉体（主体）。"这种现实的非肉体的灵魂不是一种实体，而是一种因素。它体现了某种权力和效应，某种知识的指涉，某种机制。借助这种机制，权力关系造就了一种

---

① ［英］丹尼·卡瓦拉罗：《文化理论关键词》，张卫东等译，江苏人民出版社 2005 年版，第 93 页。

② 同上书，第 96 页。

知识体系，知识则扩大和强化了这种权力的效应。围绕这种'现实—指涉'，人们建构了各种概念，划分了各种分析领域：心理、主观、人格、意识等等。围绕着它，还形成了具有科学性的技术和话语以及人道主义的道德主张。但是我们不要产生误解，不要以为一种现实的人——认识、哲学思考或技术干预的对象——取代了神学家幻觉中的灵魂。人们向我们描述的人，让我们去解放的人，其本身已经体现了远比他本人所感觉到的更深入的征服效应。有一种'灵魂'占据了他，使他得以存在——它本身就是权力驾驭肉体的一个因素。这个灵魂是一种权力解剖学的效应和工具；这个灵魂是肉体的监狱。"① 雅克·拉康（1901—1981）的研究领域是心理分析，"通过把语言放在性心理发展的中心对弗洛伊德进行了重读。实际上，他主张主体是语言的产物，在语言之外别无他物"。②

　　主体如何被建构，我们在这里对福柯、拉康等人的具体论述不可能做进一步介绍，我们只是借用他们的结论说明看上去似乎独立自主的主体，实际上是被建构出来的。在这个基础上展开我们的思考。同时我们还注意到，不仅作为精神、思想的主体意识是被建构出来的，甚至我们的身体也是被塑造出来的。所谓的主体是从意识到身体都是被建构出来的，在文化中被不断地塑造着。

　　所以在现代文化研究中，不仅关注主体性的被建构，同时也考察人的身体的被建构。"文化研究强调身体不只是物质实体、生物数据或是生理学事实，在某种真实和重要的意义上来看，它是一种社会建构。"③ 这个观念对现代文化研究来说具有重要意义，它指明看上去像是自然生成的身体，其实也是在文化中被塑造的。当代文化研究表明：饮食、健康、体质、健美、仪式、气质、艺术、表情、性别等这些领域中的许多差异都是文化建构的结果，而不是天生自然的。

　　文化传统加上现代科技，使得对人的身体的建构呈现新的特征。对身

---

① ［法］米歇尔·福柯：《规训与惩罚》，刘北成、杨远婴译，三联书店2007年版，第32页。

② ［英］丹尼·卡瓦拉罗：《文化理论关键词》，张卫东等译，江苏人民出版社2005年版，第100页。

③ ［英］阿雷恩·鲍尔德温、布莱恩·朗赫斯特、斯考特·麦克拉肯、迈尔斯·奥格伯恩、格瑞葛·斯密斯：《文化研究导论》，陶东风等译，高等教育出版社2004年版，第31～32页。

体的塑造有了更直接、深入的手段，整容、器官移植、人造器官、基因改造等，对人的身体的塑造展现了深广而令人担忧的前景，因此对身体的建构、改造也成为当代一个重要的文化、伦理问题。这些问题是文化诗学必须关注的问题，这些领域的研究成果可以也必须作为文化诗学进一步研究的基础，但文化诗学不可能也不必直接研究这些问题。

与主体的被塑造相关的另一问题是关于他者的塑造。对他者的建构是主体建构自我所必需的，主人需要来自奴隶的确认。

人们在哲学、心理学、文化、民族等方面区分他者。"如果他人的行为因为有点陌生而冲撞了我们，一个简单的解决方法是假设他们的思想和感情与我们自己的精神生活是不一致的。各种主人、统治者和殖民者习惯上就是依赖于这种假设，并据此得出这样一个恶意的结论：他者的思想和感情不仅是有差别的，还是粗鄙和低级的。"①

西方文化主流意识形态将女性、黑人、同性恋者、残疾人、东方等建构为"他者"。

在民族、文化关系方面，西方文化建构了最大的他者"东方"。对他者既有暴力的压迫也有意识形态的压抑。如历史上西方对东方的侵略，在艺术上的欧洲中心主义，将他者的艺术视为野蛮、原始、落后的艺术等。一个落后、愚昧的东方是敌视东方的西方中心主义者的险恶用心建构出来的。

三　文学与意识形态的同谋与颠覆

考察文化对人的塑造，文化诗学与其他文化研究有明显不同，文化诗学主要还是考察文学活动对人的塑造，主要的表现形式是文学批评和文学研究。对文学批评和文学研究的责难，有一个流行的说法，就是文学批评和文学研究的概念、范畴定义不确定，逻辑不严密，对象不明确，界限不清晰。也有不少人因此而探讨如何使文学研究科学化，中国文学界在20世纪80年代曾兴起运用信息论、控制论、系统论等科学方法改造文学研究的热潮。确实，从科学研究的角度看（特别是从自然科学研究的角度

---

① ［英］丹尼·卡瓦拉罗：《文化理论关键词》，张卫东等译，江苏人民出版社2005年版，第130页。

看），文学研究和文学批评不够科学，但如果从人的实际生存状态看，为了更好地理解、把握、阐释人的生存实际，在科学方法之外我们还须引入非理性的思想方法，必须应用更为宽容（模糊）的阐释方式。文学理论中一些非理性、非逻辑的术语正是文学阐释人生真际所需要的。

所以，在研究文化对人的塑造时，与意识形态研究、话语研究、精神分析、宗教研究、社会学研究等有所不同的是，文化诗学的视野较为笼统、整体、感性、宽容，这与文学活动的实际情况是相适应的。文化对人的整体性塑造在文学活动可以得到充分的表现，文学对人生的描写不会限定于某种精确的科学视角。对人的塑造也不同于意识形态对人的规范、要求、训诫那样明确和具体，文学对人的塑造是温和、感性（审美）、整体的。由于文学的模糊性，在文学与意识形态之间，既存在文学与意识形态的共谋，也存在文学对意识形态的颠覆，文学表达的整体性和模糊之处隐含颠覆的力量。正因为文学的模糊性和宽容，它可以包容各种意识形态的具体内容而不那么尖锐、鲜明、暴虐，文学活动也难以避免意识形态的引导和制约，所以在这种情况下，文学与意识形态可能达成共谋的关系，即文学以审美、隐喻、含蓄、温和的话语传达意识形态的内容，让人在情感、心理的层面上，在毫无戒备中接受某种意识形态的观念、思想，甚至让人心甘情愿地接受统治者的意识形态，很可能是对自己不利的意识形态。所以，在历来的教育实践中，文学往往被用来培育学生的意识形态。孔子在他的教育方针中以"兴于诗"作为培育人的第一个环节，从我们现在的角度看，这很可能看中《诗》所传达的、为当时社会所认可的正确的意识形态。

文学的整体性叙事自然也包容了对意识形态的颠覆力量。各种意识形态对人的规范，实际上将人建构为某种相互割裂的社会身份。各种文化因素（法律、宗教、伦理、经济、制度、社团等）对人的塑造是将人塑造为某种社会身份，使之成为合乎社会需求的个体，由此而构成一个和谐的社会整体。但各种意识形态往往只是强调人的某一方面、某种特性、某种能力，而各种规范并非立场相同、谐调一致的，反而往往是相互矛盾、相互冲突的，由此在一个人身上体现出来的各种身份是分裂而非统一的。被忽视、被遮蔽的生存的其他方面总会找时机表现自己。而文学的叙事，是将人作为一个整体来叙事的，在人身上各种相互矛盾的因素被当成人的丰富性而得到保留和表现，这保留了对意识形态的反叛力量。

所以，文学的模糊性、包容性、整体性，特别是文学的感性特征也储备了对意识形态的颠覆力量。因此，孔子也明白以"诗"激发、引导人的生命力，但生命活动不会自然而然地合乎社会规范，所以，在"兴于诗"之后立即要求"立于礼"，以明确的规矩约束人的行为。我们也由此看到，人的生命整体肯定会超越某种意识形态而展开创造性的活动。"诗"激发的生命活力必然包含对陈规的突破。文学对人的描述，是将人作为一个完整的、鲜活的生命来叙事的，所以，文学文本更多地与人的创造活动相联系，更多地表现了人对各种意识形态规范的超越，表现了完整生命的创造性活动。当然，文学所表现的人的创造性活动也不限于某种具体的行为和事业，它也是着眼于人的整体性的塑造。

文化诗学从文学活动的角度思考文化对人的塑造，因此也不局限于某个特殊的方面，而是从生命整体的角度研究文化如何通过文学活动塑造人。具体而言，如果说，流行的文化研究着重从某个具体的方面研究文化因素对主体性的建构，文化诗学则是着眼于人们在文学活动中建构的理想文化人格，阐释理想文化人格对现实人生的引导、塑造。建构某种理想文化人格，它表达的是人对自身如何发展、成长，对未来生存的筹划和设想，在人的文化中是一种看似笼统，但却是真正的文化创意。此后，我们关于文化中的人的话题将转入文化创意方面的讨论。

文学可能与意识形态共谋，但文学也不会总是受制于某种意识形态，反而往往构成对某种意识形态的颠覆。因为文学展现的是人的生存，是更为全面深刻地展现人的生存的可能性，所以文学中的人，充满了人生的创意。

第二节　文化诗学的文化创意

人的存在，人将成为什么样的人，人生的终极目标是什么，人应以什么人生态度生存着？这些都是人文学者应该深入思考的问题。文化诗学的提出，正是文学学者对这些问题的积极回应，体现了文学学者深切的人文关怀。

人的历史就是一个不断塑造自己的历史，或者说就是人在世界中不断文化自己的过程。如何塑造真正的人，即如何"文化"自己，这是根本性的文化创意。本节从这个角度讨论文化诗学的文化创意。

一　文化创意辨析

文化，有诸多定义，从大的方面看，其基本含义一方面是指人类创造的各种文化成果，包括物质、制度、精神等层面；另一方面是指人在创造各种文化成果的同时不断地"文化"（培育、完善、塑造）自己。人是对未来有所筹划的存在者，如何文化自己肯定是每一个人应当关心的问题。设想自己的理想文化人格，追求理想文化人格的实现，觉悟真正的人生价值，是文化创意的根本意义所在。

文化在不断发展，人在不断地文化自己，同时产生无穷的文化创意，创造着新的文化成果。国家、家庭、宗教、习俗、思想、文学、艺术、科学、技术等等，这些成果都是人的文化创意的对象化，文化创意是丰富多义的，具有各种各样的表现方式。

然而，当前关涉文化创意的话题已被严重扭曲。文化创意在中国被缀上"产业"二字，流行的说法是所谓的"文化创意产业"。"从当代世界文化与经济的发展来看，未来文化创意产业对中国经济的全面协调发展和产业结构的进一步调整将具有越来越重要的作用。""什么是创意产业？创意产业（Creative Industry）、创意经济（Creative Economy），或译'创造性产业'，是一种在全球化的消费社会的背景中发展起来的，推崇创新、个人创造力，强调文化艺术对经济的支持与推动的新兴的理念、思潮和实践。"① 这个 Creative Industry（创意产业），本来是利用文化艺术推动经济，到了中国却成了"文化创意产业"，用百度搜索，或知网查阅，数以万计的文章在谈论"文化创意产业"，这个词与"创意产业"有着重大的区别。"创意产业"，是利用文化艺术推动经济发展；"文化创意产业"，是用经济裹挟文化，文化创意的价值只剩经济一个衡量的尺度。以经济建设为中心，以追求财富为人生最大目标，似乎成为时代的主潮，于是，文化创意被限定在一个狭小的空间，成为"文化创意产业"。文化创意，一

---

① 金元浦：《文化创意产业：面向未来的战略重大转移》，《光明日报》2006 年 1 月 20 日第 006 版。

个本来应该是事关人的整体性生存的问题，如今被局限于经济活动的某一方面。文化创意被产业、经济、金钱绑架了，如果按这个思路推衍下去，人的文化几乎等于人的物化。

当代人类的财力并不匮乏，我们富足到有能力每年开支巨额的军费。如 2010 年全球军费开支达 1.6 万亿美元，[①] 2010 年全球人口为 69.09 亿，人均开支约 230 美元。这些军费开支足以让全球贫困线下的人脱贫，可是人类却用这些军费开支使更多的人陷于贫困。仅此一项可见人类重要的问题不是创造更多的物质财富，而是如何更人道地使用现有的物质财富。我们没有必要将所有的人类活动都纳入经济范畴，更不能以是否创造物质财富作为价值判断的唯一标准。军费开支、贫富差别、环境污染、恐怖活动等等，表明人类的现存文化面临严重的危机，人类文化仍有诸多方面亟须改善甚至重构。人类能否创建更为合理的社会制度、全球秩序、精神信仰，这才是真正考验人类文化创意的地方，人类需要超越经济发展、财富追求的文化创意。人类在不断文化自己的过程中，绝不可缺失根本性的人文关怀。

因此，在经济化、产业化、物质化的大潮中，文化的创新更为重要，人文学者的使命和责任更加重大。文化诗学的提出，与其说是人文学者对边缘化的抗争，或是人文学者在经济化社会中采取的生存策略，不如说是人文学者的使命感和历史责任感的体现。因为，面临人类的文化危机，人文学者应有自己的声音。从当前世界各地文化诗学的实践看，文学研究者主要是从自己的研究领域出发，提倡人文关怀，研究文学活动在人类文化中的功能与作用，探索具有真正人文精神的文化创意。

文化诗学，其现实形态是一种以文化为背景的文学批评的实践，或是一种从文化整体出发思考文学的理论。但文化诗学的学者们的主张和方法，如重构历史文化语境、古今中外理论思想的相互建构、各学科的融合与重组（或跨学科）、文学文本与现实生活的双向振摆、文学研究向日常生活的拓展、诗意向往、总体性视角、新历史维度等等，如果不做学究式的理解，我们可以看到这些主张和方法体现了文化诗学提倡者的远大抱负：应对文化危机，探索并开拓具有真正人文精神的文化发展方向，提出

---

① 《广州日报》2011 年 6 月 8 日。

具有根本性的文化创意。

二　文化创意之源始

探索根本性的文化创意，首先是重新面对文化创生、发展的各种可能性。当今文化诗学的学者大多从根本处着想，思考文化创生、发展之道，但不做玄想，各种文化诗学批评实践均体现着重返文化创生基始的旨趣。举其要点略说如下。

第一，就文学本身而言，重返文学发生的源始之处，思考新的文学发展空间。于是，不再局限于将文学文本作为独立世界的立场，着重关注文学文本与现实生活的相互建构、文学与文化的互涵；文学文本不再是一个静止、封闭的阐释对象，而是在创作、接受过程中历史性的阐释对象；文学批评对象不再限于经典文本，将研究领域扩展至各种通俗文学形式；甚至，文学批评不限于"文学"，视野扩大至日常生活的文学性研究。这样的理论取向是符合文学自身发展的大趋势的，纵观中国文学演进史，正是在从雅向俗的扩展过程中不断创立新的文学样式。① 而文学形式的发展也深远地影响着现实人生的建构。文化诗学采取的是一种广义的文学观，其旨趣正是重返文学发生的基础，重新面对文学发展的各种可能性，探索文学新样式的产生与发展。近代产生的以审美为基质的"纯文学"既非文学的源始也不是文学的最终形式。如今的文学活动正以前所未有的大众化趋势开展着，这样的文学活动正从最基础的地方产生着、形成着新的文学样式，文学性也以更加多样化的方式渗入日常生活，或许可以说正是这样的文学活动情景导致文学研究"走向文化诗学"，而文化诗学关注广义的"文学"，以总体性的文学为基础，探索当代文学发展的新形式。

第二，文化诗学的另一重要表现是跨学科的研究策略，这是力求突破现有学科建制的分割，为新的学术发展开拓新的创意空间。文化发展的深入、细化、高尖，导致各个领域的分工，形成了各种不同的学科。每一学科有自己的研究对象、陈述方式、基本概念、基本理论和命题，学者们被划分至各个学科成为"专家"。各个学科所达到的高度标志着人类文化发展的水平。然而，各学科的分立并非从来如此，各学科的建制也不是必然

---

① 详见林继中《文化选择及其从俗趋势》，《文艺理论研究》1995 年第 6 期。

如此。回顾学科史，各种学科都是人为建构的结果，它们都有重新建构的可能性。同时，每一学科都是文化整体的一个分支，这一分支既是整体文化某一方面的高度发展，同时也是对其他方面的相对忽略。是人的生存的某一方面的展开、呈现，也是其他方面的遮蔽。在现有的学科建制中，有的领域已经得到充分发掘而濒临尽头，但仍有一些领域被忽略、遮蔽而未得到开启。因此，应对现有文化危机的根本性文化创意，不太可能在现有的学科建制中产生，我们似应跨越现有的学科规划，重返学科发展的源始基础，重返文化的整体性，探索学科重组、重建的可能性与可行性，从而获得解决当下文化危机的文化创意。因此，流行的"跨学科"的说法，严格意义上说是学科的融合与重组。如果我们同意文化是人的文化，文化的发展是人的生命力的发展的体现，那生命力的发展肯定或迟或早要突破各种现有的学科规范秩序。

第三，在思维方式上，文化诗学的学者关注文学与文化整体性的关系、文本与文化历史性的关系，在文化历史的整体运动中把握文学，激发文化创意。所以有的学者认为文化诗学使用的是微观与宏观相结合、或是辩证互动、或是整体性的思维方式。尽管说法不同，但其共通的旨趣是力求在广阔、动态的历史文化整体中研究审美化、文本化、经典化的"文学"，并表现出不同程度的对文化整体性的倚重。

然而，文化整体严格意义上说是不可完全把握的，整体对我们来说是无限的、隐晦不明的。所以近代科学发展了通过设定各种条件而获得对象明确、范围确定、问题集中的研究方法也是情有可原的，在文学中也形成了将文本当作相对独立的世界的研究方法，从而追求文学研究的科学性、客观性、学术性。但这种方法也有局限，怀特海指出："仅仅强调清楚地经验到了的事物的特殊方面这种做法推进了科学，但阻碍了哲学。"[1] 这种集中关注某一存在者的研究方法，在揭示某一存在者的同时也遮蔽了存在者整体。我们知道整体的存在，但我们只能言说某一方面、局部、片断，正所谓"道可道，非常道"。所以，当我们明白、确定地言说某种对象时，又想到存在者整体；当我们描述静止的研究对象时，又想到对象处于不断的运动之中；当我们准确地认识眼前的对象时，我们又清楚地意识

---

① ［美］怀特海：《思维方式》，刘放桐译，商务印书馆 2004 年版，第 72 页。

到同时遮蔽了其他的存在者；当我们的行为受意识指引时，又知道同时也受潜意识的影响；当我们作为主体生存在这个世界中时，我们也知道我们自己正在不由自主地被不断地构成……总之，总体（或整体）对我们而言不可能完全把握，总是隐晦地存在着，我们能清晰认识的只是整体的部分、片断、局部。而我们也只有在研究某一确定对象时，联想到与之联系的整体存在者才可能真正认识这个眼前的对象，所以当我们清楚、确定地经验某一事物时，不能不联想到隐晦、甚至有些神秘的存在者整体。这样的思维模式似可以描述为："知其白，守其黑，为天下式。"（《老子》二十八章）对老子的这一论述可做一些现代阐释："白"似可阐释为清晰、有限、显现、确定的存在者，"黑"似可阐释为隐晦、无限、潜在、变化的存在者整体。① 文化诗学的思维特点，不仅局限于对清晰、有限、显现、确定的文学文本的研究与批评，同时观照隐晦的文化整体。文化诗学研究有意识地"知其白，守其黑"。

这个隐晦的整体，比我们所能够揭示的对象更为根本、更为古老，也蕴藏着我们各种展开、认识的可能性。各种新课题的展开、创意的可能性都来自这个隐晦的整体。人生存于这个文化整体之中，在文化整体中不断地文化自己，也不断地创建文化成果。同理，文学也是在文化整体的运作中不断地产生，文学在生成的过程中参与文化的发展。文化诗学的整体性研究正着眼于文学与文化整体的关系，在文化整体性中研究文学，把握文学，揭示当代文学发展的新的可能性。文化诗学对文化整体性的倚重，正因为文化整体的运作是各种文化创意的源始之处。

上述文化诗学研究对象的扩大、跨学科的研究策略、整体性的思维等，体现着文化诗学的基本立场、策略。它不是在现有学科分割的基础上进行借鉴、调整、互补、互文，而是重返各种文学观念、文学样式、价值尺度得以产生的文化整体，以新的理论视野打量文化整体，从中产生、重构新的文学样式、文化形式。进而摆脱各种现有的褊狭价值观念，真正人性地文化自己，实现真正的文化创意。所以，我们可以在这个意义上说：

---

① 对老子的这段描述所做的现代阐释，参考了海德格尔的文章《论真理的本质》（见《路标》，孙周兴译，商务印书馆 2000 年版）和怀特海的《思维方式》中的第四讲《视域》（刘放桐译，商务印书馆 2004 年版）。

"整体性研究是文化诗学生命之所在。"①

三　文化创意"兴于诗"

面对文化整体，如何实现文化创意？我国先哲的一些论述颇有启发，以下借用先贤语录展开论述，可能有过度阐释之嫌，在此先致歉意。

老子说："知其白，守其黑，为天下式；为天下式，常德不忒，复归于无极。"（《老子》二十八章）当我们"知其白"，精确审视眼前的研究对象时，"守其黑"，理解它与整体存在者的联系，从而重新打量隐晦的文化整体时，"复归于无极"，可真是茫茫一片，不知从何说起，不知从何处把握文化整体，不知从何处获得创意的灵感，不知以何种方式实现文化创意。也许老子拒绝文化自己，或是知道如何文化自己，但秘而不宣。

还好，另一位先贤指点我们："兴于诗，立于礼，成于乐。"（《论语·泰伯》）"博学于文，约之以礼。"（《论语·雍也》）先说"博学于文，约之以礼"，这个说法在《论语》中出现了三次（一次由颜渊表述为"博我以文，约我以礼"，另一次出现在《子罕》篇），可见这个说法的重要性。生命活动如果只有约束性的"礼"，这生命就枯萎了。所以从立人的角度出发，必先"博学于文"，尽可能地对文化整体有广泛的了解、学习，领悟人的生存的各种各样的可能性，才能对各具特色的生命形态"约之以礼"，才有丰富的文化创造。孔子赞同学生子夏从"绘事后素"，所做的引申："礼后乎？"这里的引申义正是认为礼仪后于人的质朴、真挚的性情。但是，与此同时的问题是如何激发生命活力，如何激发文化创意，完成对人本身的"文化"创造，孔子的方式是"兴于诗"。

与"诗"相关的"兴"，尽管可以按文学创作方法、认识论方法来阐释，但此一阐释路向并未穷尽"兴于诗"的丰富含义。"兴"或可取其兴起之意而阐释为"感发志意""兴起其好善恶恶之心而不能自已"（朱熹），但也不一定将志意引向文学创作。从孔子紧接着就说"立于礼"看，可见诗所激起的志意也不尽合乎"礼"，所以才要用礼来约束。所以从起始处着眼，"兴于诗"，首先还是对生命活动的激发。孔子所论的"诗"是《诗经》，它"思无邪"。所以兴于诗应是"兴于《诗》"，以

---

① 林继中：《文化诗学刍议》，《文史哲》2001 年第 3 期，第 57 页。

"思无邪"的《诗》来"感发志意",从而先行定下生命展开的取向。

当然,要真正理解"兴于诗",还得进一步理解诗更为根本的功能。"诗可以兴,可以观,可以群,可以怨。迩之事父,远之事君。多识于鸟兽草木之名。"(《论语·阳货》)对"兴、观、群、怨"的释义尽管略有不同,但多从工具性、应用性方面阐释。这涉及语言的本质问题。诗,是语言的最高表现。如果将语言当作传达、表达的工具,对"兴、观、群、怨"的阐释可以理解为孔子在教学中利用《诗》达到他的教育目的。但如果更深一层想想,为什么诗具有这样的工具性功能,则必须看到语言在人的生存中还有更本质的作用,"惟语言才使存在者作为存在者进入敞开领域之中"①。正因为诗作为一种真正的语言之说,人文世界以诗为呈现之域,人才可能用诗以"兴、观、群、怨"得以"迩之事父,远之事君。多识于鸟兽草木之名"。中国古代哲人对语言的本质特征是深有体认的。《周易·系辞》:"极天下之赜者存乎卦,鼓天下之动者存乎辞。""鼓天下之动者"(道)在卦辞中呈现,语言并非仅仅是人的表达工具。"心生而言立,言立而文明,自然之道也。"(《文心雕龙·原道》)语言是道及存在者整体呈现的领域。将诗理解为人文世界得以敞开的领域,《诗》才可能激发生命活动(兴),让人领悟世界(观、"多识于鸟兽草木之名"),启发处理与他人共处的关系(群、怨),规范事父、事君的人伦关系。《论语》关于诗的功用,是大概而言,未能尽举所有方面。在这样的语言观中,孔子所描述的《诗》的功能,不仅仅是文学鉴赏对象,也不仅仅是政教的工具,《诗》还全方位地开启着生命活动的无限空间,"兴、观、群、怨"全面地揭示了诗对人的生存的建构作用。

孔子时代的诗,指的是《诗》,我们现在所论的诗早已超出《诗》的范畴。海德格尔等现代思想家揭示了诗与语言更为本质的关系:"诗乃是存在者之无蔽状态的道说。""语言本身就是根本意义上的诗。"② 一般情况下,如果从人的活动的历史片断出发,确实可以将语言当作工具来看待。而从根本上说,语言对人的生存具有建构作用。语言形成我们的概

---

① 〔德〕海德格尔:《艺术作品的本源》,见《林中路》,孙周兴译,上海译文出版社2004年版,第61页。

② 同上书,第61、62页。

念、表象，语言在各个方面敞开人的生命活动的空间，让人的世界得以呈现。然而，语言静默不语，人们用之而不觉。真正的诗，让人聆听语言之说，领悟文化的创意，从而建构自己的人文世界，我们应在这个意义上理解"兴于诗"。当子贡从《诗》句"如切如磋，如琢如磨"领悟"贫而乐（道），富而好礼"的意义时，孔子赞叹："赐也，始可与言诗已矣，告诸往而知来者。"（《论语·学而》）从孔子的赞语可知，《诗》可以开启生存的真理。同样当子夏由"素以为绚"经"绘事后素"而领悟"礼后乎"时，孔子也称赞："起予者商也，始可与言诗已矣。"（《论语·八佾》）当年孔子的诗论、诗教肯定是很丰富的，《论语》中少数的几个例子应是用诗的经典。"始可与言诗已矣"，这一声赞叹，所强调的正是诗是道（真理）的呈现，对存在者无蔽状态的道说，赞赏的是学生对诗之道说的聆听。这是根本意义上的诗，它让人领悟语言之道说。

文化诗学是一种文化自觉的思想诉求，它返本归璞地思考文学。不是局限于某种文学观所限定的"纯文学""语言艺术""美文学"，它从人文创生的角度研究文学，研究我们如何经由"诗"而领悟文化创生的可能性。因为如本节开始时所说，文化整体的运作产生新的文化创意。"言立而文明"，人文世界经语言之道说而呈现，而我们只能通过本质的语言（作为文化呈现之道的语言）领悟文化整体。而语言本身是静默不语的，于是我们通过诗而领悟语言所呈现的人文世界，这是"兴于诗"的根本意义。人的文化创造并不停留于"兴于诗"，孔子说了"兴于诗"紧接着就是"立于礼，成于乐"，这就说明，诗所激发的生命活动具有超越规范的可能性，诗所开启的人文世界具有无数发展的可能性，所以必须"立于礼，成于乐"。以礼乐作为规范，让诗激起的生命活动合于"礼、乐"是孔子的文化创意。生存于现代的人，尽可以提出有别于孔子的文化创意，"兴于诗"却不必尽合乎"礼、乐"，应该有现代人新的文化创意。

现代人的各种文化创意，有政治、经济、宗教、民族、伦理、科学等各种取向，这些取向经由各个利益团体、个人而得到表达。我们可以有条件地相信，人类总体的文化创意是向上（善）的，人类总体文化发展的趋势是不断进步的，但具体而论，每一具体的，出自某种政治、宗教、伦理目的的文化创意则是有局限的、有偏见的。人对此是有所自觉的，真正的哲学思考、诗意向往，是人类自我纠偏的努力与期盼。除了真正的哲思之外，我们还需要有这样一种精神取向："能善意地理解现存各种具有偏见和缺陷的文明其创设初衷的善意。超越各种政治理想的利害纷争，领悟其中的良知；超越各种宗教向往的迷幻，体验其中的真情；宽容各种对利益的追求和争夺，抽绎其中的爱心；在现实的纷杂中寻绎宁静和美丽，在黑夜的深邃中敲出火星和清音。这样的精神取向就是诗意。"① 文化诗学的文化创意维度正是这样的诗意追求。

因此，文化诗学所讲的诗意不是各种诗词作品所描述的情景，不能坐实为某种诗意表达的形式。唐诗、宋词作品中描写的情景，或陶渊明、王维作品中描述的情景，是诗意的某种经典表现，但不是诗意表达的固定形式，后人如果只是模仿这种形式的话，诗意则丧失殆尽。从根本上说，诗意是人类超越各种偏见的美好向往，它在人文世界中产生，又引导人的文化向善发展。在每一时代，体现人类向善的形式、文本总是不一样的，所以，诗意的形式并不固着于某一形式。具有超越性的诗意向往，体现着深远的人文精神。

四　开启文化创意之域

提倡文化诗学何为？如前所述，文化诗学体现了人文学者在当下情境中深沉的人文关怀，文化诗学的整体性研究在基本态度、基本方法方面开启着根本性文化创意之域。这是文化诗学在当下文化建设中的重要意义。

首先，创设多重理论合作的领域。人往往借助某种先见（理论、经验、常识等）理解世界、文化，对人的生存作出筹划。在人文发生的根本处，对未来的筹划可解读为文化创意。文化诗学提倡的整体性研究，其致思的对象是文化整体存在者。国内外学者有一个主要的共识是将文化诗学视为一种实践，而不是一种教义，这并不是说它不做理论思考，而是拒绝将某种理论视为唯一合适的理论。因为，各种严肃的理论都具有某种合理性，它所描述的人文世界都呈现某种真实性，对人文世界的把握需要多种理论的合作。"多重视角的整合能够得到哲学家 J. R. 班布罗所说的'深度视角'从而取代我们从任何一种视角出发所得到的二维视角。而只

---

① 沈金耀:《源始诗意与文化诗学的诗意维度》，见河北大学文学院编《燕赵学术·2010年春之卷》，四川辞书出版社 2010 年版，第 135 页。

有这样一种深度视角才能够接近人文真实的全部，即那些引起我们深度关切的事件。"① 而更重要的一面是，力求把握文化整体的意义在于重新提出各种新的文化创意。

其次，开启文学理论的原创性发展之域。尽管多数文化诗学研究者认为文化诗学是一种实践或一种方法而不是一种理论，但文化诗学本身却开启着文学理论的原创性发展之域。在学科分立的现代学术领域，各种文学理论严格意义上讲也算不上是理论，因为各种所谓的"文学理论"往往是在某种哲学、宗教、伦理、政治理论的基础上展开文学现象、规律的研究，从而建立"文学理论"。这样的文学理论更多的是某种理论的运用，与文化创生之源隔了一层。文化诗学的研究者从文化创生源始之处开始自己的思考，对文化创意做根本性的寻思，极有可能建构具有真正原创性的文学理论。文化诗学开启的理论创设，是一种与各种哲学、伦理、政治理论并驾齐驱的文学理论，而不是某种哲学理论在文学研究中的运用。

最后，拓展诗意人生的创造之域。如前所述，诗意向往自觉超越各种文化形式的偏见，力求解除各种先在的理论观念的束缚，得以让各种文化创意的可能性自然而然地显现出来。只有松开各种先见，不固执于某种偏见，才可能做到"人法地，地法天，天法道，道法自然"（《老子》二十五章），才可能道法自然，在诗意的引导下产生真正的文化创意。具体而言，人的生存总在某些话语的制约之下筹划、选择人生之路，同时又以自己的人生践履充实、改写各种话语。现代生活中，文学，作为一种最具感染力的话语形式，文学（广义）文本与现实生活的相互建构越来越明显，借助现代传媒（报刊、计算机网络等）参与文学写作、阅读的人数空前庞大，文学文本与现实人生互动的力量也空前强大。文化诗学研究跨越传统文学文本研究的限制，广泛揭示文学文本、艺术审美活动与现实人生的相互建构关系，阐明人类生存的诗意维度。在诗意维度的引导下，现实人生的每一步履亦是诗意盎然的"文本"。在文学与现实的相互建构关系中，实现人生根本性的文化创意。

文化诗学开启的文化创意是：人在文学与现实的相互建构中，不断文

---

① ［美］艾布拉姆斯：《文化史中的理性与想象》，《以文行事——艾布拉姆斯精选集》，赵毅衡等译，译林出版社 2010 年版，第 112 页。

化自己，创造完整、和谐、善良、美好的人。同时文化诗学的文学批评，或由此而推广的文化批判，同样以诗意向往为尺度。

第三节　源始诗意与文化诗学的诗意维度

人在理解世界的同时也在筹划自己的未来，问题是以什么维度来筹划人的未来。各种文化批判实际上是要拷问人的文化创意，各种文化批判总体来说几乎涉及人类的所有方面，但具体而言，都从某一方面探讨人的发展可能性，建构人的世界。文化诗学关注人的文化创意，特别应关注以什么尺度建构人生、筹划人的未来。文化诗学，在人的自我塑造的问题上，最突出的就是它以诗意向往作为文化创意的根本维度。因此，我们首先有必要对坚守诗意维度的前提条件，做一个认真的思考。

一　源始诗意考辨

文化批判立足于现实性与理想性的矛盾之中，对人类的应然的向往构成了文化批判的基本维度。文化诗学，当其侧重于文化的批判和研究时，它也应有自己的批判维度。对文化进行政治解读，是以某种政治正确性作为批判的维度指出某种文化现象的政治上的不正确性；宗教的文化批判则往往用彼岸的极乐世界或终极审判作为批判的维度；人们也可以根据某种经济愿望展开文化批判，研究各种文化活动方式的经济价值；也可以从人的本质规定出发进行文化批判，也可以从保护民族文化传统出发对现实文化进行批判，更可以将道德理想作为文化批判的准绳。

以文学活动为核心批评对象的文化诗学，其文化批判的维度理所当然是诗意的维度，这是文化诗学本有的品格。

各种政治、宗教、道德取向是文明高度发达之后产生的价值取向，我们根据不同的政治、宗教、道德价值取向进行相互的文化批判，实际上是以一种文明的价值取向批判另一种文明的价值取向，这样的文化批判往往是以一种偏见取代另一种偏见，尽管这或许是善意的偏见。我们必须承认这类文化批判的合理性，但总不是灵魂得以恬静、自适的文化批判。人类不断追求完美的生存境界，这就需要一种超越各种偏向的批判，这样的批判或许就是诗意的批判，或者说以诗意为尺度的批判。

于是，什么是诗意是值得思考的问题。我们必须更深入地思索什么是诗意。"深入"意味着思考诗意的源始之处，或思考什么是源始的诗意。在这样的意向中，诗意不是根据某种政治、经济、宗教、哲学、民俗、传统、道德规范所设想的优美的未来人生画面，诗意应该是比任何观念化的规范更为源始地接近人的本质。将文化与诗意联系起来的话，也就意味着应该从人的生存的角度理解诗意，这样的诗意也不是某种经典诗词所描写的情景，或某种艺术作品所描绘的诗情画意，我们也不能以某种经典作品呈现的"诗情画意"作为标准进行文化批判。因为经典文学艺术作品呈现的诗情画意，也还不是源始的诗意。

诗意的源始在何处？这是我们要思考的问题。

人类文明的发达使人与自然拉开了距离，但这正是人的"自然"本性。我们建立了"文明社会"，各种文明成果建构了我们生存于其中的人类社会。我们遵守各种规范，按照主导的意识形态安排我们的生活方式，笼统地说是按照某种文化的要求生存着，这就是人的真实的生活。我们创造的文明让人过着文明的生活，为了快乐的生活我们"文明"地生活着，最好是不必反思人的行为而尽可能地顺从"文明"的制约。人云亦云，人家怎么生活我也怎么生活，人家怎么竞争、奋斗、消费、休闲我也跟着怎么做就是了，这是人的日常生存状态，海德格尔谓之"沉沦"。沉沦不是贬义词，而是对人的日常生存状态的中性描述。《庄子》中也有一个相似的词"陆沉"（《庄子·则阳》），描述人中隐者，"自埋于民，自藏于畔"，这是古代君子有意地采取与众人相同的生活方式（尽管内心有所不同），然而绝大多数的人总是自然而然地处于"陆沉"状态，与他人相同地生活于文明社会之中。为了快乐、幸福、成功，为了现实的成就，我们下意识地按文明的生活方式生存着并遵守各种文明社会的规则与潜规则，甚至自觉不自觉地以无所不至的方式维护着文明社会的规则与潜规则。

人毕竟是人，我们的文明成果足以令人骄傲，但也有的成果令人感到羞愧。许多文明神话也不断露出破绽，如：自由、平等、民主、理性、市场等等。但我们也不必因此而愤世嫉俗，或哀叹价值体系崩溃，这往往会表现为另一种媚俗。但是，每当"沉沦"的人们反思自己的生存方式、从"陆沉""沉沦"中警醒、寻找微弱的灵光时，人就有了诗意的祈向。

是人的本质注定人必然会有诗意的向往。关于人的本质有各种各样的说法，如主体性、能动性、创造性、自觉自由、能在等等，中外前贤从不同的角度揭示了人的本质，各种说法，似乎都指明了一个特征：终有一死的人，是会操心、筹划、建构自己未来的存在者。人的这个本质特征，正是诗意向往的根据。当人对未来的筹划超越了各种政治、宗教、经济、道德偏见，超越了各种现实关系时，这样的筹划就具有了诗意。可以说，我们是用诗意命名人类最美好的向往，最本真的良知，这样的诗意是一种源始的诗意。

　　每一时代的思想者总在现实的文明中生活着，同时也思考着当代的文明痼疾并寻找医治的良方。康德说："卢梭教育了我，使我懂得了我做的学问应该对人生有用，能够为普通的老百姓解决问题。"① 康德的这个态度应该是人文学者的立场。许多看似纯审美纯艺术的艺术观念实际上正是把艺术和审美当成疗世的良方。科林伍德的思想，被认为是形式主义的理论来源之一，是脱离社会生活的文艺观念，然而他的《艺术原理》一书的最后一句是："艺术是社会疾病的良药，专治最危险的心理疾病——意识腐化症。"② 俄苏形式主义代表人物什克洛夫斯基认为："为了恢复对生活的感觉，为了感觉到事物，为了使石头成为石头，存在着一种名为艺术的东西。"③ 因为生活的"自动化"，人沉沦于日常的习惯，使人丧失了对生活的真切感觉，而艺术以生动的描述、新奇的眼光、真切的体验对待事物，使人恢复对生活的感觉。可以说什克洛夫斯基是在微观处点拨对诗意的追求、对日常沉沦生活的反思。而当马克思论述人的解放时，他是在最宏观处揭示了人的诗意向往。人的历史是一个异化与解放相伴而行的历史，真正解放了的人是什么样子，谁也无法确定，但我们总有彻底解放的祈求，它这正是人的生存的诗意的本质所在，是诗意的源始。

　　源始的诗意无实际功用，正如《庄子》中所描写的"树之于无何有之乡、广莫之野"的大树，但它能让人"彷徨乎无为其侧，逍遥乎寝卧其下"（《庄子·逍遥游》）。源始的诗意，虽无实用但却能让人的心灵得

---

　　① 转引自邓晓芒：《康德哲学讲演录》，广西师范大学出版社2005年版，第94页。
　　② ［英］科林伍德：《艺术原理》，王至元、陈华中译，中国社会科学出版社1985年版，第343页。
　　③ ［俄］什克洛夫斯基：《艺术作为手法》，《俄苏形式主义文论选》，中国社会科学出版社1989年版，第65页。

到安适、宁静。源始的诗意，它总是在前头引领着人，可望不可得，追之弥远。人类总是在新的境遇中不断产生新的源始诗意。《蒹葭》一诗，从人的生存来看，此诗所述"溯洄从之，道阻且长。溯游从之，宛在水中央"的情景正可用来描述源始诗意与人的关系。最美好的向往，最高的向往总是在前头引导人们向善，但至善的境界是永远没有止境的，这就是诗意向往的基本特征。难怪王国维说："《诗》《蒹葭》一篇，最得风人深致。"①

我们需要有这样一种精神取向，能善意地理解现存各种具有偏见和缺陷的文明其创设初衷的善意。超越各种政治理想的利害纷争，领悟其中的良知；超越各种宗教向往的迷幻，体验其中的真情；宽容各种对利益的追求和争夺，抽绎其中的爱心；在现实的纷杂中寻绎宁静和美丽，在黑夜的深邃中敲出火星和清音。这样的精神取向就是诗意。

我们也需要这样的价值取向，它超越但不抛弃各种实用价值取向，它将人引领至无何有之乡、广莫之野，进入人的真正的自由王国。这样的价值取向让人体会人生存的乐处，这是源始诗意的价值取向。

尽管源始诗意在现实中不可能坐实为某种具体形象，但人之为人必须有这么一种诗意向往。文化诗学与文学艺术，沉沦和陆沉中的人借此开启诗意光芒，呵护那领悟诗意光芒的赤子之心。

二　诗意的表现方式

源始的诗意是无形的，但它又存在于现实的各种形象之中，所以真正的诗人、艺术家、思想家将源始的诗意形式化，创设各种诗意表达的范式。但历代形成的各种诗意表达方式，却不是诗意本身。源始诗意不能等同于诗意的表达模式，诗意不能坐实为某种表达模式。

历代中国的诗人、艺术家、思想家，或士大夫阶层，在实际的文学艺术活动中表现出明显的诗意追求，形成众多的"诗意"活动方式。陶渊明的田园生活，《兰亭序》描述的文士雅集，各种场合的吟诵唱和，名士的行为习气，士大夫饮食起居的雅化，欣赏山水画的"卧游"态度……类似的生活方式都体现了人的生存的诗意祈向。这些富有诗意的行为总是

① 王国维：《人间词话》，人民文学出版社 1960 年版，第 202 页。

对追求功利的日常生活方式的背离，或对世俗生活方式的超越。但我们也应认识到这些富有诗意的活动方式并不是诗意本身，顶多是某种诗意表达的方式。中国文人有一系列诗化的话语表达，人们将各种言语表达以诗的形式包装起来，用"诗"的排列形式将投刺、拜谒、奉承、赠答、言志、抒情等言语包装起来，这一类"诗意表达"方式应该说有很大一部分不是真正的诗意表达，倒应该说只是一种"诗化表达"。其实这种将诗庸俗化的使用，甚至可以说是反诗意的表达。

各种诗意表达方式，或许成功地表达了某种诗意，以致有人以为只要拥有或模仿某种生活模式、言行模式就拥有诗意，将诗意的表达方式等同于诗意，结果是沉迷于创造或模仿各种"诗意表达"模式。其实，如果刻意模仿陶渊明的生活方式、模仿名士行为、将阿谀奉承用"诗"包装起来……倒彻底地失去了诗意。另一种情况是将历代的经典诗作、画作描述的情景作为诗意的范本，于是诗意被解读为相似于这些经典文本的诗情画意。其实诗意是无形的，更没有固定的表达模式，拘于形式，反倒遗忘了源始的诗意。对此，中国传统诗学有过充分的论述。"不著一字，尽得风流"、"超以象外，得其环中"一类的说法，陈述了诗意与诗意表达方式的微妙关系。本无固定形象的源始诗意须靠各种形象、行为模式、话语方式得以表达，但这些表达方式却不是诗意本身，所以不得拘以形象，须"超以象外，得其环中"。这样的思路，揭示了现实生活中的诗意表达及对源始诗意的领悟。

着眼于源始诗意，人的生存本身就是诗意的生存。马克思说："而人懂得按照任何一个种的尺度来进行生产，并且懂得处处都把内在的尺度运用于对象；因此，人也按照美的规律来构造。"① 人的活动是自由的自觉的活动，正是人的这个本质属性，决定了人的生存是诗意的生存。"按照美的规律来构造"是富有诗意的，因为人在生存的某种定在中向往更为完美的生存可能性，追求人的真正解放，因此，真正的人的生存，是最根本的诗意表达方式。而现实的生存中，劳动异化遮蔽了生存的诗意，但我们更应看到在人的生存过程中，诗意与非诗意是一体两面、相反相成的。

---

① ［德］马克思：《1844年经济学哲学手稿》《马克思恩格斯全集》第三卷，人民出版社2002年版，第274页。

对现实生活我们也应"超以象外，得其环中"，不拘现实形象而领悟人的生存的诗意所在。在这里或许我们可以对马克思的"人也按照美的规律来构造"的命题做这样的"误读"：人的建造如果只是按照实用的目的，尽管可能硕果累累，而陷于实利的追逐，那绝无诗意；如果按照"美的规律"而建造，以人的最终解放为最高价值和尺度进行建造，则是真正的人的生存，是充满诗意的。

"人诗意地，栖居在这片大地上"是海德格尔引用的荷尔德林的诗句，这句话由于海德格尔在中国被介绍而广为流传。这句话首先说的是：人的栖居，是诗意的栖居。也许我们对日常生活感到的是一种非诗意的栖居，对此海德格尔的说法或许能给我们以启发："一种栖居之所以是非诗意的，只是由于栖居本质上是诗意的。"① 海德格尔指明人的栖居本质上是诗意的。对"……人诗意地栖居……"，海德格尔的一个解释是在《荷尔德林和诗的本质》一文："'诗意地栖居'意味：置身于诸神的当前之中，受到物之本质切近的震颤。"② 另一个解释是在《……人诗意地栖居……》一文："只要这种善良之到达持续着，人就不无欣喜，以神性来度量自身。这种度量一旦发生，人就能根据诗意之本质来作诗。而这种诗意一旦发生，人就能人性地栖居在大地上，'人的生活'——恰如荷尔德林在其最后一首诗歌中所说的那样——就是一种'栖居生活'。"③ 根据海德格尔文中的论述，"人诗意地栖居"，其要点是：人心与纯真（善良）同在，以神为尺度要求自己，以神性为尺度进行筑造，接受万物本质的切近。海德格尔的论述可以借鉴的是他将诗意的阐释与人的存在联系起来思考，人既是生存在大地上的，但人葆有纯真又以神为尺度要求自己，这意味着栖居在大地上的人对自身生存的建构与超越，人的生存境界的提升。

从人的本质属性看，人的生存或栖居应该是诗意的，但也是非诗意的。因此也就有了诗意表达的经典方式——诗，各民族都有自己真正的

---

① ［德］海德格尔：《演讲与论文集》，孙周兴译，三联书店 2005 年版，第 213 页。

② ［德］海德格尔：《海德格尔选集》上册，孙周兴译，三联书店 1996 年版，第 319 页。

③ ［德］海德格尔：《演讲与论文集》，孙周兴译，三联书店 2005 年版，第 215 页。

诗篇以表达其生存的诗意。海德格尔对诗有这样的说法："诗乃是存在者之无蔽状态的道说。"① 在海德格尔看来，"存在者之无蔽状态"即是真理，是人的生存的展开。对诗做这样的辨析，其意义在于区分流俗的诗与真正的诗。能道说人的真正生存的诗才是"存在者之无蔽状态的道说"。

　　海德格尔的表述有些费解，但这种观点与中国传统诗话有许多相通之处。王国维解读诗词突出境界："词以境界为最上。""能写真景物、真感情者，谓之有境界。否则谓之无境界。""词人者，不失其赤子之心者也。"② 王国维的论述强调的是诗词创作所本的应是"真景物、真感情"，即诗人应有能力直接面对真景物、真感情并能将它写出来，这些论述与海德格尔最为接近的是：诗人是纯真的人，诗意（境界）就是事物本真的展现。像海德格尔和王国维这样所说的诗意（境界）就不仅限于诗，是人的本真的存在的呈现，在人的生存中各种物完成了它们的本质。因此诗意，不是各种话语在语言形态上接近诗歌，或模仿诗歌的丰富想象和美丽情感，而是人的本真存在的展现，人的生存可能性的探寻。如史铁生所说："心魂之域本无尽头，比如'诗意地栖居'可不是独享逍遥，而是永远地寻觅与投奔，并且总在黑夜中。"③ 诗意不是某个经典诗词中所描写的情景，或某幅名画展现的画面，诗意存在于没有诗意的现实生活之中，在没有诗意的现实中对生存的可能性的向往是诗意的本质，而不是所谓的"诗情画意"，因为各种经典作品中呈现出来的"诗情画意"是诗意的一种典型表现，但不是诗意的源始和本质。

　　体现源始诗意的根本范式是人的生存，或借用海德格尔的话说是"人的栖居"，而各种经典诗画作品表现出来的"诗情画意"则是诗意表达的典型范式。因此，文化诗学对人生的诗意解读以真正的"诗"为经典范式，但还要"超以象外，得其环中"，解读出现实生存的诗意。因为真正的人的生存是诗意表达的根本方式。

――――――――――

① ［德］海德格尔：《艺术作品的本源》，《林中路》（修订本），孙周兴译，上海译文出版社 2004 年版，第 61 页。

② 王国维：《人间词话》，人民文学出版社 1960 年版，第 191、193、197 页。

③ 史铁生：《病隙碎笔》，陕西师范大学出版社 2006 年版，第 109 页。

第四节　文化中的审美与诗意

所谓文化，是人们创造的各种成果的集成，同时，人在创造各种文化成果的同时也在不断地塑造自己，即文化自己。"文化中的审美与诗意"中的"文化"兼指这两方面的含义。文化诗学特别关注各种文化因素在人的自我塑造中的作用与功能，所以，本节意在探讨审美享受与诗意向往在人的自我塑造中的意义。在许多论著中诗意往往与审美互文、甚至互用，其实两者在原始的意义上是不同的，在关于人的塑造的问题上特别有不同的意义。审美活动是人的各种活动的起始环节，诗意向往则是对生存的筹划，因此我们有必要思考"文化中的审美与诗意"。同时，文化诗学出场的一个重要的学术背景是在文学批评实践中对审美批评的反拨，所以对文化中的审美及审美批评也应有一个学理性的辨析。

一　审美与审美批评

审美这个词的用法、含义极为繁杂。韦尔施梳理了各种用法之后，作出这样的概括："'审美'一词最普通的语义领域应当被归纳如下：'艺术的'、'感知的'和'美—崇高的'。……如人所见，这涉及三种判然不同的定义。当然，它们也显示出重叠和可能的互相联系，但是审美之无所不及的统一'本质'，则是不存在的。"① 在中国的语境中，这个词变成了一个动宾结构的组合词，流行的含义是："领会事物或艺术的美。"（《现代汉语词典》）在文学批评实践中也主要是这种用法，如孙绍振先生在《文论危机与文学文本的有效解读》一文中，就将审美与审丑、审智并用。② 在中国的众多的美学论著中，审美这个词往往用作"审美活动"的简称，在一般的哲学词典、美学词典中没有独立的"审美"词条，有的是"审美理想""审美态度""审美观照""审美自律性"等。

所以，当我们说文化诗学作为一种文学批评实践是对审美批评的反拨

---

① ［德］沃尔夫冈·韦尔施：《重构美学》，陆扬、张岩冰译，上海译文出版社 2006 年版，第 41 页。

② 孙绍振：《文论危机与文学文本的有效解读》，《中国社会科学》2012 年第 5 期，第 168～185 页。

时，我们有必要明确它反拨的是审美批评中的何种含义。从格林布拉特提出文化诗学的初衷看，他所要克服的是新批评等形式主义的偏颇。中国学者提倡的文化诗学，最有代表性的一种是指"从社会文化观念、精神旨趣、文化心态等角度对各种类型的文学作品、相关文学现象进行理解、评价的方法、标准与观念系统"。[①] 这也是对审美批评中主张审美的超功利性、强调形式自律性等观念的不满而拓展的新的文学批评实践。尽管各方学者对文化诗学的解释不尽一致，但对单一维度的审美批评的反拨是相似的。

单纯的审美批评确实有不少的缺陷。审美的非功利性、无利害性已被认为是一种无法实现的神话，在感知中排除各种功利目的，是一种扭曲的、不自然的感知方式。强调文学的"审美属性"实际上也是一种意识形态。这种观念断定文学作品的文学性是它的审美属性，强调文学批评就是揭示文本的审美价值，在这样的批评中，实际上掩盖了深层的宗教、民族、阶层、性别的政治诉求，同时也对艺术活动中的经济因素视而不见。

在中国的语境中，审美作为一个动宾结构的合成词，又在这样的意义上将"审美特征""审美属性"作为艺术的基本属性或特征，实际上是要求艺术只描写所谓美的事物，事物或艺术的美以非功利的情感愉悦为依据。这样的审美特征将艺术的内容、形式、功能、作用简单化了，所以才会在艺术鉴赏与创作中提出"审丑""审智"的说法以补救单一"审美"的局限性。艺术，不会也不可能限定在这样意义上的"审美"之中。尽管这样的理解，与审美的原始含义相距很远了，但也因其归谬法而凸显出单纯"审美"的不合理性。

非功利的审美活动往往有意无意地掩盖深层的政治功利，只表现美的事物的艺术在丰富的现实面前显得有些苍白。所以，如果艺术只是"审美"的艺术，自然显得虚伪和怯弱。

文化诗学的文学批评，将文学文本重新放回广阔的社会文化背景中进行阐释，在这一点上与单纯的审美批评明显不同，并有些对立和不相容。文化诗学直面各种文学批评实践中的意识形态诉求，决不掩饰自己的意识形态立场。在这一点上似乎与以往的社会批评、伦理批评等非审美的文学

---

① 李春青：《中国文化诗学的源流与走向》，《河北学刊》2011 年第 1 期，第 83～90 页。

批评有相似之处，所以也有的学者认为，文化诗学的主张并不新鲜，它的批评或研究方式自古以来就有了。但文化诗学的文学批评与以往各种社会文化批评的不同，与审美批评相比更为深刻、巨大。在政治（伦理、宗教等）标准第一，艺术标准第二的批评模式中，其根本特征是从一种大一统的、唯一正确的观念出发对文学文本进行批评（实际上是审判）。文化诗学提倡从更广阔的文化视野阐释文本，它拒绝一种毋容置疑的所谓先进、正确的理论或观念，更重要的是拒绝从大一统的观念出发阐释各种文学现象，更为注重从独特的文学现象出发阐释独特的意义。西方文化诗学的提倡者并不否认他们从格尔茨（Geertz，C）那里借鉴文化阐释的"厚描"（或译"深描"）的方法。① 这种文化阐释的方法，坦率承认任何文化记录、描述、整理都是出自某种观念的一种阐释，而各种文化都有自己独特的价值和意义，所以，格尔茨开创的阐释人类学重在阐释各种文化现象的独特意义，拒绝用一种所谓正确、普适、权威的观念（比如西方中心主义的文化观念）通释各种不同的文化。与此相似，文化诗学对文学文本的阐释，虽然将文本放回广阔的文化背景中进行阐释，但决不用一个大一统的标准、唯一正确的观念做一统化的评判，而是考察这个文本得以出场的独特语境，这个文本与文化网络中其他文本的独特相关性，在这样的独特相关性中所建构的独特意义。

强调解读文本的独特意义和价值，在这一点上倒是与审美批评强调艺术的自律性有点相似。如果还借用"文本的自律性"这个概念的话，审美批评的文本自律性是文本自身构成的自律性，文化诗学的文本自律性是文本现身、文本相关性的自律性，可以说是文化中的文本出场的自律性。实际上，我们也可以说审美批评中对文本独特性的强调，在文化诗学阐释中被改头换面而登场。这或许是文化诗学所坚持的其批评实践是"文学批评"而不是大笼统的"文化批评"的原因所在吧。

二　审美与人的生存

在文学批评实践方面看，文化诗学与审美批评（或审美诗学）并不

---

① 参见格尔茨：《文化的解释》，韩莉译，译林出版社1999年版；吉尔兹（即格尔茨）：《阐释人类学论文集》，王海龙、张家瑄译，中央编译出版社2000年版。

兼容，在两个不同的向度上形成张力，但如果从文化（人的自我塑造）的角度看，审美批评仍有不可放逐的重要价值，在文学批评中仍有重要的地位。

人在实际的生存中往往提出永远不可企及的目标作为人生的引导，如至善、中庸、德福相称等，这是人的生存智慧。如果人类的最高目标是可以最终达到的，那在达到之时也是人类终止之时。审美的非功利性也具有这样的特征，在认知、感情、直觉过程中完全超越功利因素是一种神话，是不可能的，但先哲之所以提出这样的设想，其意义在于我们对非功利感知的追求中不断有意或无意地纠正（或放弃）我们各自的偏见。

人之得以生存，一个重要的先决条件就是对生存环境的真实把握，对各种事物的真正认识。古人早就意识到人所固有的观念对现实真相的遮蔽，荀子《解蔽》篇指出"凡人之患，蔽于一曲而暗于大理"，人们对道的领悟总是蔽于一隅而非知道："故由用谓之道尽利矣，由俗谓之道尽嗛矣，由法谓之道尽数矣，由埶谓之道尽便矣，由辞谓之道尽论矣，由天谓之道尽因矣，此数具者皆道之一隅也，夫道者体常而尽变，一隅不足以举之。"荀子因此提出"解蔽"的要求。庄子在《齐物论》指出"故有儒墨之是非，以是其所非而非其所是。欲是其所非而非其所是"，从而提出"莫若以明"的主张。西方爱智慧的传统哲学，发展到现象学试图通过意识的还原而"面对事情本身"，其中一个重要的意图就是摆脱各种成见而获得真理。然而，如何摆脱各自的成见，对事实、大道有一个本真的领悟和理解却是一个永远的难题。从文化诗学的文本阐释方式看，审美感知的非功利性，是为获得意识的还原、摆脱成见的努力。人们普遍认为无法达到现象学主张的意识的本质还原，但杜夫海纳指出："我们敢说，审美经验在它是纯粹的那一瞬间，完成了现象学的还原。"[①] 在中国，王国维推崇"境界"中的无我之境，一般的读书人很容易看出这种"无我之境"之不可能，但有大学问的王国维为何要这样说？其实，看重无我之境中的以物观物，表达的是以纯粹知觉克制人的一隅之见的愿望。以上这些实例，说明在人类求真理的历史中，先哲们试图以审美感知开启（或只能说"试探"）本真的认识真理、大道的方式。所以，尽管我们明智地认识

----

① ［法］杜夫海纳：《美学与哲学》，孙非译，中国社会科学出版社1985年版，第53页。

到，非功利的审美感知的不可能，但这样的努力却不断地引导人们尽可能本真地认识事物和大道。

人的生存需要生命的健康与繁殖，在这两种重要的行为中，人都会自然地感到生理的愉快。这是大自然对人的仁爱，或许是大自然的诡计。但我们的常识告诉我们，自然的情况下快感让生命延续，痛感让人躲避危险。但人的生存不仅是生物性的生存，心理、精神与身体是一体的，无法分开的，所以心理的健康也需要快感作为标志，更需要愉悦感养护心理和情感的健康。所以，历史地形成的审美活动，最为重要的价值就是引起人的情感愉悦。这种愉悦最微妙之处在于它以非功利的情境引起人的情感愉悦。因为，如果只是各种欲望的满足才可能愉快，那人往往在满足某种欲望之后会陷入更大的欲望追求之中，从而坠到更大的痛苦之中，所以，为了人的心理健康、精神健康，人应该有也必须有一些活动用来经常保持人的情感愉悦，这就是审美鉴赏，审美鉴赏中非功利的情感愉悦是一种超越各种物质欲望的愉快。所以，审美鉴赏可以使人经常处于情感愉悦之中，这是健康生命的保证和前提。

正因为审美活动对维护人的生命健康具有重要作用，因此，人们历史地形成典型的审美活动方式，即艺术活动，以至审美与艺术融为一体。文化诗学关注人的自我塑造，因此，对作为审美典型形式的艺术，也要追问它在人的生存中的作用与功能。

在中国的传统教育中，诗教是一个重要的传统。人的生活首先需要的是人的生命活力，哀莫大于心死，一个人首先应该能够乐于去生活。所以，孔子的教育方针是"兴于诗，立于礼，成于乐"。（《论语·泰伯》第8章）"兴于诗"，就是兴起人的情感，如朱熹所说"兴起其好善恶恶之心而不能自已"[1]。着眼于情感兴发的"兴于诗"，这个说法先行承认了人的激情的不可缺失，如同马克思曾说："激情、热情是人强烈追求自己的对象的本质力量。"[2] 说"兴于诗"，也指明了艺术教育、审美教育具有激活人的生命力的重要作用。孔子强调以《诗》来兴起感情，是因为"《诗》三百，一言以蔽之，曰：'思无邪'"。（《论语·为政》）这是进一

---

[1]　朱熹：《四书章句集注》，中华书局1983年版，第105页。
[2]　《马克思恩格斯全集》第三卷，人民出版社2002年版，第326页。

步要求审美艺术活动在兴发感情之初就应当使人充满正当的生命活力。犹如维特根斯坦所说的："一切伟大的艺术里面都有一头野兽：被驯服。"①但还得"立于礼"，人的激情，生命活力必然要现实化，要在人的创造行为中体现出来，人的生命的展开，必须以礼来使人立于正道。礼是性情的对立面，是对性情的约束。但这个约束不能窒息人的生命力、人的激情。矛盾双方必须得到统一，因此还须"成于乐"。"成于乐"，这是从"兴于诗"开始，经过"立于礼"，最后成就的理想生存状态。礼对人的约束可能造成生命力的滞碍，激情的萎缩。理想的人应是既富有激情、充满生命力又合乎礼节，所以孔子将人的理想生存状态描述为"成于乐"。这样的状态，是人深悟礼所体现的仁义道德而将之内化于性情之中，将各种礼的约束内化为人的自觉需求，使人的生存既充满生命活力又顺乎仁义道德。

也许，这样理解孔子的话是有点过度阐释，但孔子的话确实有这样解读的可能性。千年之后，德国的席勒也有类似的思路。席勒追求的是造就符合国家理性的人，由这样的人组成"道德的国家"，然而席勒又不愿看到国家理性是一种窒息人的生命力的外在制约，所以他试图通过审美教育"解决政治问题"，"要使感性的人成为理性的人，除了首先使他成为审美的人，没有其他途径"。②

让人本真、愉悦地生存着，这就是审美活动在人的生存中的重要价值所在。所以，人们用"美的""崇高的"等词语描述最具价值的事物。

三　整体性生存中的审美与诗意

从人的生存与自我塑造的角度看，审美活动具有不可放逐的重要价值，文化诗学不会也不应该排斥文学艺术的审美价值与对文学艺术的审美阐释。但我们也应注意到，以上所述审美活动的重要作用总是发生在人的其他活动的起始环节。审美经验让人的意识自由展开而把握真实，让人情感愉快，让人乐于生活，但这尚未解决如何把握真实，如何创造生活、塑造自我的问题。

当下的问题是，在现代生活中出现了生活审美化的现象。审美享受，

---

① 维特根斯坦：《文化与价值》，许志强译，浙江文艺出版社 2002 年版，第 68 页。
② 席勒：《美育书简》，徐恒醇译，中国文联出版公司 1984 年版，第 39、116 页。

最突出的特征是主体的非利害的愉快，审美对象是令人愉快的对象，当下的生活审美化片面强调主体方面的"愉快"，客体方面的漂亮（"美"），实际上在追求感官愉快时，却冠以"审美享受"的称号。于是美食、美酒、美衣、美甲、美容、美人、香车、豪宅……商场美、环境美、行为美、自然美等等，生活的各个环节无所不美（漂亮），真是生活审美化了。有人认为中国尚未出现生活的审美化，或许现在没有将来会有，我们可以参考韦尔施对审美化的看法："在表面的审美化中，一统天下的是最肤浅的审美价值：不计目的的快感、娱乐和享受。……审美化的一些太为突兀的分支，以及现实赤裸裸的化妆打扮固然可以博得一笑，但是触及作为总体的文化，它可不再是好笑的事情。"① 应该说，现实生活的审美化已成为一个值得担忧的问题。这似乎应了老子的"预言"："天下皆知美之为美，恶已。"（《老子》第二章）

　　所谓的审美化，在浅表处，是对感官享受的极度追求；深层处，是导致价值建构的相对主义，从而导致虚无主义，如戏说历史之类。审美化是片面强调情感愉快和漂亮，在本真、自由、愉悦的基础上将生活引向肤浅的快感与漂亮，实际上已是后审美的阶段和表现了。它从另一方面说明审美活动、审美经验是人的生存的开端，是各个重要人生阶段的起始环节，但在这个开端或起始环节上可以有不同的发展。于是文化诗学应从人的生存的整体性出发阐释生存中的诗意向往。即使如一些理论所说，审美境界是一个真正自由的生存境界，那真正人的生存，自由只是一个起点，人还必须自由地创造自己的人生意义和价值。因此，我们应探讨人的诗意向往。

　　人类的活动是多方面的，是身心一体的。孔子对人的活动的整体性设计是："志于道，据于德，依于仁，游于艺。"（《论语·述而》）这是孔门所创的人生格局。道、德、仁、艺四个方面的共生和谐，并非相互更替的人生阶段。个体的生存可依此为参照，在各个方面有创意地实现这个格局，将这个格局个体化：每一个时代的人，均须依其现实的境遇，在生存中树立自己的信仰——道，确立自己的基本法则——德，从而"依于仁，

---

① ［德］沃尔夫冈·韦尔施：《重构美学》，陆扬、张岩冰译，上海译文出版社 2006 年版，第 6 页。

游于艺"——仁厚而快乐地以自己切实可行的方式生活着。（其中的"艺"包括后世所说的艺术，但这里是指"礼乐射御书数"的六艺，是生活不可缺少的技艺）如果将上述四方面理解为某种次序，则割裂了人生，若从"游于艺"开始更可能乐而忘返，沉沦于实务而失却道的追求与向往。从人的生存的整体性出发，人不应该停留于审美化的阶段，在人的生存中还应该有诗意的向往。

探讨生存中的诗意向往是文化诗学题中应有之义。文化原始的意义是对人的培养、塑造，中国传统中诗的原始功能主要是对人的塑造，在关于人的塑造的问题上文化与诗学实现完美的结合。[①] 着眼于人的自我塑造，诗意不是对某种经典诗歌描写情景的模仿或再现，我们应该透过各种艺术作品描述的情景把握源始的诗意。源始的诗意是现实生活中的人以至善为目标，对未来生存可能性最美好的向往与构想。一个审美的人（感性的、充满生命活力与生活热情的）必然对自己的生存的可能性有所选择。于是出于政治、宗教、经济、伦理、习惯等方面的考量，选择各种可能性或提出各种构想，我们可以相信各种构想都是出于善意的选择，但人类应该还有超越各种政治、宗教、伦理偏见的最为美好的向往，这就是诗意向往。这是一种超越但不抛弃各种实用价值取向的美好向往，它将人带入真正的自由之中，这就是源始的诗意向往。我们是用诗意命名人类最美好的向往，良知的召唤，这样的诗意才是源始的诗意。[②]

现实生存中的人，日常总是处于异化、非本真的生存状态之中，但人也总有对超越现实的美好未来的向往，如孔子所说，我们"游于艺"以各种现实的方式生活于现实之中，但人总会"志于道"，总有超越性的向往，如果我们"据于德，依于仁"，保持纯真与善良，那我们对未来构想总是富有诗意的，在这样的构想引导下，人开始真正的诗意旅程。这是人在非诗意的现实生活中产生的诗意，人也因此是诗意地生存着的人。诗意源自非诗意的现实生活，是源自现实生活的，对未来生存可能性的最美好的构想与向往。对非诗意的现实生活中的诗意的领悟需要有超越性的解读

---

① 参见本书第一章"文化诗学之道"。
② 关于源始诗意的阐释请参阅拙文《源始诗意与文化诗学的诗意维度》，《燕赵学术》2010年春之卷，第133～139页。

方式。所以，人创造了诗歌这种艺术形式，它最集中地凝聚生存着的人的诗意领悟与表达，训练人们对现实的诗意解读。中国传统诗词的鉴赏，更为提倡的是体味言外之意，象外之象，味中之味，强调领悟文本之上（之中、之外）的韵味，这在文本解读实践中是对文本的超越性意蕴的领悟，这样的鉴赏已非严格意义（康德所述）上的审美鉴赏了，实际上是对超越性意蕴的诗意的解读。

从生存的整体性出发，反观生存中的审美活动与诗意向往，我们发现审美活动是人们主动采取非功利的态度、以饱满的生活热情、有意识地反省自身的各种思想偏见而面对生活本身，是本真生活的起始环节。诗意向往则是从本真的起点建构超越性的美好理想，从而开始人之为人的真正历程。这是人的文化中的审美活动与诗意向往的运作方式。

四　文化诗学的诗意解读

文化诗学高度重视文学文本与现实人生的相互建构。所以文化诗学的文学批评不能只限于解读文学文本，还应解读与文学文本相互建构的现实"文本"，但对现实文本的解读应有自己的不同于一般文化解读的方式。文化诗学的文学批评以文化中审美活动与诗意向往的运作模式为主要参照，解读文学文本中的审美价值与诗意旨趣，文化诗学的文学批评与一般的文化批评的不同之处，在于文化诗学的文学批评始终采取诗意的尺度，从本质上说是一种诗意解读或诗意批判。文化诗学的诗意批判应涵括以下几个基本内容。

第一，以审美态度让文本自主呈现，从而在非诗意的现实中领悟诗意。现实文本与文学文本，它们的叙事、写情都带有意识形态属性，因此总在描述真相的同时也遮蔽更多的真相。文化诗学的文本解读，因此应采取非功利的审美立场，有意识地克制、反省自身的意识形态立场，不因自身的意识形态而扭曲文本自身的呈现。在尽可能的非意识形态视域中，即审美态度中，各种文本才可能得到最充分的呈现，我们也才可能领悟其形象蕴含的诗意。这是诗意解读的起始环节。

第二，文化诗学的诗意解读是对现实文本与文学文本的诗意与非诗意进行阐释和批判。各种文化批判，总是从某一政治、道德、民族、阶层、文明的角度进行"文化批判"，往往是以某种所谓的政治正确性批判另一种政治正确性，以某种道德正当性批判另一种道德正当性，以某一团体权利的正义性批判另一团体权利的正义性等等。这些"文化批判"都有其历史的合理性，我们也可以相信各具偏见的非诗意的"文化批判"含有诗意的因素，但我们仍希望有一种更直接阐释人的生存的诗意的文化批判，这就是文化诗学的诗意批判。文化诗学的诗意批判也批判各种政治、道德、文化的正确性和正当性，但它不是以一种正当性批判另一种正当性，而是以诗意为尺度展开对各种政治正确性、道德正当性、权利正义性的批判。因此，文化诗学的文化批判，不是一种形式主义的话语批判，而是将话语视为建构人的生存的重要环节，由此其批判对象自然扩展至现实的话语实践。这样的话语批判重在抵抗流行的强势话语（政治、道德、经济、宗教、科学等）对人的生存真际的遮蔽。寻求超越各种意识形态偏见的诗意批判，是文化诗学的文学批评与一般的文化批判不同的地方。

第三，文化诗学的诗意解读尊重文本在文化中的自律性。如前所述，完全的非功利是不可能的，完全超越各种偏见也是不可能的，但为了克服批评者自身的意识形态造成的误读、曲解，文化诗学的诗意解读采取尊重文本的文化中的自律性的原则。与审美批评强调文本形式构成的自律性有别，文化诗学在考察文本出场语境、文本相互关联时，充分尊重文本在历史文化语境中的独特位置，文本与其他文本独特的关系链，在这些独特的关系节点中解读文本的独特意义，这就是文本的文化中的自律性。尊重文本在文化中的自律性，实际上就是拒绝大一统的理论权威，不以所谓正确的概念、标准千篇一律地批评文本，善意、细心、同情地理解建构文本的各种因素的关系，理解文本与其他文本的关系的方法，力求阐释每一文本的独特意义，以此领悟现实与文学文本中的诗意向往，揭示人的本真生存的可能性。

第四，文化诗学以源始诗意的解读揭示人的本真的生存，呵护人的赤子之心。诗意批判的最终目的是呵护人的赤子之心，追求人的真正解放。流行的文化批判，一个或许有点简单化的基本倾向是它对现行主流意识形态的抵抗，揭露理所当然的现行文化构成中的非正当性。文化诗学的诗意批判也表现出对现行政治、道德、宗教、经济、科学等流行话语的抵抗与反思，但它以诗意的标尺衡量各种意识形态话语的价值，它不是愤世嫉俗地反对一切意识形态话语，而是在各种流行话语中提炼出人的本真的诗意，追求人的真正解放。文化诗学的文化批判决不煽动叛乱、暴力，它只以最为源始的诗意让人回想自己最深层的真诚、善意、良知，从而让文学确实产生某种政治作用，实现对社会改革的参与作用。因此，可以说文化诗学的诗意批判是对人生的一种真正的、彻底的善意解读。

从人的文化的整体性出发，人的生存始于审美享受成于诗意向往，因此文化诗学以审美批评为开端而进入诗意批判。具有整体性特征的文化诗学的诗意批判是一种以源始的诗意向往为尺度的文学批评，是一种以善意解读为前提的文化批判。

也许，这种诗意批判太书生气了，但人的生存却必须永远回顾源始的诗意，从而成就诗意的生存。

第三章　文化诗学的基本特征

文化诗学从表现形态上看，是一种理论或是一种方法？或是一种文学批评的实践？似乎将它作为一种文学批评或文化批评的实践更为恰当些。因为作为建立在对各种理论进行反思、重构的基础上的文学批评，作为一种强调原创性的建构的文学批评实践，文化诗学并不固守某种理论和方法，哪一种方法都不是文化诗学唯一使用的方法。文化诗学作为对传统文学批评方法、文学理论的重构，倾向于使用一些与传统文学批评方法不同的方法。如跨学科的方法等，但实际上话语分析、文化阐释（深描法）、概念史描述、历史的文本化等方法也在标名为文化诗学的文学研究中得到广泛应用。文化诗学的文学批评方法是不拘一格的，或是多种方法并用的。对现代文化诗学而言，影响我们对文学研究、文学批评进行反思的主要理论有现代语言学、哲学阐释学、解构主义、西方马克思主义、中国传统思想等理论观念。在批评方法方面，主要说法有文化阐释方法、话语分析方法、跨学科的方法等。其中被谈论最多的是"跨学科"的方法或文化诗学研究的跨学科特征。

文化诗学视野中的文化、作诗，可以解读为对人自身的塑造、教化，因此文化诗学从根本上说是以人的自我塑造为起点和归宿，以此作为文学批评的根本依据。我们也应由此出发思考文化诗学的基本特征、基本方法。

人的自我塑造，有必要经常返璞归真，对人类文明成果经常进行反思，重新思考人类真正的需要和愿望，纠正各种文明发展中出现的弊端。如何在人文学科的研究中"返璞归真"，从根本处重新出发，是一个重要的问题。或许我们可以发问，我们现有的各种规范、法则、礼仪是如何建构起来的，建构这些文化成果的初衷是什么，由此而探寻重返原始之处的可能性。同样对文学活动的成就也应有返璞归真的反思。文化诗学，在诗学之前冠以"文化"，则首先意味我们必须从人的自我塑造的初衷出发重新思考文学的功能和价值。因此，文化诗学的重要特征是对各种现成的文学批评范式、文学观念、文学理论保持反思的立场，对各种理论从人的自我塑造的诗意维度出发进行必要的反思。

人是被建构起来的，关于人的各个学科也是被建构起来的，各种真理也是被"发现"（建构）的……于是问题不在于我们选择或认可何种"真理"，而在于我们必须分析人、关于人的学科、关于人的真理是如何被"发现"（建构）的，人们为什么要建构这些独立的学科。因为某种单一的视角和学科，对问题的认识可以更加深刻、透彻。但是，当我们限于某种视角越走越远的时候，我们可能在某一方面深刻地看到世界的某一方面，但这是片面的深刻，这样的认识方法可能在深刻认知某个方面的同时，遮蔽了更多的事实，所以，我们需要一种反思这种片面视角的立场和观点，一个有效的方式就是从不同文化、不同学科的角度审视自己的立场和观点。所以，跨文化、跨学科的视野成了提倡文化诗学的学者不约而同的立场和基本方法。

文化诗学在方法上的特征可从几个层面来说。最抽象的层次上，它应该应用人文学科的方法，主要强调它的基本方法与自然科学的方法不同。人的生存实际有许多方面超出自然科学思维所能理解的范围，而在当代科学高度发达的时代，许多人对科学思维有迷信倾向，在人文科学的研究方面常常有用自然科学的方法取代、改造人文科学的冲动，所以文化诗学特别强调文学批评必须应用人文科学的方法。在这个层面上，我们从人的自我塑造出发把握文化诗学的基本方法，深刻理解历史文化对人们解读文本的制约和影响，从人类的诗意向往出发理解人文科学揭示真理的方式。其次，人的存在是整体的，研究人的"文化"自然是不能限于某种单一的方法，文化诗学如果将人的文化作为文学批评的起点和归宿，其方法也应是应对整体性的方法，其特征是明确意识到对整体完全把握的不可能，所以对局部深入理解的同时意识到整体的存在，"知其白，守其黑"。再次，在具体操作的层面上，最引人注目的是跨学科的方法，所谓跨学科在方法论上就是允许运用不同学科的方法，文化诗学并不专用某种方法。因此，也可以说跨学科是一种立场和视野，跨学科的方法实际上就是多种学科方法的适当选用或综合运用。

第一节　"跨学科"的重要意义及其辨析

"跨学科"可以是一种视野、一种品质，也可以是一种文学批评的方法，在文化诗学的研究论著中"跨学科"是最常见的说法，普遍认为"跨学科"是文化诗学的方法或品格特征，因此，我们有必要思考这个问题，认真辨析"跨学科"到底是什么意思、在什么意义上把握跨学科的概念。所以我们先讨论所谓"跨学科"的方法。

一　"跨学科"的提法

在文化诗学的研究或文化研究中，跨学科是一个经常出现的说法，也出现了一些具有代表性的说法。这些说法都表达出重要的学术意义和深刻的学理深度。

林继中先生认为文化诗学是一种整体性的研究，所以文化诗学采用跨学科的方法："整体性研究是文化诗学生命之所在。所谓整体性研究，体现在以宏阔的文化视野对文学进行全方位的审视，采用跨学科的方法，从人类学、美学、心理学、社会学、宗教学、民俗学、经济学等诸多学科的视角观照文学。然而更重要的还不在'跨'，而在'打通'，即必须将这些不同学科视为一个彼此联系的整体，以多种视角观照文学的目的，还在于尽量全面地对产生该文学文本的历史文化母体进行修复，探索其生命的奥秘。"①

童庆炳先生将跨学科表达为文化诗学是一种跨学科的研究，跨学科是文化诗学的一种品格："文化诗学可以研究文学与语言、文学与神话、文学与宗教、文学与科学、文学与历史、文学与政治、文学与哲学、文学与伦理、文学与道德、文学与教育、文学与民俗等等的相互关系。这种跨学科的研究，可以帮助我们发现作品的新的意义。""总体来说，文化诗学有三个维度：语言之维、审美之维和文化之维；有三种品格：现实品格、跨学科品格和诗意品格；有一种追求：人性的完善与复归。"②

---

① 林继中：《文化诗学刍议》，《文史哲》，2001 年第 3 期，第 57 页。

② 童庆炳：《"文化诗学"作为文学理论的新构想》，《陕西师范大学学报》（哲学社会科学版）2006 年第 1 期，第 8、9 页。

　　蒋述卓先生认为跨学科研究是文艺学发展的必然趋势："在文艺现象和文本发生变化的今天，我认为跨学科研究是一种必然。在文学艺术越来越走向泛文本的时代，文艺文本变得越来越庞杂，如果只坚持文艺学学科原来的理论立场、视野和方法是不够的，必须面对新的文艺文本现象，才能发挥人文学科的作用。"① 随后蒋述卓先生在他主编的著作《文化诗学：理论与实践——20 世纪中国文学批评的跨文化视野与现代性进程》中将文化诗学描述为跨文化视野的文学批评。跨文化比跨学科更进一步。

　　以上各种说法都提到"跨学科"，但具体用法和意思不太一样。首先是将"跨学科"当作定语来使用。以"跨学科"为定语，描述某种对象、某种研究方法、某种观念具有跨越各种学科的特点，如"跨学科的方法""跨学科的研究""跨学科品格"的说法。

　　在各种具体说法中意思也不太一样。"跨学科的方法"，一方面是说对于文学可以用多种学科的方法来研究，而在文化诗学的范畴里多学科的方法构成一个整体性的方法。这个说法也可以做另一种理解，是指某种方法可以用于不同学科的研究。那么问题在于某种方法运用的范围，到底可以用于多少不同的学科？

　　"跨学科的研究"，童先生的意思首先是文化诗学可以研究文学与各不同学科的关系。同样这个说法也可以做其他的理解，"跨学科的研究"也可以是说某一种研究课题覆盖了不同的学科？同样的问题是，可以覆盖多少学科。当然，这种跨学科的研究也是相对而言的。比如，在《诗经》研究中，与跨学科方法相对的是经学、史实、训诂的方法。以前的这些方法被认为是从单一学科分别进行研究的。而要阐释《诗经》的丰富意义，则必须由多学科的研究共同完成。

　　"跨学科品格"，这个说法表达的意思比较宽泛，可以指某种理论观念不限于某一学科，或某种思想、实践成果是各种学科协同研究取得的。或某种团体、期刊内容的构成是跨越不同学科的。或某个学者他的学问修养是跨越不同学科的。

　　从以上的说法和用法看，"跨学科"这个说法的含义比较灵活、宽泛

---

　　① 蒋述卓：《跨学科交叉对文艺学开拓与创新的推进》，《学术研究》2004 年第 3 期，第 12 页。

的，在具体研究中我们还得辨析一下在具体语境中的具体含义。

如果我们对"跨学科"这个词组进一步思考，将会发现"跨学科"这个词组成立的前提，首先是承认存在着各种"独立"的学科。因为有了分立的学科，才有"跨"的可能与对象。在人类的学术史上，在人的各种活动中，可能是分工的必要，深入研究的需要，个体化的需要（实现个体价值），共享资源的要求，管理的方便？这些理由导致我们的研究机构、学校分成不同的科系，在学术研究上形成不同的学科。但应该注意的一点是，各种分立的学科主要是人为的结果。当然设立某一学科也还是要有一定的依据的，比如根据研究对象的不同，分成地理、物理、化学、数学、历史学、文学、心理学等学科。当然，一个学科的形成是各种因素相互作用的结果，可能有一个复杂的过程，但从根本上说还是人为的结果。只是分立既久，人们，特别是学生总以为这样的学科分立是自然而然的。

划分学科的界限往往是人为的规定，但同时也不可能是完全清晰的。如中国语言文学系，一级学科是汉语言文学，二级学科是古代文学、文艺学、中国现当代文学、语言文字学，这些二级学科都是有所交叉、重叠的。同时，每一个学科的界定都是有争议的，但又都被确定为相对独立的不同学科。以致给人划分学科可能只是为了方便行政管理的感觉。

如果某一领域中各种学科本来就不独立，跨学科是不用提倡的，如文学批评本身就关涉人类活动（宗教、经济、心理、交往等）的各个方面，在这样的领域要划分学科反而是需要研究划分标准的。我们似乎可以说文学批评本来就是跨学科的。如今重提"跨学科"倒是一种复原的说法，其原因正在于长期以来自然学科的规则、方法强势入侵人文学科领域，在管理体系、学术分工、资源配置等方面更多的是按自然科学的规则实施。所以，学科分立仿佛已是自然天成的既成事实。此时，在文学批评实践中提倡"跨学科"自有其重要的理论意义和实践意义。

其重要的意义首先在于让文学研究、文学批评重返文学本身。文学本身就是跨学科的领域，按自然科学的规则对文学研究强行分科之后，实际上伤害了文学研究、导致文学批评的失语。其次，在文学与其他学科之间的跨界视野，有助于反思自身的思想、立场，发现新的学术问题，拓展新的学术空间。

二　跨学科研究的实际意义

如果将"跨学科"作为一个动宾结构的词组来理解，这个动宾词组省略了主语。也许，完整的问题提法应是：（谁可能、并以什么方式）跨越（什么）学科（展开研究）？我们可以从这几个方面展开分析跨学科研究的实际意义。

1. 研究主体的跨学科

假设被省略的主语的位置上是一个个体的人。如果是一个学者，在特定时刻思考问题，在同一时刻是否可能跨学科？一个人可以兼为哲学家、艺术家、语言学家、心理学家等，并且在不同学科任职，当他思考一个问题时，似乎不可能同时从哲学、心理学、民俗学的角度思考。或许可能先从某一角度思考，再从另一个角度思考，最后得出一个超越各个单一角度的答案。提倡跨学科，实际上是提倡对一个问题进行多角度的研究，允许一个学者跨界研究。不至于从中国古代文学专业硕士、博士出来的人一研究现代文学就被认为不务正业，如果研究经济学就更是走火入魔了。

如果是一位学术机构的领导人，跨学科的意识对他而言，或许是容许不同学科的学者在同一机构任职，或许是允许该机构成员展开不同学科的研究。跨学科是这位学术领导人的立场、策略。

如果主语位置上是一个团体，则是说这是一个跨学科的团体，则意味着这个团体的成员来自不同的学科，跨学科对这个团体而言，就是一个不同学科成员的组合。主语位置上是一个大型机构，如一所综合性研究型大学，就是一个跨学科的学术机构。各个学科的并立、并列，或许，它"跨学科"但不一定要打通各学科。如果处于主语位置的是一份学术期刊，则说明这份学术期刊发表不同学科的文章，似乎也可以说这个学术期刊是跨学科的。

2. 研究方法（方式）的跨学科

说某种研究方法是跨学科的，这应该有两个方面的意思，一是某种方法或方式在不同学科都可以应用；一是对某一课题而言，使用了不同学科的方法。前者如数学的方法不仅仅在数学研究中使用，作为基本方法，广泛应用于物理学、化学、经济学、社会学等。由此，似乎可以说数学方法是跨学科的方法。演绎法、归纳法，应该说是一种跨学科的方法，各种学科都使用这种方法推理、证明某个命题。

如果是对某一课题使用了不同学科的方法，这是否就算是跨学科的研究？比如当我从心理学的角度分析文本时我可能同时对文本做修辞方面的分析吗？如果这种两个学科的研究是在前后时间段进行的，是否还可以算作跨学科？这里留下了值得我们认真思考的问题，怎样做才真的算是跨学科的视野和打通学科界限的研究方法，这也是提倡跨学科研究的学者需要解决的问题。

3. 研究对象的跨学科

在"跨学科"的说法中，研究对象肯定应是处于宾语的位置，这里的问题是，什么对象可以做跨学科的研究？货币，肯定是从经济学的角度进行分析最为恰当；研究计算机程序编写，这也是专业化的学科……这些课题跨学科做不了。但如果研究的是人的整体，却不能不是跨越各种学科的研究。人的生存肯定是跨学科的，文学活动也是覆盖人类活动的各个方面的，所以文学研究、文学批评也是跨学科的。对于文学批评而言，本来不必强调跨学科，但现实中的文学研究和文学批评被单立为一个一级学科、被分割为不同的二级、三级学科。所以重提跨学科，自然有重要的现实意义和学术意义。跨学科的视野使我们重新打量文学本身，一些原本被忽视的课题重新被关注。

文化诗学的研究对象还是文学，提倡更广阔的视野是为了更好地回到文学本身。文学本身具有与文化相似的丰富性，因此对它的研究可以是单一的方式，也可以是多种方式同时进行。我们可以在文化的网络中重新定位文学，而不是以传统的文学观念划分界限，从而对现实中出现的新的文学样式、文学意义视而不见。

在文学研究中提出"跨学科"的问题，实际意义是文学研究方式的变换、更替、演变。更多关注文学与其他学科的关系。按前面所引童庆炳先生的说法，文化诗学研究文学与语言、文学与神话、文学与教育、文学与科学等学科的相互关系，这就属于跨学科研究，这样的跨学科实际上是研究两个学科之间的关系。在这个意义上，跨学科研究的对象是学科关系，或是文学与其他学科关系之间产生的问题。

文学研究具体而言，免不了有所侧重，或是作家或是作品研究，在这个层面上提倡跨学科则意味着，以往被排斥在文学研究范畴之外的一些现象、事件、文本也可以成为文学研究的对象。研究一个重要作家，一个人，也需要做各方面的综合研究，或许我们可以在这个意义上说是一种跨学科研究。一个人的实际生存总是整体性的，也就是跨学科的。在作家研究中强调"跨学科"，也许意味着不仅仅研究作家如何写作，还要关注各种文化因素（生活细节）如何直接或间接地影响作家的生存、成长、写作。如格林布拉特的莎士比亚新传《俗世威尔》。

文学文本的研究，在分科的观念里，有许多古代著作便不属于文学研究的范畴，即使被作为文学文本进行研究的著作，也不仅限于文学的意义。因为古代著作往往是综合性的，涉及的内容不仅仅是现代观念上的"文学"。其内容覆盖现代的历史、哲学、宗教、伦理、诗歌、民俗等，如《诗经》《史记》《周易》等，这类文本是一种典型的跨学科的研究对象。或者说，这类文本必须有多学科的交叉、多重透视才可能理解、阐释它的基本意义。当文学研究者面对这些文本时，如果自缚手脚，对关涉其他学科的内容避而不谈，不做适当关注，那么就无法真正解读其中的文学价值和文学意义。所以，解读古代文本更需要跨学科的视野和方式。

文化诗学关注文本与现实生活的相互建构，这里的研究内容必然跨越各个学科领域。但这里出现的问题是，我们必须改变文本与现实的关系的观念，即文本不仅仅是对现实的再现、反映、象征，而且二者的关系是相互建构的。基于这个观念，我们才可能发现、提出文本与现实相互建构的命题。

文学影响人的自我塑造的方式是在文学活动中建构理想文化人格，一个理想中的人肯定是整体性的，如果将成功的、被广泛接受的理想文化人格作为文学活动的成果，这个成果本身就是跨学科的。比如林语堂建构出来的基督，是科学思想与宗教精神、伦理道德的综合体。或许可以称之为跨学科的研究成果。这种成果，是可以同时满足不同学科的要求的。即林语堂的基督可能符合科学常识，满足宗教精神寄托，具备伦理实践规范。在这样的意义上说，林语堂描述的基督是一个跨学科的成果。①

三　跨学科方法的可操作性

我们还应该在文学批评实践的层面上讨论跨学科方法的可操作性

_____

① 参见林语堂《从异教徒到基督徒》，陕西师范大学出版社 2004 年版。

问题。

可能最简单的做法就是建构一种"跨学科"的研究对象。比如文学，应该是这样的对象，但文学是否能作为跨学科研究的对象还有赖于人们对它的把握。当我们认为文学就是一种内心世界的表达时，或者只强调文学是对客观世界的反映时，这样的文学作为批评对象就不可能是跨学科的对象，只有将文学活动与人的自我塑造联系起来思考时，文学才关涉人的活动的所有方面，这时候的文学才是一个跨学科的研究对象或批评对象。当我们这样理解文学时，这种对象的有机统一性，使各种相关学科的研究形成一个整体。

在可操作的层面上考虑跨学科方法，实际上就是多种学科的方法的综合使用，这时我们会碰到一个问题，就是各学科的视野、方法往往是相互矛盾的，将它们并置在一起看上去就是非理性的。面对这种情况，人们要么以自然科学的思维方式（形式逻辑的推论方式）去消除矛盾，要么承认矛盾性（是/不是、肯定/否定、在场/不在场并存）的不可避免。所以，采取跨学科的方法，并不是一个简单的、技术层面的方法问题，它首先是一个如何看待人文学科特性的问题、如何理解人的生存特性的问题。文化诗学实际上是引入了历史的维度和生存的诗意向往的维度建构人文的真理观和判断方式。在矛盾性中把握人的生存真际，展示人的生存的真理所在。这是跨学科方法的思想基础。

在这个基础上，我们重返中国传统思想资源，可以发现许多中国传统思想方法可以在现代情境中得到重新阐释和应用，这种应用的实证之一就是跨学科的方法。关于中国传统思想方法的应用我们将在后面第六章的文本解读实例中进一步展开论述。

跨学科研究，不同学科在实践的层面的结合还是有一些可见的表现的。比如：

主次结合，如果是多视角的研究，可以有主次之分的。不同学科的结合，或许还以某一学科为主，参照其他的学科视野，以此获得更为全面、清晰的看法。

隐显结合，当主要以某一学科的视野和方法进行研究时，其他学科的基本观念不一定明显出现在研究当中，很可能以另一学科的观念为背景、基础、前提。

交错重叠，或许针对某一事物，不同学科形成的对象有所交错，各有侧重，又相互交叉。面对同一事物，某一学科说完之后，另一学科再说一遍，形成重叠论述。

另一个操作路径是确立一些可以跨学科的课题。学科分立的状态，会遮蔽、排斥许多学术课题。而有了跨学科的意识，可能发现许多新的研究课题，至少重新意识到某些课题的跨学科性质。同一主题、话题、观念、概念，可能在各种学科中体现、出现，可以作为不同学科的研究对象。丹尼·卡瓦拉罗的《文化理论关键词》，其中的"关键词"是文化研究的基本课题，多是"跨学科"的。[①]从文化诗学的角度也可以提出一些跨学科的关键词。比如：

结构，各种社会现象都是相互关联的关系，在各种关系中可以赋予某种结构加以解释，这样的方法广泛运用于对语言、文学、家庭、社会、心理等的分析。

诗意，诗意不能只是诗歌表现的意境、意旨之类。诗意，处在人类存在的初始之处。这样的诗意研究，是跨学科的。

话语，某种话语的形成是多领域、多学科运作的结果。

生存，思考人的生存，在人的生存中思考文学。文学涉及生存的各个方面，自然是跨学科的。

审美，审美不限于艺术，扩展至对生存的审美化、艺术化的研究。

文本，泛文本的概念，不限于文学的文本，文学文本的解读的历史化也将文本解读拓展至各个领域，这就跨学科了。

至此，我们又会发现，这些课题以前的研究也都有了，我们现在进行跨学科研究实际上是对以前的学科分立进行重新组合，或许打破原有学科分界、或许产生新的学科。所以，跨学科在这个意义上不妨说是学科重组或学科重构。

四　跨学科话题小结

对跨学科的话题进行考察，我们实际上发现，人的存在，人的活动本

---

① 所列关键词有：意义、符号、修辞、表征、阅读、本文性、意识形态、主体性、身体、社会性别和性征、他者、凝视、心灵、审美、空间、时间、机械、仿像。（［英］丹尼·卡瓦拉罗：《文化理论关键词》，张卫东等译，江苏人民出版社 2005 年版）。

来是不分学科的，人的思维活动、人对自己生存的筹划也本来就是跨学科的。

为了特殊的需要，人的活动有必要分工，分工导致不同学科的建立。然而，不同学科的建立是人为的、历史地形成的、出于各种目的而分的。区分久了，习惯成自然。甚至按自然科学的分科原则应用于人文学科，导致人文学科的研究支离破碎。

现有的学科分立，实际上界限也并不总是清晰明确的。但由于历史地形成的学科建制，在解决问题时便有了诸多不便。

所以，面对现代社会的学科分立的体制，我们才有所谓跨学科的提法。

在人的生存过程中，解决任何实际问题，总要跨越各种学科。问题倒在于，需要跨越哪些学科。所以当前的跨学科的提法，实际意义应该是研究领域、研究对象、研究方法的重组，学科界限的重划。其导致的后果就是：

（1）学术管理层、决策层对学科分立的开放，允许突破传统学科建制的"学科"产生、发展。

（2）开辟传统学科视野之外的研究领域、研究对象，提出非传统的学术问题。

（3）学术界承认非传统学科规定的学术成果。

由此产生的问题是：研究领域、对象、方法重组的依据，学科界限重划的合理性等成为需要认真思考的基础问题。

跨学科也是有危险的，现代人文学科面临的困惑是强大的自然科学思维对人文学科的侵入、同化，对人文学科提出科学化的要求，这样的跨学科则是有害的。

第二节　文化诗学基本方法辨析

从方法论的角度理解文化诗学，如果说文化诗学是一种文学批评的实践，那他用文化作为定语，则意味着其理论前提的广泛性。因为，我们依据某种理论进行的文学批评往往冠以某某学的名称，如文学心理学、文学社会学、文学伦理学、文学哲学、文学阐释学、形式主义诗学、女权主义文学批评、原型批评、结构主义叙事学等，这样的文学批评或文学理论，都是以某种理论、哲学、心理学、宗教学为理论出发点，以某种理论为思想依据和基本方法展开文学批评，进行文学研究。

所以当有人提出文化诗学的概念时，人们往往期望有一种新的理论和方法出现，特别希望能够提供一种更"先进"的文学批评方法。这是受自然科学思维影响太深的时代流行的想法。在自然科学研究中，有新的、先进的方法就意味着能开辟新的领域，可能取得新的成果。所以在文学研究和文学批评中力求创新时，往往想到的就是采用某种新的理论方法，甚至不惜借用自然科学的方法，从而实现文学研究方法的创新。这种对方法的迷信似乎成了人们理解、思考各种新的文学批评实践的习惯性思路，所以当人们面对文化诗学时，也往往追问文化诗学用的是什么方法？文化诗学的理论前提是什么？

其实，文化一词无所不包，它包含了各种理论成果、理论方法，以"文化"界定诗学，意味着这种诗学不限于某种理论、某种方法。相反，文化诗学在文学批评实践中表现出它的理论自觉，它首先要做的事情是对各种理论进行反思，辨析各种理论的形成或建构。在这个意义上说，文化诗学如果一定要有某种标志性的基本方法的话，那就是它对现有各种理论的反思，力图在更为源始的基础上重新建构文学批评的理论和方法。

跨学科的视野，意味着对相关理论界限的突破，可能实现对自身所持理论进行反思，思考它们得以建立的基础和前提，从而调整各种理论立场和理论方法，对学科作出新的调整和重组。对自身理论反思之后，文化诗学展开文学批评实践仍需一定的基本方法，所以我们还应该在反思理论方法、重返问题源始的向度上思考文化诗学的基本方法。

各种理论都是在话语实践中形成的，或许我们对各种理论的反思也可以从话语实践开始。

一　在话语实践的层面反思各种理论

在学术史上，人们并非从未对各种理论进行反思，各种理论之间也并非没有进行对话，但一般是在既存理论的层面上反思、对话，因此，各是其所是、各非其所非，少有对本身理论的来历（如何形成的）进行反思。从话语的层面反思，就是反思各种观念是如何形成的，各种理论的演变过程，从而看出在某种理论形成的过程中保留了什么、丢掉了什么。福柯对话语的分析其意义在于揭示各种理论是在话语实践中形成的，因此，这就为理论思考开拓了更为广阔的视野。

在现成的理论中，我们看到的是一种理论话语总是围绕某种对象展开的，提出了特定的概念、表达方式、基本论题。对此，我们如果不加反思，可能接受现成的各种理论，或在现成的众多理论选择某种正确的理论。但从更长远的历史时段来看，如福柯在《知识考古学》中所述，这些理论对象、概念、陈述方式、基本论题都是在话语实践中形成的，不是恒定不变的。因此，对某种理论的考察，不仅是在这些既成的对象、概念、陈述方式、基本论题的基础上思考、辨析各种理论，还应进一步考察描述话语这些对象、概念、陈述方式、基本论题是如何在话语实践中形成的。因此，我们必须返回话语形成之前的历史遗迹，对各种尚未被理论化、学科化的文化痕迹进行"考古"，重构关于它们的阐释，重构相关的学科、理论、概念、命题等。

对文化诗学提倡者而言，不是采取某种现成的理论、思想作为自己的文学批评的出发点去建构某种"文学理论"，而是要对各种理论进行反思，形成自己对现实、历史、人生、文学的看法，重新提出对文学的阐释。如格林布拉特所说，他既受马克思主义、福柯、人类学等理论的影响，但"历史主义的批评家一般又都不愿意加入这个或那个居主导地位的理论营垒"①，这是典型的主张文化诗学的学者的基本立场，其中也体现文化诗学研究的出发点，不是从某种理论前提出发，而是从文学的产生的最为根本的基础出发展开文学批评。因此，文化诗学的主张，是一种文学批评家的理论自觉，企图建构自己独特的理论前提而不是采取现成的某种理论、哲学。因此，批评、指责文化诗学的人，对文化诗学学者的诟病就是说他们没有理论，或他们的理论混杂、不明确。当然，文化诗学的提倡者是否有点自负，他们是否有能力独创一种理论，这倒是可以商榷的。

具体而言，什么是文学？什么是文学的基本特征？不是在现有的各种说法中，比较哪种说法更"合理""正确"，而是要对某一历史阶段进行

---

① 格林布拉特：《通向一种文化诗学》，载张京媛编《新历史主义与文学批评》，北京大学出版社 1993 年版，第 2 页。

较长时段的考察，看各种群体、机构如何把一些陈述群称为"文学"，历史地考察人们如何在总体话语实践中使某些陈述群形成个体化的话语整体，考察人们在现实生活中如何生产、运用这些话语，在多方关联中确定这个话语整体的基本特征，并称之为"文学"。而不是依据某种理论推导并限定什么是文学和文学的基本特征。比如，考察中国文学，就不能以现行的文学观念去理解古代的中国文学，文学这个概念在古代的意义与今天的意义不同，这是不言自明的。中国古代没有现代意义上的涵盖小说、诗歌、戏剧的"文学"概念。重返源始之处开始再思考，就是重新考察"文""诗""笔"这些概念如何演变为今天的"文学"。在古代，"文"先是自然的表现（道之文）、接着用以指称文字，接着研究文字的使用与写作、文献的流传开始有了文学的称谓。当人们有意识地讲究写作的构思和辞藻（写作的艺术），被后世称为文学的自觉，这是比较接近现代文学概念的时候。到了形成某些主要用于叙事、抒情的形式（文体、文类），这才与现代流行的文学观念相似。加上从西方引入西方的文学概念，我们就形成了在大多数教科书里的文学定义（范畴）。对文学这个概念史的梳理不是本书的任务，在这里也不可能对文学这个概念的形成做详尽的分析。但我们可以说的是，从源始的"诗""文""笔"等，发展到今天的文学，这样的历程并不是唯一的，如果我们重返源始之处，或许我们可以发现还有另外的发展可能性。也就是说，我们不能以今天的文学观念为唯一的标准去规范中国文学。源始的"诗""文""笔"的多种功能，在发展为今天的文学的过程中有的被忽视、丢弃了，如果重新关注源始的功能，或许我们可以看到当下文学发展的新的可能性。我们应重返文学的源始基础，思考文学的重新出发。比如，中国最早关于《诗》的讨论，认定《诗》对人的塑造具有重要作用，读《诗》、赋《诗》是培育人的初始环节（"兴于诗"），这一功能在近代乃至当代的文学观念里被弱化，从而过分强调文学活动的审美、娱乐、抒情的功能，而当近代文学的这些功能被其他审美、娱乐、抒情的艺术形式取代之后，人们不禁发出"文学死了"的惊叹，这表明当今文学定义中的文学已与这个时代不相适应了。如果我们重新重视文学对人的塑造、文学与人的相互建构这些功能，我们对文学会有新的感受并找到当代文学新的发展空间。

文学批评要面对作者、文本、读者及其与现实世界的关系，构成文学活动的这几个因素都是在话语实践中形成的，从话语实践的层面思考文学活动，则应在复杂的关联中考察作者、文本、读者是如何形成的。因此，文化诗学的文学批评范围显得更为开阔，流行的说法是说从文化的角度（其实有点是无所不包的角度）、在广阔的学术联系中考察文学。从结果上看是重视文学与其他文化因素的相互影响、关联，文学批评呈现"跨学科"的方法特征、品格，但实际上是由于在话语实践的层面上考察文学的形成，对文学进行重新阐释所导致的。因此，当我们运用文化批评的方法阐释文学时，不能只是模仿"文化批评"的方法，更要清醒地意识到这种方法的根据及其出发点，我们对各种理论的取舍才有合理的依据，才能做到取舍得当。或许可以避免理论混乱的弊病。

具体的文学批评仍要处理作者创作、文本解读、读者接受等现象，但文化诗学的研究须从更为基础的层面考察。不能只从现存的作者概念出发考察一个人如何成长为文学的作者，首先要考察作者这个概念的形成，这个概念形成所涉及的多方联系，这对作者创作的考察就必然从更广阔的角度和层次展开，如格林布拉特对莎士比亚的重新研究，写出考察范围更为广阔的莎士比亚新传《俗世威尔》。

本书论述的重点是文本解读，从辨析流行的文本观念开始，讨论什么是文学文本，文学文本的观念是怎么形成的，现有的文本观念依据何在，穿透各种理论阐释把握文学文本的实际构成，探讨对经典文本作出重新解读的可能性与基本途径。

文学读者，也不是历来如此。人们如何成为文学文本的读者，他们以什么方式对文学提出了什么要求，对于文学研究来说，是更为根本的问题。如何理解变幻无常的读者群，建构一个合理的读者概念，如今成为一个十分重要而又复杂的问题。在当代，读者对文学生产的直接参与、干预使得当下的文学活动更为复杂化，这都迫使我们不得不放弃各种简单的理论推理，从更广阔的范围研究读者的形成及其对文学和现实人生的影响。

在思考文学艺术作品的存在方式方面，当代最大的成就是意识到艺术作品须在读者的接受过程中才得以最终完成。这可能应当归功于伽达默尔的哲学阐释学。当读者解读文本，文本的意义才真正地实现，如何让文本的意义正当地实现，伽达默尔考察了接受者的教化、共通感、判断力、兴趣等历史形成的前见，指出对文本的理解以这些前见为前提。我们如果从文本与读者的相互建构出发，我们反过来可以说读者也在理解文本的过程中改变了自己的教化、共通感、判断力和兴趣，这可能是在伽达默尔所说的"视域融合"阶段发生的后果，文化诗学的研究可能更多地从这个角度展开思考，关注文本解读对读者的塑造，由此阐释文学与现实人生的相互建构。

文化诗学，可能与其他的文学理论有一个不同，往往有些文学理论提出时总要排斥与之相反的文学观念，而"文化"是无所不包的，文化诗学的理论立场更多的是保持对各种理论的反思而不是排斥。因为，任何理论都有一定的现实依据，都有一定的合理性，但任何理论也都不可能将现实存在完全覆盖，如果我们是从"历史遗迹"、现实事件出发，则注定我们不能只依靠某种单一的理论，在话语实践的层面反思各种理论，这或许对我们合理地选择理论资源有所帮助。当文学批评在话语层面展开时，就不得不对各种文学思想、哲学思想首先进行反思，先要思考一下这些文学思想、哲学思想是如何形成的。

二　对文本的阐释

某种理论话语的形成涉及各种非话语实践领域，也就是说在特定历史阶段的社会体制、流行的思想模式、物质生产水平、生活方式都对某种理论话语的形成有直接或间接的影响，这些因素，当下流行的说法是概括为"历史文化语境"。对各种非话语领域——历史文化语境我们能否做到客观地描述，并以之作为话语形成的参照？这涉及文本含义与历史文化语境的关系，历史本体与历史文本的关系的问题。

当我们说文化、社会、历史时，这些名词所表达的东西都是人创造的结果。所以我们思考这些对象时，应从人的生存实际出发，采取与之相应的基本方法，也就是说不能盲从自然科学的思维方式和研究方法。这是文化诗学在方法论上的一个基本原则。文化、社会、历史是人创造的，人的自由意志、创造性活动使得人类历史充满不可预见性、文化和社会具有多样性，理解人文学科的真理必须充分考虑人的生存的特性，才可能获得切合人类生存实际的真理，这不是自然科学的方法所能做到的事情。我们可以借鉴加达默尔的研究成果："历史认识的理想其实是，在现象的一次性和历史性的具体关系中去理解现象本身。在这种理解活动中，无论有怎么多的普遍经验在起作用，其目的并不是证明和扩充这些普遍经验以达到规律性的认识，如人类、民族、国家一般是怎样发展的，而是去理解这个人、这个民族、这个国家是怎样的，它们现在成为什么——概括地说，它们是怎样成为今天这样的。"① 这就是与自然科学不同的认识方法。自然科学的，或理性主义的基本方法，是力求达到一个普遍的规律、原则，然后据此所谓客观规律、科学原则去理解、判断各种具体的对象。而人文主义的历史认识理想，则拒绝一种统一的文化、民族、国家标准，而是具体地理解每一独特的对象。

这个原理在格尔茨的文化阐释学中有充分的体现。客观描述、记录在人类学研究中遭遇困境，传统人类学者总是自称客观、真实地记录部落文化，但面对同一民族部落文化，不同的学者却作出相反的描述。为摆脱人类学研究的这种尴尬，人类学研究中出现了格尔茨创立的文化阐释学。它不是徒劳地去做"客观"地记录，而是承认在实录的同时已经包含了阐释。因此，问题在于如何使这个阐释更合理、有益。格尔茨认为"民族志是深描"。② 他所说的深描（think description），即对行为含义的阐释。他举的一个简单例子是吉尔伯特·赖尔关于眨眼动作的描述，几个孩子做同样的张合右眼眼睑的动作，会有自然眨眼、挤眼（示意）、模仿挤眼、练习挤眼等几种含义。即使对这样简单的行为的记录，实际上也已经包含对它的解释。

格尔茨认为："所谓文化就是这样一些由人自己编织的意义之网，因此，对文化的分析不是一种寻求规律的实验科学，而是一种探求意义的解释科学。"③ 因此，人的任何行为都具有一定的意义，所以人类学的田野调查记录在记录行为的同时已包含对行为的解释，以实录著称的民族志并不是真正的实录，它实际上已是对某种民族文化的阐释和解释之解释。但人们对此没有清醒的认识，所以一些事实才会被弄得含混不清。"在写就的人类学著述中，包括这里选收的论文，这一事实——即我们称之为资料的东西，实际上是我们自己对于其他人对他们以及他们的同胞正在做的事

---

① ［德］伽达默尔：《真理与方法：哲学诠释学的基本特征》，洪汉鼎译，上海译文出版社2004年版，第5页。

② ［美］克利福德·格尔茨：《文化的解释》，韩莉译，译林出版社1999年版，第12页。

③ 同上书，第5页。

的解释之解释——之所以被弄得含混不清，是因为大部分我们借以理解某一特定事件、仪式、习俗、观念或任何其他事情的东西，在研究对象本身受到直接研究以前，就已经作为背景知识被巧妙地融进去了。"①所以，标榜客观实录的民族志，实际上已经包含了作者的解释。他以另一段引文说明"即便是最为基本的民族志描述，也塞进了多少东西，——是多么异乎寻常地'深'"②。

当然各种行为的含义必须在文化中得到理解。对文化诗学而言，则可以引申为应该在历史文化语境中阐释文本的含义。这似乎没有争议，但问题在于如何建构文化（历史文化语境，在格尔茨的意义上就是符号系统）。格尔茨提出一些具体的、可操作性的方法。有一个重要的原则是："我们对其他民族的符号系统的构建必须以行为者为取向"，"这句话意味着，对柏柏尔、犹太或法国文化的描述必须以我们想象的柏柏尔人、犹太人或法国人对于他们的经历的解释的语词来表达，必须以他们用来界说发生在他们身上的那些事的习惯语句来表达。这句话不意味着，这样的描述本身是柏柏尔人的、犹太人的或法国人的——也即是说，这些描述是它们表面上在描述的现实的一部分；也不意味着，这些描述是人类学的——也即是说，是正在发展着的科学分析体系的一部分。"③

另一个原则，与其他文化研究或人类学方法不同的是，格尔茨强调对具体行为的关注。他主张对具体行为的解释不可能建构通用的模式，文化阐释不能抽象化，不能与所发生之事分开，不能追求建构大一统（高度融贯性）、无懈可击的描述。他认为实际上文化分析是对意义的推测。这些论述与伽达默尔哲学诠释学的基本原则是一致的。这一点上，对文化诗学的文本解读最富启发性，我们对文本的解读也是如此，不可能建构通用的解读模式，文本解读不能脱离文本的具体构成，对文本的解读不能抽象化，不能强求一致。我们必须从具体的文本出发，让文本充分呈现可能具有的各种意义，由此我们才可能做出最合适的解释。

"典型的人类学家的方法是从以极其扩展的方式摸透极端细小的事

---

① ［美］克利福德·格尔茨：《文化的解释》，韩莉译，译林出版社1999年版，第11页。

② 同上。

③ 同上书，第19页。

情这样一种角度出发，最后达到那种更为广泛的解释和更为抽象的分析。"① 格尔茨的这个方法，似乎也可以成为我们对文学文本解读的方法。

格尔茨认为解释人类学的任务是为了更好地接近别人所给出的回答，促进人类之间的相互理解。"正视社会行为的符号层次——艺术、宗教、意识形态、科学、法律、道德、常识——并非是逃避生命的存在难题以寻求某种清除了情感之形式的最高领域；相反，这正是要投身于难题之中。解释的人类学的根本使命并不是回答我们那些最深刻的问题，而是使我们得以接近别人——在别的山谷中守护别的羊群时——所给出的回答，从而把这些回答归于记载人类曾说过什么的记录中去。"② 这也是我们对文学文本解读的目的所在，我们是为了更好地接近文本，真正进入文本建构的艺术世界，从而拓展我们自己的世界。

格尔茨关于民族志写法的思考，对文化诗学的文本解读是有借鉴意义的。

文化诗学的文本解读也应采取这样的阐释方法，只是我们面对的是富有含义的文本，文本解读就是一种自觉的阐释行为。如同应当在具体的情境中理解一个人、一个民族、一个国家，同样也应当在具体的历史文化语境中解读文本。这应当是文化诗学的文本解读的基本方法，这个基本方法筑基于对人类生存特性的把握。我们要做的是对处在文化之网的相关节点中的特殊的文本，解读其中的意义，因此不能假设一个无所不包的、通用的标准和模式解读文本。尽管文本的意义必须在读者解读过程中得到实现，文本的意义也不可能固定在某一种解读上面，在历史传承过程中文本的意义不断丰富、发展。似乎文本没有固定的意义，也不必寻求一致的解读，但这并不是意味着对一个文本读者可以任意解读。首先，读者的解读前见受制于历史传承；其次，受制于各种文本自身的构成规则；再次，读者只有尊重文本的构成规则才可能达到有益的视域融合。所以，文本的意义每一次解读都有所不同，但每一次解读也都相互传承而具有共通性。这种同异并立、变化与继承并存的现象或许是非理性主义的，但却是文本解

① ［美］克利福德·格尔茨：《文化的解释》，韩莉译，译林出版社 1999 年版，第 27 页。
② 同上书，第 39 页。

读的真际。

当文化诗学主张在具体的历史文化语境中阐释文学文本或文学活动的意义时，与旧历史主义的文学观念并无太大不同，文化诗学与旧历史主义的区别在于如何建构历史文化语境。当我们说"历史文化语境"时，可能在意识中想到的就是古代的、传统的历史文化语境，其实这也可以包括所谓的现实文化语境。对任何描述现实（距离我们即使只有一天的现实）文本的解读，所述事实也已成"历史"，所以，关于如何重返历史文化语境的思考也是关于如何重返现实文化语境的思考。解读与现实（当代、我们生活于其中）相关的各类文本，同样须重构具体的文化语境，同样意识到重构现实文化语境的真实与非真实并在的关系。这里涉及三个层次的问题，第一个层次是我们如何重返历史文化语境，当然我们只能通过各种文本（或称文献，还有各种实物、遗迹等）想象当时的历史文化语境。我们对各种历史文本再也不能天真地认为是客观的描述了。当代的哲学诠释学、格尔茨的文化阐释学、新历史主义等已从各个层次指出各种所谓客观描述的文本，实际上已融合了作者的解释。各种历史文献，即使是所谓客观实录的文献，实际上已包含对历史文化的阐释。所以，我们使用历史文本重构历史文化语境时，不得不细心辨析其中已有的阐释，须对各种历史文本做一个阐释之阐释的工作。第二个层次的问题是，我们如何对历史文本进行阐释之阐释，这里格尔茨的方法仍有借鉴意义。"我们对其他民族的符号系统的构建必须以行为者为取向。"① 从各种体现历史情境的细小事情、从古人的生活细节入手，尽可能想象文本产生时的文化之网，尽量以古人的范畴理解古人的文本含义，从古人的生存情境出发理解古人的文本。换句话说，就是不把自己的意识形态作为唯一正确的标准理解历史文本，或者更通俗一点说，就是不以小人之心度君子之腹。第三个层次的问题是，我们重构的历史文化语境是否真实可靠？或者说我们是否可能重构一个原有的历史文化语境？其实对这样的问题的回答永远都是肯定与否定并在的。因此，我们追求真实地再现历史文化语境，但我们也清醒地意识到，我们永远不可能完全真实地重构历史文化语境。有这样的意识，前面两个层

---

① ［美］克利福德·格尔茨：《文化的解释》，韩莉译，译林出版社1999年版，第19页。

次的问题才有实际的意义和可操作的价值。

　　文化诗学文本解读的基本方法，简单说来，就是在重构的具体的历史文化语境之中阐释具体文本的意义。

第四章　文化诗学的文本观念

当我们确定文本解读的基本方法之后，如何看待文本（文本观念）对文本解读也具有重要的影响。这里所说的"文化诗学的文本观念"并非替所有的"文化诗学"界定其"文本观念"，这只是在我们理解的文化诗学基础上提出的文本观念。因为我们不可能做到绝无前见地解读文本，所以，我们在解读文本时需清理一下我们原有的文本观念，以求获得合理的、适当的文本观念作为解读文本的基础。

在此，主要对两大类的文本，叙事的文本和理论的文本，做一个简单的辨析，并提出文化诗学的文本观念。

第一节　对流行文本观念的辨析

人对世界的把握总是在一定的理论观念上才得以实现。各种理论观念是我们对世界本质的设想，是认识世界的前提。当某种理论观念已成为人的思想基础之后，我们自以为客观地观察、认识世界时，我们早已是在某种理论的限制下认识世界。某种理论观念被广泛接受之后，往往忘了它是人设想出来的，反而好像是天经地义一般的"真理"，而当我们以为某种理论观念是不可怀疑的真理时（尽管它也确实说出了某些真理），我们可能已陷入谬误之中而不自觉了。文本解读与此类似，当有人主张客观、无任何成见地解读文本时，他已是受制于某种观念而不自觉。

多元文化的视角使我们有可能看到主流意识形态观念的矛盾之处，看到自身思想意识的局限，反思自身文化的偏见。当代的解构主义思潮，其基本思路就是揭开各种权威观念中的矛盾性，指出它们的局限性，指出它们在表达真理的同时也包含着各种谬误，这些主张倒是可以借鉴，我们应当有更广阔的思想空间，以求更真切地认识世界，认识人类社会。对文本的解读也须清醒地意识到各种文本观念的合理之处及其局限之处，不可将某种文本观念视为唯一的真理。

在此，我们需要对流行的文本观做一些辨析。主要辨析两类文本观，一类是再现历史的文本观——叙事文本观，一类是表达思想观念的文本观——理论文本观。同时讨论一下文学文本与科学、历史文本的界限问题。对流行的文本观进行辨析，并非一概否定这些文本观，而是要反思其中认为理所当然的前提或基本观念，使我们的文本观念具有更大的包容性，从而让各种文本充分呈现自身的意义。

一　再现历史的文本观

这种文本观念相应于叙事文本。叙事文本主要形式有历史文献、新闻、纪实散文（或许还可以包括纪实小说等）、小说、叙事视频等。我们在这里主要从本事与文本的关系和文本自身的构成两个方面审视流行文本观念的一些基本设定。

（一）本事与文本的关系

在本事与文本的关系上，流行的观念认为历史文本是对本事（历史本体）的叙事，历史文本应该真实再现历史事实。叙事性的文学艺术文本是虚构性的文本，但在本质上再现了时代的真实、人的真实之类。"艺术真实是对生活真实的超越，它在假定性情景之中，揭示社会生活的本质及其必然性，以此作为自己的目标。"[1]

因此，解读写实性的文本，流行的文本观念往往有两个基本的假设。

一是存在着客观的历史事实，存在着历史规律以及社会生活的本质；一是客观实录的文本可以也必须真实地再现历史事实，揭示历史规律和社会生活的本质。

在这两个基本假设的基础上，对文本的解读，就是通过对客观实录文本的正确解读，理解文本所再现的历史事实，从而理解文本揭示的历史规律。这两个假设并无大错，但它似乎应该在回应以下质疑之后重新确立，才是合理的假设。首先是我们如何体认历史本体，历史本体是什么？叙事

① 童庆炳主编：《文学理论教程》（第四版），高等教育出版社2008年版，第153页。

文本是如何再现历史本体的，它是否可以透明地、真实地再现历史本体（历史文本是否具有文学性）？人们是否有可能越过文本直接把握历史本体？

1. 人们如何体认历史本体？

我们承认历史本体的存在，但我们只能通过各种历史文本了解历史事实（或文化语境）。已经过去的历史，我们当然只能通过历史文献了解历史。现实中已经发生的事件，我们对它的了解也只能通过各种叙述它的文本才能知道这个事件。即使我们身处其中的现实，我们也不可能事事亲历，我们也只能通过各种现实的文本去了解我们生活其中的时代。发生在十分钟以前的事情，人们要了解它也只能通过复述它的文本才能知道事情的"真相"。所以，我们无法越过各种文本直接把握历史本体，对历史本体的追寻、对事实真相的追问我们只能解读一个接一个的文本，无法到达事件的本体。

这并不是要否认历史本体的曾经存在，也不是要否定历史存在过的事实本身。我们有理由相信，有中国的历史，存在过汉朝、有刘邦这么一个皇帝。但我们只能通过各种文本才知道这些所谓的"历史本体"，历史的事实真相。在朴素的历史观中，人们天真地认为只要秉公直笔，就可以真实地记录各种历史事件。所以，我们有权利要求历史文本应该是对历史的实录，但实录是否可能？各种历史文本是如何"实录"历史本体的？我们在什么意义上理解实录？我们如果意识到历史本体的构成及各种历史文本对历史本事的叙述，我们就不能天真地将历史文本等同于历史事件的实录。

曾经发生的无数事件构成历史现实，这就是历史本事。我们须思考一下历史本事的特征。首先，任何一段历史总是由无数的事件构成，全体（总体）历史事件是说不完、道不尽的。其次，人的历史是人创造的，各种事件的产生充满偶然性，各事件之间并不总是有非如此不可的必然性和因果关系。或者说各种事件之间总有多重的逻辑关系，并非只有一种因果关系。也许，有一种神秘的力量在主宰人类历史，但我们无法清楚地理解这种神秘的力量，人类历史对凡人而言仍是非理性的。所谓历史本体，对有局限性的人而言，有无穷的、散乱的、非理性的事件构成了历史的总体。而当人们试图把握"历史"时，人们不得不用人们能够理解的某种思路来整理历史本体，赋予历史本体以某种结构，从而对历史本体作出合理性的、有条理的叙事。如何叙事，都基于某种关于历史的看法——历史观。

不同角度、不同立场、不同层面、不同时代、不同方法所看到的历史肯定不一样。如果加上意识形态的影响，出于自身的利益戴着有色眼镜看历史，那历史更呈现不一般的样貌了。所以有人说任何历史都是当代史。这里丝毫没有责备无法真实再现历史的历史文本作者的意思，而是想指出一个事实，由于历史观不同，对历史的叙事也各不一样。因此，针对同一个历史本体，会有无数的叙述文本。

2. 同一个历史本体，会有无穷的构成方式

在某种历史观的指导下，各种文本总是选择其中的某些事件进行描述，并用某种因果关系将它们连接起来，用某种媒介将所选的事件组成一个个"故事"，构成有情节内容的一段"历史"。当下纪录片模式形象地体现了这个过程，对某事件实时跟拍，然后剪辑、制作，最后生动、完美地呈现一个"真实"的故事。国史、族谱、家史、传记、纪录片都不可能事无巨细地描述一个朝代、一个家族、一个人。即使单独一件小事，也不可能毫发无损地全面描述下来。因此，任何对历史的叙述，总是有所弃取地选择某些事件、细节，以作者认可的因果关系进行描述、叙事。所以，各种历史叙事总是叙事与非叙事、敞开与遮蔽并存的。因此面对同一历史阶段存在多数的、都有事实依据的叙事的可能性。

所以，面对一个我们相信存在过的历史本体，这个历史本体是由无穷的片断、事件构成的历史总体。由于对历史片断的不同选择、在同一序列中对不同事件的强调、对同一事件不同意义的阐释、对不可见因素的不同理解和表现等，对历史真相的叙述几乎可以有无数的叙事文本，而且这些文本都有真实的依据，也都有一定的真实性。如下图所示，同一段历史总体，可以有多个文本的"真实"叙述。

历史文本的构成，受制于作者的历史观。在某种历史观的制约下，对历史事件进行选择、区分、排列、实录的同时根据其历史观对历史作出阐释，揭示历史发展的规律。其实，所谓客观规律也是人总结、建构出来的，实际上是将某种历史结构赋予历史本体。读者完全可以善意地相信，历史文本的作者是真心想再现真实的历史本体，但以下常见的历史叙事方

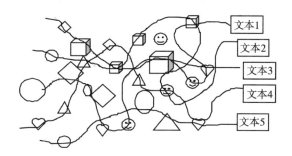

式，使得客观、真实的历史叙事不得不呈现多种文本样式。

（1）历史文本对事件的选择

上图中各种图形代表历史中的各种事件，历史文本的作者可以在无数的事件中建立各种可能的序列，构成不同的情节，写出不同的文本，从而产生不同的意义。如上所示，5种文本都有历史的依据，都可以说是真实的记录。[①] 从理论上说，可以建立无数的不同序列的叙事文本，而且都可以认为是真实的记录。由此我们建立了不同的关于某段历史的概念、表象、形式。如抗战史的叙述，国民党与共产党的叙述就不大一样，我们可以相信，国共两党在抗日战争中都抵抗日军，也都消灭日本侵略者，但选取的重要事件不同，也就有了对抗战史的不同叙述和阐释，不同的叙述都有事实依据，都是真实的抗战史，但也都不是完整、全面的抗日战争史。对中国30年改革开放的历史，站在不同的角度，会看到不同的各种事件，自然也会选择不同的事件作为这个历史的真实写照，从而作出不同的叙述。

由于无数的事件，存在多重的逻辑关系、因果关系，所以对历史事件作出不同的选择，也各有道理，各种不同的历史文本，也都可以将所选的事件叙述得合情合理。所以，历史文本有选择地叙述历史事件也是合理的、允许的。

（2）同一序列的不同重点

即使按时间顺序来叙述，或许可以形成一个获得公众认可的序列，但这同一序列中叙述的重点不同，也会产生不同的意义。某些事件被赋予关

---

① 在以往的解读中，一般重视重大事件、主流事件对历史的建构，当前的文化诗学研究（新历史主义）将以往被忽视的事件也纳入考察的范围，从而发掘新的意义。

键的作用或作为根本的原因，于是整个序列的意义就有所不同。对此，海登·怀特用一个图表解说：

(1) a, b, c, d, e, …, n

(2) A, b, c, d, e, …, n

(3) a, B, c, d, e, …, n

(4) a, b, C, d, e, …, n

(5) a, b, c, D, e, …, n

"大写的字母表明在系列中有一些事件被赋予了优势地位，它们作为解释整个系列的原因或是作为某一故事的情节结构的象征而获得了阐释力量。"[1] 比如中国20世纪六七十年代的知识青年上山下乡，所有的知青大都经历了失学（失业），从城镇下到农村（农场），农业劳动，返城（上学、招工、当兵等）等几个阶段，突出某一个环节，写出来的知青文学就不一样。

(3) 同一事件的多重含义

事件总是人的事件，而人的行为，总是多义的，具有多种阐释的可能性，而且每一种可能的阐释也都是有道理的。如果我们仅止于记录一个人的行动时间、地点，或许可以十分精确，但这个人此时行动的意图、意义、影响则具有多种阐释的可能性。而历史文本绝不满足于流水账的记录，在如实记录的同时自然而然地对事件进行意义的阐释。同一事件，对不同的人来说具有不同的感受，由此也产生了不同的阐释。由于不同的阐释，对同一事件的描述也就具有了不同的意义。

同样以"知识青年"上山下乡的叙述为例，各种文本对这个大事件中各个小事件意义的阐释会有很大不同。同样在农村劳动，对于那些身体弱小的、生病的、从小娇生惯养的学生，可能就是一场灾难。而那些身体比较强壮、意志坚强、不怕吃苦的学生，可能当作一种锻炼。对"知识青年"上山下乡这件事，可以说它耽误了一代人的学习、事业，让整整

---

① 海登·怀特：《作为文学虚构的历史本文》，见张京媛编：《新历史主义与文学批评》，北京大学出版社1993年版，第172页。

一代年轻人受苦受难，是"蹉跎岁月"。也可能说是锻炼了一代人，是一代青年人的理想主义的特殊表现，而且也有些人确实在农村大有作为，所以"青春无悔"。如果依据个体特例，这个事件的意义更是大不相同。

（4）对不可见因素的叙述

历史文化语境的构成既有可见的因素，也有不可见的因素，而且一些不可见因素往往在历史的进程中产生重要的影响。如深层心理因素。这些不可见因素尽管是不可见的，但确实存在着并影响人的行为，也许某种不可见的因素还是人类行为发生的根本原因，因此，历史文本不得不对此作出预期或猜测性描述，或者在叙述时采取"知白守黑"的方式，对不可见因素存而勿论。

综合以上几点，面对复杂的历史现象，面对一段历史时段，如何确立事件序列、理解序列中事件的重点、阐释事件的意义、发掘不可见因素的影响……这些复杂的因素可以产生无穷的组合，而我们正是在这些组合的基础上产生我们关于某段历史的概念、印象、图像。所以，我们关于某段历史的把握、理解、看法都受这些历史文本的引导、暗示、制约，因此历史叙事的多元化也就具有了合理性。

因此，对一段历史的叙述具有无数的可能性。而且这无数的可能性叙述都可能是真实的记录。我们对待历史文本应有一个宽容的态度，不是挑剔历史文本的失实而一概否定，而承认历史文本的建构性，也不是说历史文本可以随意建构。而是要看到历史文本、文学文本不仅是对实事的记录，而且已有了对历史的阐释，我们需要做的是对阐释的阐释，反思建构历史文本所依据的理论观念、意识形态，进而思考具体文本中依据这些理念、意识形态所形成的叙述范型。

3. 以某种范型描述历史

从理论上说，对某段历史的叙事可能具有无穷的可能性，但在实际生活中，人们并不需要这么多种类的历史文本。为了处理叙述的无穷可能性，人们根据某种理论、观念，在无穷的叙述可能性中选择某种叙述途径，形成了某种便于相互理解的、简明的叙述范型。如果某种叙述范型得到大多数人的认可，当叙事文本符合这个范型时，就被认为是真实地再现、反映、描述了历史真相，我们就通过这种叙述范型知道了某种"历史真相"（历史实在、本体）。

　　正因为对整体无法完全把握，我们又必须对整体有所阐释，所以我们对任何事件的描述、理解总是先提出某种设想、某种理论，根据这种理论建构某种范型对现实进行叙述。比如设想存在一种客观的历史必然性，假设各种事件之间存在着因果关系，然后按自己理解的因果关系安排各类事件的主次关系、叙事的详略，从而叙述历史的真相（历史本体）。本以为这只是存在于社会科学领域的做法，其实，在自然科学研究中也是如此，史蒂芬·霍金在《大设计》中所要论证的观点就是："不存在与图像或理论无关的实在概念。"① 在自然科学中，人们也是根据观察到的现象，设想一种理论，再根据这种理论建构实在的概念。

　　总之，我们根据所观察的现象，提出某种理论，然后根据这种理论，设想可能的历史真相，形成某种叙述范型，从而对历史进行叙事，构成历史的实录文本。因此，在不同的理论视野、不同的叙述范型中，历史呈现出不同的历史实在（历史真相）。

　　我们要解决的问题是，他/她为什么这样叙述，从什么立场出发、在什么角度观察、以什么方式进行叙述。叙述者采用了何种叙述范型进行叙事。因此，文化诗学的文本解读同样重要的是要反思建构文本的理论和叙述范型（范式）。我们可以从以下几个方面反思历史文本的叙述范型。

　　（1）理论与范型的依据

　　各种叙述范型为了说明自己的正确性，往往称自己的叙事依据来自神授或是天经地义、客观真理。如《文心雕龙》所说："道沿圣以垂文，圣因文而明道。"（《文心雕龙·原道》）"道"通过圣人所述之文而得到表现，圣人所述之文阐明了道。俗世中所使用的理论，其根本依据是道，其叙述范型的来源也是道。但这个说法也包含"道"必须经由人（尽管是圣人）而得到彰显。如果，现代人将作为根源的"道"取消，剩下的意思只能说明各种理论与范型都是人提出来的，不是神授的，并非从来不变，也不是什么客观存在的。各种理论和叙述范型可能是叙述者的独创，或是集众人智慧而成，如《春秋》《史记》的体例。人文科学的理论、真理是在历代相传中形成的，因此也并不是非如此不可的。强调理论与范型

――――――――――

① 史蒂芬·霍金、列纳德·蒙洛迪诺：《大设计》，吴忠超译，湖南科技出版社 2011 年版，第 34 页。

来源于神，也是古人维护某种叙述范型的权威性、神圣性的策略。从理论上说，针对某一历史阶段，可能产生无数的叙述范式，而且每一种叙述范式都不是凭空产生的，都是有所依据的。各种叙述范型也可能同时并存的，也都有存在的合理性的，没有唯一正确的理论和叙述范型。

当然，某种理论的形成、创立、出现也具有无比的复杂性，是无穷的、无法统计的因素共同作用的结果，当人们无法完全把握时，往往归之于神秘的因素，所以，为了说明、解说某种理论的产生，某种伟大文本的出现，人们往往以天才的独创性、天才的构想来解释某种理论和范型的产生。

（2）使用某种范型叙述的历史事实

人们提出某种理论和范型，以此为依据理解无数的历史事件，建立某种可理解的序列，从而形成历史文本。读者从文本中获得历史事实。没有某种理论和范型，我们无法理解历史。我们只能通过某种叙述范型的叙事才可能知道“历史真相”。这就是人类思维的局限性或特性。我们希望能毫无成见地认识客观真实，但永远做不到，对任何事实的描述我们无法摆脱各种借以叙述事实的理论和叙述范型。通过各种理论视野所看到的事实，总是既真又非真，“知形形之不形乎”，庄子说的。

依据某种理论和范型叙述的历史事实，总是某个方面的事实，不可能是整体的事实。“历史学家把历史记录组织成读者可以识别出来的不同种类的故事。……关键问题是多数历史片断可以用许多种不同的方法来编织故事，以便提供关于事件的不同解释和赋予事件不同的意义。”[①]

因此，尽管我们可以相信存在着历史本体，但可以模仿史蒂芬·霍金的话，说不存在与理论或叙述范型无关的历史概念。我们所知的各种“历史事实”实际上已经过某种叙述范型的过滤和塑造。

（3）不同范型的正确性或真实性

如果不是故意歪曲，在某种理论指引下所观察的事实，依据这些事实所做的历史叙事，由此形成的叙述范型（范式），都有理由说是正确或真实的。“按照依赖模型的实在论，去问一个模型是否真实是毫无意义的，

---

① 海登·怀特：《作为文学虚构的历史本文》，见张京媛编《新历史主义与文学批评》，北京大学出版社 1993 年版，第 164 页。

只有是否与观测相符合才有意义。如果存在两个都和观测相符的模型，正如金鱼的图像和我们的图像，那么人们不能讲这一个比另一个更真实。"①

在自然科学中，某种理论的提出可以通过观测来检验，而关于历史、文学的理论及其叙述范式的检验往往是通过当下人们的体验来评判其合理性。所以说一切历史都是当代史，意为人们总是根据自己当下的体验重述历史，将各种历史事件、历史片断重新组合成自以为正确、真实的历史。但决不是任意、故意戏说的历史，因为我们相信毕竟有事实存在。

由此我们也应反思我们使用某种理论和范型的依据，多数人的选择、听从权威的劝告、私密倾向、迷信？或许都有可能。不管出于何种依据，都不是绝对正确不可变更的。

一种理性的做法是，将各种理论与叙述范型与我们所掌握的"客观规律"相比较，符合规律的即判为正确或真实。但"客观规律"也还是人依据某种理论得出来的。所以人文科学的理论其正确性的判定更为复杂。但往往是"历史学家作为某一特定文化的成员，对于什么是有意义的人类处境模式的看法与他的读者群的观点相同"。② 所以，对某种叙述范型的正确性的评价必须有长时段的历史的视野，理解在历史中形成的真理标准。

（4）需要族理论和族范型

如果历史存在不同叙述的真实，各种叙述范型都有存在的合理性，每一种理论范型都不可能穷尽历史真实，那么，我们或许需要的是族理论和族范型，这样才可能叙述一个整体性的历史真实。这是我们反思各种叙述

---

① 史蒂芬·霍金、列纳德·蒙洛迪诺：《大设计》，吴忠超译，湖南科技出版社 2011 年版，第 37—38 页。《大设计》关于金鱼图像的描述："几年前，意大利蒙札市议会禁止宠物的主人把金鱼养在弯曲的鱼缸里。提案的负责人解释此提案的部分理由是，因为金鱼向外凝视时会得到实在的歪曲景色，因此将金鱼养在弯曲的缸里是残酷的。然而，我们自己不也可能处于某个大鱼缸之内，一个巨大的透镜扭曲我们的美景？金鱼的实在的图像和我们的不同，然而我们能肯定它比我们的更不真实吗？金鱼的实在图像和我们自己的不同，但金鱼仍然可以表述制约它们观察到的在鱼缸外面物体运动的科学定律。例如，由于变形，我们观察到的在一条直线上运动的一个自由物体会被金鱼观察成是沿着一条曲线运动。它们的定律会比我们参考系中的定律更复杂，但简单性只不过是口味而已。如果一条金鱼表述了这样的一个理论，我们就只好承认金鱼的风景是实在的一个正确的图像。"（《大设计》，第 31 页）

② 海登·怀特：《作为文学虚构的历史本文》，见张京媛编《新历史主义与文学批评》，北京大学出版社 1993 年版，第 165 页。

范型之后的合理推论。

因此，为了真实地描述人类社会历史、现实，我们需要一族的理论和范式，而不是一个唯一的理论和范式。用流行的话说就是多元化的视角、多学科的视野、跨学科的研究，在多元视角中我们能够也应该反思各种历史叙事的基本前提、叙事方式，理解历史叙事赋予历史本体的基本结构，在反思历史叙事的基础上，我们才有可能重构更为接近历史本体的历史文化语境。

确实存在着一个本事，原本（本来、原始、最初）的事件，我们是否能再次经历这个事件？肯定是不可能了，我们对这个事件的了解只能通过各种叙述的文本来了解。各种文本对事件的叙述使这个"本事"既呈现又遮蔽，本事在文本中既在场又不在场，我们要追踪历史的本体、本事，却只能陷在无穷的文本链条之中，这就是我们面临的实情。

真实地再现"本事"，更多的是一种态度、追求、企图，而不是一种自然而然的事情。对本事的叙述，不可能存在一种绝对正确的叙述，所以，我们不能坚持只有我是正确的，其他的叙述都是错误的这样一种态度和立场。对历史本体的把握，也必然要通过众多文本的解读、多元文化视角的审视才能更好地把握历史本体。

正是在现实的文本解读中需要族理论和族范型，所以，在各种诗学盛行之后，以"文化"这个无所不包的名词作为定语的"文化诗学"才可能被人接受。如上文所述，文化诗学不定于某种理论和方法，正是因为对历史整体的把握需要族理论和族范型，需要跨学科的视野。

（二）关于文本构成的观念

流行文本观念对文本自身的构成也有一些先在的假设，对此我们也有必要做一番回顾和辨析。

在流行的文本写作和阅读中，一般都要求有明确的中心思想、清晰的叙事层次、连贯全篇的线索、剪裁精练的材料、严谨的有机结构等等。对于散文、随笔之类无所不写的文体，至少也要求"形散神不散"。在语文教学中更是以此作为写作和阅读的规范，我们从小就被告知记叙事件要重点突出、详略得当、结构完整、中心明确。

这个观念源自西方亚里士多德的诗学思想："悲剧是对一个完整划一，且具一定长度的行动的模仿……一个完整的事物由起始、中段和结尾组成。""显然，和悲剧诗人一样，史诗诗人也应编制戏剧化的情节，即着意于一个完整划一、有起始、中段和结尾的行动。"① 同时也受近代科学思想方式的影响。要求文本内在结构的统一、完整，突出重点、明确中心、线索清晰。这是典型的逻各斯中心主义的思想。米勒对此做了有趣的分析，在他的《亚里士多德的俄狄浦斯情结》一文中指出亚里士多德所依据的叙事文本《俄狄浦斯王》与他的理论并不相符，然而，"《诗学》归根结底旨在置换《俄狄浦斯王》，用亚里士多德自己坚信的理性来替代剧中有威胁性的非理性"。但是，《俄狄浦斯王》"这出剧可视为一个寓言故事，它告诉我们：力图将非理性的因素理性化的努力注定要失败。"② 米勒对文本的看法揭示了文本自身具有不可避免的非理性因素，但亚里士多德开创的理性主义思想，总是对文本的构成提出一种无法达到的理性化的要求。

借鉴米勒的看法，我们应当承认文本构成的实际情况并非真正一致、单纯、统一的，统一、单纯的表象是人为建构的结果，实际的文本同时呈现出多样性、繁杂性、连绵散漫性。即使看似完整的结构，其实也是多中心的、并留有大量空白的。例如《水浒传》的章回结构就是连绵散漫的。以线性过程表达的语言也会表现出多重含义，语言的隐喻性、双关性，比如戏剧对话的"潜台词"，小说、诗歌语言的象征、多义等。人物形象的复杂性、行为的非理性，也是文本构成的非理性因素。比如李逵的滥杀无辜，写出李逵忠义里面的不义之举。《三国演义》里的刘备正统却虚伪，曹操奸诈而雄才大略。一些最为引人注目的小说形象总是不可能做单一的价值判断，总让人爱恨交加，不能做理性的定论。故事情节的非理性，中国传统说法是"无巧不成书"，往往巧得毫无道理可言。这些随便就可以想到的文本肌体，实际上并不是真如亚里士多德所要求的那样，而是充满非理性因素的。

一些经典散文，即使是简短的散文名篇也不可能是纯粹的。如朱自清的《背影》就可以从许多方面显示其文本构成的多重性和复杂性。(1)"背影"一词的多重含义：借代父亲形象，我的思念之情，暗指我与

---

① ［希腊］亚里士多德：《诗学》，陈中梅译，商务印书馆 2005 年版，第 74、163 页。

② ［美］J. 希利斯·米勒：《解读叙事》，申丹译，北京大学出版社 2002 年版，第 5 页。

父亲关系并不亲密，暗含大去之期不远，家道中落；（2）文本构成的多线索：家庭变故、父亲的官场沉浮与南京谋事、我与父亲的关系、我的心情、我的北上念书与送别的场面；（3）主题的多重性：表现父爱，父慈子孝，亲情的可贵，祖母逝世的悲痛，子女与双亲的送别，游子对父亲的思念；（4）语言风格的杂糅：口语、白话、文言、欧化、反讽、白描、书面语；（5）中心的不明确：写父亲，但父亲的正面形象却十分模糊，让人留下深刻印象的是"背影"，恍惚、暗淡的形象。文章一开始，反而一再强调"我"的行程、"我"的感受等等。《背影》不长，以下还将从不同角度引以为例，故抄录于此。

背　影
朱自清

我与父亲不相见已二年余了，我最不能忘记的是他的背影。

那年冬天，祖母死了，父亲的差使也交卸了，正是祸不单行的日子。我从北京到徐州，打算跟着父亲奔丧回家。到徐州见着父亲，看见满院狼藉的东西，又想起祖母，不禁簌簌地流下眼泪。父亲说："事已如此，不必难过，好在天无绝人之路！"

回家变卖典质，父亲还了亏空；又借钱办了丧事。这些日子，家中光景很是惨淡，一半为了丧事，一半为了父亲赋闲。丧事完毕，父亲要到南京谋事，我也要回北京念书，我们便同行。

到南京时，有朋友约去游逛，勾留了一日；第二日上午便须渡江到浦口，下午上车北去。父亲因为事忙，本已说定不送我，叫旅馆里一个熟识的茶房陪我同去。他再三嘱咐茶房，甚是仔细。但他终于不放心，怕茶房不妥帖；颇踌躇了一会。其实我那年已二十岁，北京已来往过两三次，是没有什么要紧的了。他踌躇了一会，终于决定还是自己送我去。我再三劝他不必去；他只说，"不要紧，他们去不好！"

我们过了江，进了车站。我买票，他忙着照看行李。行李太多了，得向脚夫行些小费才可过去。他便又忙着和他们讲价钱。我那时真是聪明过分，总觉他说话不大漂亮，非自己插嘴不可，但他终于讲定了价钱；就送我上车。他给我拣定了靠车门的一张椅子；我将他给我做的紫毛大衣铺好坐位。他嘱我路上小心，夜里警醒些，不要受凉。又嘱托茶房好好照应我。我心里暗笑他的迂；他们只认得钱，托他们只是白托！而且我这样大年纪的人，难道还不能料理自己么？唉，我现在想想，那时真是太聪明了！

我说道，"爸爸，你走吧。"他望车外看了看说："我买几个橘子去。你就在此地，不要走动。"我看那边月台的栅栏外有几个卖东西的等着顾客。走到那边月台，须穿过铁道，须跳下去又爬上去。父亲是一个胖子，走过去自然要费事些。我本来要去的，他不肯，只好让他去。我看见他戴着黑布小帽，穿着黑布大马褂，深青布棉袍，蹒跚地走到铁道边，慢慢探身下去，尚不大难。可是他穿过铁道，要爬上那边月台，就不容易了。他用两手攀着上面，两脚再向上缩；他肥胖的身子向左微倾，显出努力的样子。这时我看见他的背影，我的泪很快地流下来了。我赶紧拭干了泪。怕他看见，也怕别人看见。我再向外看时，他已抱了朱红的橘子往回走了。过铁道时，他先将橘子散放在地上，自己慢慢爬下，再抱起橘子走。到这边时，我赶紧去搀他。他和我走到车上，将橘子一股脑儿放在我的皮大衣上。于是扑扑衣上的泥土，心里很轻松似的。过一会说："我走了，到那边来信！"我望着他走出去。他走了几步，回过头看见我，说："进去吧，里边没人。"等他的背影混入来来往往的人里，再找不着了，我便进来坐下，我的眼泪又来了。

近几年来，父亲和我都是东奔西走，家中光景是一日不如一日。他少年出外谋生，独力支持，做了许多大事。哪知老境却如此颓唐！他触目伤怀，自然情不能自已。情郁于中，自然要发之于外；家庭琐屑便往往触他之怒。他待我渐渐不同往日。但最近两年的不见，他终于忘却我的不好，只是惦记着我，惦记着我的儿子。我北来后，他写了一信给我，信中说道："我身体平安，惟膀子疼痛厉害，举箸提笔，诸多不便，大约大去之期不远矣。"我读到此处，在晶莹的泪光中，又看见那肥胖的、青布棉袍黑布马褂的背影。唉！我不知何时再能与他相见！

余光中看不起朱自清的散文，写了一篇《论朱自清的散文》，其中对

《背影》的批评重点是指出它的不纯粹。以下是余光中对《背影》开头一段的批评：

　　我与父亲不相见已二年余了。

　　《背影》开篇第一句就不稳妥。以父亲为主题，但开篇就先说"我"，至少在潜意识上有"夺主"之嫌。"我与父亲不相见"，不但"平视"父亲，而且"文"得不必要。"二年余"也太文，太哑。朱自清倡导的纯粹白话，在此至少是一败笔。换了今日的散文家，大概会写成：

　　不见父亲已经两年多了。

　　不但洗净了文白夹杂，而且化解了西洋语法所赖的主词，"我"，句子更像中文，语气也不那么僭越了。典型的中文句子，主词如果是"我"，往往省去了，反而显得浑无形迹，灵活而干净。①

　　余光中在这里的批评是理性主义的批评方式，散文如果真像他说的那样纯粹，就单调得没什么意思了也没什么趣味了。正是文本构成本身的复杂性、多重解读的可能性，多角度、多侧面、多层次地感动读者。各种文本肯定是不纯粹的，不管是主题、语言或是结构。要求艺术性文本纯粹，是无理的要求。写父亲自然要写父子之情，没有儿子哪来父亲？在这篇文章中如果只写父亲，不写儿子，我们设想一下如何表现"父爱"？这篇文章是从儿子的眼里写父亲，能看到如此的父亲的儿子，应该是孝子，能关注父亲的行动细节，看到平时熟视无睹的细节，正表明他对父亲的挂心。所以，《背影》表现的是父慈子孝的深情，从读者反应情况看，是文本中"我"的感受引起了读者的广泛共鸣，这才感动了一代又一代的人，所以义本开头强调"我"应是朱自清的有意为之。全于批评朱自清语言风格不纯，更没道理，我们反观一下日常说话和我们自己的文章，要达到所谓语言风格的纯粹几乎是不可能的。

　　对《荷塘月色》的不同解读（有大量评论、赏析这篇散文的文章，各有不同的解读重点和解读角度），也说明了文本构成本身的复杂性、芜杂性。当然，如果承认文本的意义是在阅读过程中产生的，阅读的复杂情况也不得不承认以多种方式解读文本的合理性。文本的经典性正在于它经得起人们从不同角度反复解读，而且其意义能常读常新。太单纯的文本，意义指向明确而单一，则无法进行多角度的解读，也难以引起多角度解读的兴趣。

在一般的交流、交际过程中，表意的明确是必要的，我们阅读文本也要培养把握重点、理解文本主旨的能力，但不能忽视文本中矛盾性、含糊性、多重性、断裂性等实际情况。承认文本结构的非一致性，就为更全面、更合理地解读文本留下广阔的思维空间。因为，只有承认文本构成的复杂性、多样性，才可能承认从不同角度进行解读的合理性（或称合法性），如果文本是单纯、简单、统一的，那也就意味着只能有一种或有限的几种解读方式是正确的，其他方式都是不正确的。进而，如果将文本的统一性作为绝对化的要求，更是拒绝对文本做更多角度的解读，在语文教学中将导致学生满足于掌握某种所谓正确的解读方式而排斥其他的解读方式，这样的话，提倡学生的主动性、创造性就是一句空话。

二 表达思想观念的文本观

表达思想观念的文章，可以是论证的写法，也可以在写景、写人、抒情之中表达某种思想观念或意识形态内容。在这里主要讨论说理文本的解读，辨析相关的文本观念。

（一）是否存在实体化的观念

一般流行的看法中，会有一些设想对象化的观念，往往将某种形上观念实体化，称为绝对理念、客观规律、客观精神、客观真理之类。真理、规律、精神，加上"客观"的定语，仿佛这些抽象观念是可以脱离人而存在的对象，理论性的文本是对这些理念的表述。

比如关于什么是"美"的讨论，相似的讨论还有什么是善、什么是孝、什么是友谊、什么是爱情、什么是公正之类。在这样的讨论中，有意无意地将这些抽象概念当成一种外在于人的意识而存在的东西。当有不同意见时，往往还会强调我所说的、思考的是真正的孝、真正的美、真正的友谊之类，加上"真正"的定语，将各种抽象概念对象化。

我们看到，不管如何讨论，都无法得出一个公认的一言以蔽之、一劳永逸的定义。从另一个角度说明，并不存在某种客观化的、对象化的抽象理念让人去"发现""认识"。这是因为这些观念只有在人的意识中出现才具有真正的含义。即使记载在各种文本中，也须人的解读，其意义才得以真正呈现。

其实，认真想一下，我们会发现，实际上我们能思考、讨论的是体现这些观念的文本（事物、行为、事件）而不是这个观念本身。这些文本既体现了某种观念，但又不是某种观念本身。对观念本身，就如同叙事文本所描述的本事一样，总是无法完全到达的，我们能解读的总是一个又一个表达观念的文本，而不是观念本身。所以我们必须思考一下以下的几个问题。

1. 我们是否可能直接把握形上观念

我们无法言说抽象观念本身，这一事实，中国古代的思想家老子早就说过了，流行的《老子》一书，开篇说："道可道，非常道。"其实说的就是这种状况。比如"文化"，什么是文化？所有人创造的东西都是包含着文化，一套茶具、一种喝茶的习俗、喝茶引申的联想等等，都有文化在其中，在实际的品尝、观赏中我们感受到了茶文化，感受到了文化，但这些活动本身并不是文化的全部，也不是文化本身。可以说，这些活动体现了文化，但文化不仅仅是这些东西，我们能说的、能直接触摸的都是类似于茶具、制茶、品茶之类的有文化的活动（文本），我们还是无法直接把握文化本身。所以这样的情形我们正可以说：道可道，非常道。

实际上，我们无法直接把握各种抽象观念本身。什么是真正的道德？什么是真正的孝？什么是真正的母爱？什么是真正的美？这些话题表现了人们"致良知"的愿望和追求，尽管我们永远无法直接把握这些美好的概念本身，但是，我们设定它们作为我们永远追求的、它们又永远在前方引导我们的目标，设定这种仰之弥高的目标却是有重要意义的，因此，我们不会固守于某种僵化的道德模式、行为模式，而在新的情境中不断调整人类具体的道德规范、道德行为，使人的思想、行为不断地改善、提升。人类社会也因此而不断进步，人生境界不断提升。如果我们把某种具体的道德规范当成道德本身，从而以之为不可变更的天经地义的规范，那我们现在可能还处于人吃人的"美好时代"。

所以，我们设定一些美好的观念和境界，但又永远无法到达，这对人类来说并不是坏事，而是人类生存的大智慧。

2. 抽象观念是如何形成的？是否存在先天的抽象观念

各类抽象观念并不是天然存在着，然后让人去理解它们，把它表达出来。在人的一般感觉中，总会觉得似乎有一些先我们而在的观念、天理，我们接受各种教育来了解它们、学习它们，甚至将它们作为一种信仰、信念，作为人生追求的目标、理想。但实际上这些自古流传的道、天理、皇权，近代的道德、博爱、民主、自由、平等、科学等等，都是人建构出来的观念，并非天生自然的客观精神或客观规律。

3. 各种抽象观念在话语实践中被建构，流行话语本身具有意识形态性质

我们平时的信念、规范、理想，如果说是人们在生存过程中建构出来的，那还有一个问题，用什么建构这些观念？在日常生活中，各种流行的话语建构着各种观念，时时刻刻、无所不至（无微不至）地影响着我们的思想、心理、行为。人类社会各种环境建设、制度设置、身份确认、人格培养等，也是在一些共同认可的话语基础上建构起来的非话语因素，这些非话语因素让人们自然而然地接受某些观念，将它们作为人生的理想、信念、规范。在直接的环节上，我们可指认话语对我们的思想、心理、行为具有建构作用，但更广泛的说，人类社会的各种文本对人们所有的观念都具有建构作用。人创造了各种文化文本，通过这些文本相互影响，构成人类社会，每一个体也都在文化文本中生活，形成自己的人生观和世界观。但从整体上看，各种抽象的观念，还是人们自身建构出来的。

建构思想意识最直接的环节还是话语。而各种话语，本身也具有意识形态性。所以，人们建构的各种观念体系，不可避免地带有各种意识形态偏见。

（二）文本构成的逻辑性要求

对于表达思想观念的文本，流行的观念要求这样的文本要中心明确、论点鲜明，论证、表达不能自相矛盾，要有逻辑性。

人本身就是一种矛盾的结合体。人的整体思想本来就是矛盾的构成，不矛盾的只是在特定条件下的特定表述，只能在某种限定性的条件下才可

能是单纯、一致的。涉及整体性对象，在广阔的情境下，总不可能单向度地统一。当我们坚持统一、一致时，一般情况下，往往是对矛盾之处视而不见，或漠然处之，或有意掩盖，或是让矛盾双方实现对立的统一。

人格、思想、情感、心理无不具有矛盾性，而文本建构的逻辑性诉求，往往强调某一方面而抑制另一方面，因此，看上去完整、严密、统一的思想体系实际上包含着可以颠覆观念体系自身的内在矛盾。

如"文革"期间在严肃的政治会场、政治仪式上，总要开头唱《东方红》，结束时唱《国际歌》。《东方红》说毛泽东是大救星，《国际歌》则唱从来就没有什么救世主。其中的矛盾之处极为明显，但大家唱着也没觉得什么不对。现在人们往往以这些例子说明"文革"的荒谬性，实际上，这是人类普遍的现象，并非"文革"所独有。

"文革"期间，开大会时都要唱这两首歌。

东方红

东方红，太阳升，
中国出了个毛泽东，
他为人民谋幸福，
呼儿嗨哟，
他是人民大救星。
他为人民谋幸福，
呼儿嗨哟，
他是人民大救星！

国际歌

从来就没有什么救世主，
也不靠神仙皇帝。
要创造人类的幸福，
全靠我们自己！
我们要夺回劳动果实，
让思想冲破牢笼。

快把那炉火烧得通红，

趁热打铁才能成功！

这是最后的斗争，团结起来到明天，

英特纳雄耐尔就一定要实现。

又如科学发展观的文本构成，其中也包含着矛盾性：

科学发展观，第一要义是发展，核心是以人为本，基本要求是全面协调可持续，根本方法是统筹兼顾。①

一个正常人会立即判断这是一个很好的发展理念。但如果你采取严格的科学理性思维则会发现在胡锦涛的报告中，关于发展、以人为本、全面协调可持续、统筹兼顾的论述，与"科学"的基本含义有许多不合之处，并不符合"科学"的标准。以人为本，就与强调客观性、必然性、规律性的科学观念、科学方法、科学精神有相当多的矛盾。人的自由意识和创造性往往就是对各种所谓必然性的挑战。人的道德意识、宗教意识、情感需求往往不是科学能够解释的，当人们要求呵护自己的情感需求、道德诉求时，往往超越了科学的规范，这时，科学发展观是取消人的这些诉求呢还是以人为本认可这些非科学的诉求？甚至，对什么是科学，学术界也没有一个一致的定义，从本质上定义科学也是不可能的。有各种类型的科学，以哪一种科学作为我们的发展观的基础，这也可能陷入无谓的争吵。

由此可见，即使是涉及国家、民族大计的文本，肯定力求做到统一、和谐，但在核心观念的表述上，如果只从理性主义、科学化的角度看也只能留下诸多相互扞格的地方。这并非中国共产党的理论工作者无能，而是人的思维局限性所决定的，如果严格要求符合"科学标准"，可能话都说不出来了。当然也可以看成是人的思维特性的表现，人的思维既有理性的科学思维，也有非理性的人文主义思维。在这里，我们需要做善意解读，所谓"科学"，主要表达的是追求最合理、最合适、最和谐、最有利的发

---

①　引自：胡锦涛《高举中国特色社会主义伟大旗帜为夺取全面建设小康社会新胜利而奋斗——在中国共产党第十七次全国代表大会上的报告》，人民出版社 2007 年版，第 15 页。

展过程的愿望。

实际上，我们只能在有限的、特定的条件下才可能做到思维单向度的统一，达到消除自相矛盾的情境。只能是在公众容许的范围中做到思想一致、中心明确、论点清晰。所以，在写作学术论文时，自觉或不自觉地说是要符合学术规范。就是说，我们要在一定的范围内提出问题，用一定的学术词语讨论问题，在这个范围中我们要求文理通顺、合乎逻辑规范，如果超出这个范围许多问题永远都说不清楚，各种讨论也可能陷入无谓的争论。各种规范是人为的，它规定的就是在什么地方可以存在矛盾，在什么方面不可存在矛盾。

通过辨析，我们达到的结论是：在一定的条件下，议论性文本可以做到思想一致、论点清晰，如果没有限定条件，各种表达思想观念的文本更多的是包含逻辑上的诸多矛盾的。任何一种观念体系都不可避免地包含着颠覆自身的矛盾性，这就是解构主义的出发点及其存在的前提。解构主义，主要的功能就是揭示某种理论体系、观念体系所包含的矛盾，指出这种理论并不是像人们信奉的那样牢不可破、天经地义、永远正确、绝对权威。从而启示人们应在更广阔的历史范围、思维空间、更深的层次追求真理。

三　文学文本与科学、历史文本的界限

在流行的文本观念中，一个不得不提到的就是文学文本与科学、历史文本的区别。流行观念认为存在文学文本与科学文本与历史文本的界限，它们之间有本质区别。

一般认为文学文本是虚构、想象的文本，科学和历史的文本是实录的文本。

其实，历史文本与叙事性文学文本有区别，更有相通之处，它们的界限是不断移动的。

如我们以上对实录的分析，面对整体历史，人们总是有所选择地、按自己设定的范型叙述历史，甚至从自己的理解出发建构历史因果关系，这样的历史叙事已包含太多的虚构成分、修辞手法。文学文本，特别是小说，故事是虚构的，人物是虚构的，但许多生活细节必须真实可靠，否则小说的真实性就会受到怀疑。由此看来，各种叙事文本，总是既真实又虚构，真实与虚构并存。我们可以套用齐白石的一句话来说，"作画妙在似

与不似之间"①，叙事的文本，不论是文学（艺术性）的文本，还是纪实的文本，都处于"似与不似之间"——纪实与非纪实之间，说它是否真实，实际上是看它在什么程度上符合我们关于真实的标准而已。

某些写法，我们认为是真实的。但这个标准还是人为的，是约定俗成的。在法庭上对事实的确认就人为规定了各种程序，须符合这些程序才能确认为事实，有了口供还必须有人证和物证，不能仅凭言语对事实的叙述。某些写法，被认为是虚构的，但对什么是虚构，也没有固定的、公认的标准。因此，在许多范围里，艺术性的文学文本与科学文本的界限是明确的，但并不总是这样，在很多情况下它们的界限也是模糊不清的。正因为历史文本与文学文本的界限难以区分，所以对许多事件的描述的承认，往往取决于我是否愿意认为是真的。符合我们愿望的叙述，我们更愿意认为是真实的描述。

我们指出科学文本与历史文本具有虚构性，并非说区别不同类型的文本没有意义。在人的生存过程中，对事物的确定意义的认定还是具有生存意义的，我们需要对在一定条件下的事物的意义有确定、清晰的把握，只是不将这种清晰性的把握绝对化，同时意识到能清晰认识、理解的事物只是局部的、有条件的，而事物的整体是更真实的，也往往是模糊不清的。

因此，区别的意义在于科学、史学、法学、哲学文本体现了人们对清晰性、中心化、绝对化在不同层面的追求。艺术性文学文本更多保留文本多重、散漫、繁杂的自然属性，更符合存在的真相。

因此，文学艺术文本对人而言具有生存论的意义。在日常生活中，我们追求并习惯于所谓清晰、确定、线性的思维和方法，但这样的思维和方法在给我们带来方便的同时，遮蔽了更深广的真实，这必然潜伏着生存危机。所以，人们以极大的能量热爱艺术，正是因为艺术以独特方式在日常生活中让我们意识到生存的真相。

第二节　文化诗学的文本观

我们可以先行给出关于文本的基本看法：文本，承认文本有一个创作

---

① 李祥林：《齐白石画语录图释》，西泠印社1999年版，第10页。

的作者，但也要注意文本脱离作者之后意义的建构、创生；文本不仅是书本形式的文本，凡是包含意义的事物、行为都可以作为文本来解读，也有必要作为文本来解读。

同时，我们对各种流行的文本观念也做了一些辨析，以下对前面所说的内容做一些概括，并进一步介绍文化诗学关于文本的基本看法。

一　动植皆文

应接受非书本化的文本观念，凡是表达意义的事物都可以作为解读的对象，即都可以作为文本进行解读。

国外的学者说："对于德里达以及许多后结构主义的理论家来说，万物都是文本。任何一套符号都可以当作一种语言机制来研究和解释。在这个意义上，德里达认为'文本之外无一物'。"[1] 万物都有自己的意义，这意义并不是简单地、现成地存在着，而是在人的阐释过程中产生的，所以，对阐释的阐释显得尤为重要。德里达也说过："我以为有一种书的文化，它与拼音文字密切相连，与整个西方历史密切相连，我认为我们现在通过对其他文化的参照，借助某种交流技术的发展所达到的正是一些不再需要'书'的书写、交流、传播模式。"[2] 这是一种泛文本的观念，文本不等于书本，这已成为当代文学批评的常识，文学批评需要以解读万物作为文学文本批评的基础。德里达是从现代交流技术的角度看到了非书本的书写、交流、传播模式，其实这种非书本的文化书写、交流、传播，在古代也已经有了。如在中国甚至已有叶舒宪先生提倡的影响很大的批评方法——四重证据法——说明了将物作为解读对象的重要性及在解读古代文学、文化文本时的强大功效。

在中国古代，似乎有泛文本的观念。《文心雕龙》说日月山川，"此盖道之文也"，人"为五行之秀，实天地之心。心生而言立，言立而文

---

[1]　[英]丹尼·卡瓦拉罗：《文化理论关键词》，张卫东等译，江苏人民出版社2005年版，第36页。

[2]　[法]雅克·德里达：《书写与差异》，张宁译，三联书店2001年版，《访谈代序》第8页。

明"，"旁及万品，动植皆文"，这个想法是中国的传统观念。① 刘勰的《文心雕龙》介绍了这个观念，但这个观念在中国很早就有了。如《周易》所体现出来的思想，各种卦象都来自万物，是万物的象征，解读卦象正是为了通过卦象去理解事物的运动及其前景，《周易》是中国古代解读万物至理的方法大全。在人的文化中，"动植皆文"，万物都有含义，因此，人们必须解读万物，同时解读对万物阐释的阐释。

如果将某种意义的表达与建构理解为文本的要素，理论上则必然视所有在一定关系中表达、建构意义的事物为文本。如罗兰·巴特的符号学研究（也是一种文本研究）就将家具、服装、建筑、食品纳入研究对象。

在所有的文本中，话语应是最典型的文本，各种事物的意义在话语中得到阐释。同时我们也应注意到各种话语制约着人们对万物的解读。人，"为五行之秀，实天地之心。心生而言立，言立而文明。"（《文心雕龙·原道》）所以，在一个开放的文本观念中，人文、话语（文本）仍是解读的重点，也是所有文本解读的基础。

但是，话语（文本）的研究，必然与所有文本的研究相关联。这是文本的开放性的重要方面。

二　文本的意义在阐释中产生

各种各样的文本形态，其意义在阐释中产生。即使是书本形式的文本，其意义也在阅读的过程中才得以产生，才具有实际意义。从作者的角度看，写作的开始，也就是阅读的开始，或者说写作与阅读同时开始。

有的文本静默不语，其意义需要阐释，如日月星辰、山川地理作为道之文，也需要人为之代言。中国古代宗炳（公元 375 年，东晋孝武帝宁康三年——公元 443 年，宋文帝元嘉二十年）的《画山水序》："圣人含

---

① 参见刘勰《原道·文心雕龙》："文之为德也大矣，与天地并生者何哉？夫玄黄色杂，方圆体分；日月叠璧，以垂丽天之象；山川焕绮，以铺理地之形。此盖道之文也。仰观吐曜，俯察含章，高卑定位，故两仪既生矣。惟人参之，性灵所钟，是谓三才，为五行之秀，实天地之心。心生而言立，言立而文明，自然之道也。旁及万品，动植皆文：龙凤以藻绘呈瑞，虎豹以炳蔚凝姿；云霞雕色，有逾画工之妙；草木贲华，无待锦匠之奇。夫岂外饰，盖自然耳。至于林籁结响，调如竽瑟；泉石激韵，和若球锽。故形立则章成矣，声发则文生矣。"见周振甫：《文心雕龙注释》，人民文学出版社 1981 年版，第 1 页。

道应物，贤者澄怀味象。至于山水，质有而趣灵。……夫圣人以神法道而贤者通，山水以形媚道而仁者乐。"虽然山水以形媚道，但也需要贤者澄怀味象将其中的意义体会出来。再如各种实物，人的行为等，其中的意义往往是静默不语的，它们的意义需语言的阐释。

语言文本表达了意义，文本之间有复杂的联系，读者重建文本与其他文本的联系而解读此文本的意义。文本本身留有大量空白，需阅读者填空而产生具体意义。如我们熟悉的文学艺术文本塑造的形象，在读者的阅读想象中才得以具体化，成为生动的形象。

文本的意义在阐释中产生，因此要充分注意不同阐释方式对文本意义产生的影响。而文本意义的产生具有复杂性，我们主要关注以下两个方面。

（一）文本之间错综复杂的联系

一个文本的构成总与其他文本有千丝万缕的关系。中国的俗话"天下文章一大抄"，如果从正面理解，这句话正说明了每一文本与其他文本存在复杂的关系。读者在解读文本时，也随时重构文本与其他文本的联系，从而产生文本的意义。表述文本之间的各种复杂关系，现在有一个专用名词叫"互文性"。

互文性，这个概念表述了文学作品及其他各种文本之间互相交错、互相依赖的关系。文本与文本之间存在启示、继承、借鉴、引用、暗示、仿作、互释、剽窃等各种关系，文本不可能是孤立的文本。[①] 因此，某一文本的意义的产生，与读者所建立的文本之链有重要的关系。当下阅读的文本，与其他文本的联系可能具有无穷的可能性，但读者选取一定的方向、线索建立此文本与其他文本的关系，由此而产生一定的意义，建立的文本链条不同，产生的意义也随之不同。这点我们须给予充分的重视。

仍以《荷塘月色》为例。

　　曲曲折折的荷塘上面，弥望的是田田的叶子。叶子出水很高，像亭亭的舞女的裙。层层的叶子中间，零星地点缀着些白花，有袅娜地

---

　　① 对这个概念的理解可参考［法］蒂费纳·萨莫瓦约：《互文性研究》，天津人民出版社2002年版。

开着的，有羞涩地打着朵儿的；正如一粒粒的明珠，又如碧天里的星星，又如刚出浴的美人。微风过处，送来缕缕清香，仿佛远处高楼上渺茫的歌声似的。这时候叶子与花也有一丝的颤动，像闪电般，霎时传过荷塘的那边去了。叶子本是肩并肩密密地挨着，这便宛然有了一道凝碧的波痕。叶子底下是脉脉的流水，遮住了，不能见一些颜色；而叶子却更见风致了。

对这一段文字，余光中评论："这样的女性意象实在不高明，往往还有反作用，会引起庸俗的联想。'舞女的裙'一类的意象对今日读者的想象，恐怕只有负效果了吧。'美人出浴'的意象尤其糟，简直令人联想到月份牌、广告画之类的俗艳场面；至于说白莲又像明珠，又像星，又像出浴的美人，则不但一物三喻，形象太杂，焦点不准，而且三种形象都太俗滥，得来似太轻易。用喻草率，又不能发挥主题的含意，这样的譬喻只是一种装饰而已。"① 余光中的解读说明读者对一个文本的解读总会自觉不自觉地将它与其他文本联系起来，在相互联系中产生他所理解的意义。余光中的"'美人出浴'的意象尤其糟，简直令人想到月份牌、广告画之类的俗艳场面"这句话很有意思。他为什么会联想到月份牌之类的文本呢？可能是故意要贬低朱自清的散文。作为中国的读者可能更多的会联想到白居易《长恨歌》中描写的杨贵妃："春寒赐浴华清池，温泉水滑洗凝脂。侍儿扶起娇无力，始是新承恩泽时。"熟悉外国艺术作品的读者可能会联想到"维纳斯的诞生"的故事和绘画作品，我想极少有当代读者（从60后开始的当代读者）会联想到"月份牌广告画"，因为大多数当代读者如果不去查资料，一般不太知道什么是月份牌了。作品中暗示对星星点点的荷花的解读，应与明珠、天上的星星的联想，然后才是"刚出浴的美人"，这样的美女有前面二者的铺垫，已绝不可理解为俗艳的美女了。什么是真正的美，什么是美的极致？在朱自清的时代，已流行一些西方的观念，可能会接受人体是世上最美的形象的观念，所以这里最后将荷花比喻为"刚出浴的美人"，无非说的是荷花美到极致的意思。如果读"美人出浴"而联想到艳俗的"月份牌、广告画"是读者的问题，不是作者的

---

① 余光中：《论朱自清的散文》，《名作欣赏》1992年第2期，第34页

问题。

一个文本的建构有其横向、纵向的相互关系。文学杰作具有较大幅度的创新，往往是对传统文本系统的挑战，对读者可能习惯的文本联系的挑战。因此，往往让读者无法按原有的习惯建立此文本与其他文本的联系，从而在阐释文本意义时受阻，因此不得不改变原有的阅读习惯，打开新的思路，从而在思想上得到新的启发。这样的文本，久而久之被当作"经典"，认为它具有创造性。

一个时期的各种文本（文本群），体现了某一时期的话语特征。所以对某一文本的解读，不可能仅仅局限于这一个文本，自然而然地将该文本与其他文本相关联，在相互关联中解读它的丰富意义，把握它被公众认可的意义。

（二）文本自身的多重构成及意义的产生

我们前面已从不同角度揭示了文本构成的矛盾性、断裂性、多线性等，因此，解读文本要真正关注文本本身，不是以某种先入为主的文本观念规范文本或未读先知地描述文本。有知识、有思想的人在解读文本时最容易出现的问题就是先入为主地援引自己习惯的解读范式来阐释这个文本的意义、功能和价值。往往依据自己习惯的范式将文本做理性化的解读，从而忽视了文本的矛盾性、断裂性和多线性。很少考虑自己所援引的解读范式在揭示文本某些意义的同时所遮蔽的其他方面的意义。因此，文化诗学的文本观有必要强调文本的矛盾性、断裂性和多线性，由此而进一步思考文本在阅读中产生丰富意义的可能性。这也是文本开放性的一种表现。

文本的开放性也表现为在文本阅读中不断产生新的意义。就像对历史现实的认识是主体与客体的相互建构一样，文本阅读所得的意义也是阅读者与文本相互交流产生的。不存在现成的观念、意义、思想等读者去获得。当读者的阅读情境发生变化时，对同一文本的阐释也就产生了新的意义。在不同的历史阶段，读者具有不同的视域，不同的阅读经验期待视野。即使对同一文本，在不同的时期，必然读出不同的意义。由此可证，文本的意义是读者与文本交流建构而得，并不存在现成的文本意义。

文本也在阅读中获得真正的存在，文本在阅读中产生它的意义。当然，读者在阅读文本时建构的意义也受到文本叙述策略的引导，所以，文本意义的产生既内在于文本又超出文本。文本开放着，任何文本都不具有绝对明确的界限。

　　(三) 文本的内与外

　　在文学研究实践中有一种流行的区别，即内部研究与外部研究。这是在韦勒克的规范体系中，将研究文学的背景、文学的环境、文学的外因，作品与作者的生平、心理、思想的关系的研究称为"文学的外部研究"。将对文学作品的存在方式，文本的语音、节奏、格律，文体，意象、隐喻、象征、神话，文本的叙述方式等的研究称为"文学的内部研究"。这样的区分，应该看成是韦勒克的学术规范下的区分。在实际操作时，很难对文本的解读作出内与外的绝对区分。对韦勒克所说的内部研究对象的解读，往往要顾及文本所处的社会历史背景，作者的生平、思想。所以，即使是对一个词语的解读，也很难说是内部研究还是处部研究，因此，实际上无法确定文本的内外界限。这一点现在已为大多数文学研究者所接受。巴赫金对此也有明确的论述："每一种文学现象（如任何意识形态现象一样）同时既是从外部也是从内部被决定的。从内部是由文学本身所决定；从外部是由社会生活的其他领域所决定。不过，文学作品被从内部决定的同时，也从被外部决定，因为决定它的文学本身整个地是由外部决定的。而被从外部决定的同时，它也被从内部决定，因为外在的因素正是把它作为具有独特性和同整个文学情况发生联系（而不是在联系之外）的文学作品来决定的。这样，内在的东西原来是外在的，反之亦然。"①

　　对类似现象的把握，外与内的无法截然分开，解构主义大师德里达有一个很有意思的表达方式"外是内"②，这种思维方式与中国古代的思维方式有很多相通的地方，我们后面还会再做分析。

　　从以上文本互文性、文本构成的复杂性来看，文本意义的产生与文本的互文性、结构的复杂性密切相关，文本的内与外是很难截然分开的。所以解读文本的意义不必人为区分内与外，要理解内中有外、外中有内，或许我们可以借鉴德里达的表述方式，用一个叉号表示这种既是又不是的意思。

　　也许从根本上说，文本无法做内外之分。其实，我们可以忽略这个区

---

① 巴赫金：《巴赫金全集》第二卷，钱中文主编，河北教育出版社 1998 年版，第 145 页。

② ［法］雅克·德里达：《论文字学》，汪堂家译，上海译文出版社 1999 年版，第 60 页。

分文本内外的问题，反而要意识到，当我们解读文本时，内就是外，外就是内。对任何一个文本因素的解读，都要联系到文本内外的其他文本，不必人为地设置一个内外的界限。

三 文本与现实人生的相互建构

文本与社会现实的关系，或人的生存的关系。反映、再现、表现、象征等关系广为人知，我们往往说某一文本写了什么，反映了什么、再现了什么或表现了什么。对一些较为隐晦的文本我们又说它象征着什么。自从新历史主义兴起，文化诗学兴起，人们又更为重视文本与现实生活的相互建构的关系。在文化诗学的文本观里，应更为关注文本对现实人生的建构作用。

我们或许熟悉人的意识来自社会实践的观点，但也要看到人的主观态度、立场、观念影响着人们的社会实践，在这个意义上，体现了文本与现实人生的相互建构关系。如海德格尔说："话语是此在的展开状态的生存论建构，它对此在的生存具有组建作用。"① 又如塞尔，他对语言、思想如何建构社会实在有系统的论述，在此我们可以借鉴他的看法："社会的实在既然部分地要通过本体论上是主观的一套态度建构起来的，那么怎么可能在认识论上有一个客观的社会实在呢？"② 社会实在并非纯客观的存在，它是在人的意识作用下建构起来的社会实在。与文化诗学的文本解读有关的有以下几个方面。

（一）对象、概念、策略的建构

当我们考察某个时期关于某个事物、某个话题、某种思想、某个对象的陈述时，我们可能将这些对象、概念、论题当成既存的东西，仿佛是一种客观存在。但实际上这些既存的东西，是在人们的话语实践中建构起来的。福柯用一系列著作论述这些对象、概念是如何在话语实践中形成的。③ 借用乔纳森·卡勒关于福柯的介绍："作为新的历史对象的发明者，

---

① ［德］海德格尔：《存在与时间》（修订译本），陈嘉映译，三联书店1999年版，第189页。

② ［美］约翰·塞尔：《心灵、语言和社会——实在世界中的哲学》，李步楼译，上海译文出版社2001年版，第108页。

③ 参见福柯《知识考古学》，谢强、马月译，三联书店2003年版。

福柯特别具有影响力，他发明了'性'、'惩罚'和'疯狂'等等，我们以前一直认为这些对象是没有历史的。福柯在自己的著作中把这些都看成历史的建构，并且鼓励我们考察一个历史时期的话语实践，包括考察文学怎样有可能塑造了我们想当然的那些东西。"① 卡勒的介绍还是比较简明、清楚的，如果要进一步了解福柯的这个思想，要读他的一系列著作，至少是读一下他的《知识考古学》。

　　某些事物存在着，我们描述它；同时，我们的描述也建构了关于这些事物的表象并以之作为我们认识、思考的对象，这两方面不可偏执。也许，在福柯之前人们更多地偏重于认为某些对象是客观存在，我们只不过是对它们进行真实（客观）的描述，而福柯更强调，这些对象正是我们的各种话语实践建构起来的。而且，我们关于某事物的概念、论题（策略）是在我们建构的对象的基础上产生的，同时，各种概念、命题又制约着我们对事物的表象。总之，我们关于事物的对象、概念、策略并非自然存在，而是人们通过话语建构起来的。当我们注意、承认这些社会实在是人为建构的，是通过话语实践建构的意识形态，经由各种意识形态而建构了各种社会实在，我们就比较能够理解文学文本与现实人生的相互建构关系了，这是文化诗学视野中文学文本功能的重要内容。

　　（二）"事实本身"（本源意义）的建构

　　我们往往会追寻真理、事实本身、道等等的本源意义，追问人生、真爱、道德等等的形上意义，思考什么是公正、自由、民主等等，但我们似乎永远得不到最终的真理，无法把握"道"的本相，难以定义什么是真正的爱、真正的美之类。

　　我们追求这些事物本身、根本意义、形上意义，但实际上，并不存在一个终极的意义让人追寻，我们能把握得到的只是这些事物本身的替代物。那些所谓绝对的存在等意义，是人们用无穷无尽的文本建构的。每一文本，可能建构了绝对意义的某些意义，但每一文本永远都不是绝对意义本身。对文本这一特性的把握，需要借助中国传统智慧，当然要对中国传统智慧做现代性的阐释。还是要说"道可道，非恒道也"，每一文本都道出了"道"的某一方面，但所说又都不是"道"本身，所以文本对道的

---

① ［美］乔纳森·卡勒：《文学理论入门》，李平译，译林出版社2008年版，第9页。

本身既说又是非说，同时我们永远无法直接言说道本身。

德里达的解构姿态与此相似。他揭示："我们已经了解到，在文本中，那种绝对的存在、自然、那种像'真正母亲'这类词语所指定的东西，永远都消失了，从来都没有存在过；开启意义与语言的，是作为天然存在之消失的写作。"① 这里所表达的意思如乔纳森·卡勒所说："书面文字也许会声明事实是先于意义的，然而，用德里达的一句名言来说，它们实际上证明的恰恰是'没有文本之外的东西'，也就是说当你认为你脱离开符号和文本，得到了'事实本身'时，你发现的只是更多的文本、更多的符号和没有终结的补充物的链条。"②

人的生存，总得悬设一些终极的意义和价值，以此引导人的自我塑造，但它们永远不可能真正为人所直接言说、直接把握，它们总是仰之弥高地可望而不可即。但人对不可言说的"道"之类却又永远有言说的欲望，但实际上，我们是以文本之链对形上意义进行叙述，以文本之链构筑各种形上意义。

（三）理想文化人格的建构

文学文本与人生有着广泛的联系，被阐释为反映、再现、表现、象征等等关系，但这些阐释并未穷尽文学文本与人生的复杂关系。在文化诗学的视野里，突出了文学文本与现实人生相互建构的关系。在建构社会实在的过程中，文学活动有自身的特点。文学文本的功能主要表现为对理想文化人格的建构。

人是一种不断筹划未来的存在者，总以某种应然的理想规约自己的现实。各种意识形态及各种制度、法律、习惯、礼仪在思想、行为各方面规约人的生存，各种"文化因素"在生存着的人身上全方位地训导他/她成为一个"合格"、有文化的人，成为符合某种意识形态规范的人。各种意识形态对人的制约都以话语作为重要环节，生存着的个体也在话语中筹

---

① 雅克·德里达：《文学行动》，赵兴国等译，中国社会科学出版社1998年版，第65~66页。这段文字另一个译文是："因为我们已在原文中看到，绝对的现在、自然、'真正的母亲'这类语词所表示的对象早已被遗忘，它们从来就不存在。文字，作为消失的自然在场，展开了意义和语言。"（德里达：《论文字学》，汪堂家译，上海译文出版社1999年版，第230页。也可参考《文学理论入门》第13页的译文。）

② ［美］乔纳森·卡勒：《文学理论入门》，李平译，译林出版社2008年版，第13页。

划、建构自己的未来。正是在这个意义，话语对人的生存具有建构作用。人的生存既不断地以其接受的话语建构自己的生存方式，同时也借话语提出自己的建构主张，因此话语与生存的相互建构得以成立，这就是文学文本与现实人生相互建构的基本依据。

人的生存需要文学，文学对人的生存的建构并非具体行为的规范，而是从整体上对人格的建构，而且是从人的生存的可能性出发建构人的理想文化人格。人们可以在小说、诗歌、散文、戏剧中建构理想文化人格，不写作的人可以通过阅读、欣赏文学作品而领悟适合自己的理想文化人格。在一个文化发达的时代，大学教育日益普及的时代，大多数的人都在写作，在自己的写作中建构自己的理想文化人格。成为专业的小说作家，可能太难，但大家写自己的散文、诗歌、故事就容易多了，所以，当下中国散文的流行也就理所当然了。①

在自己的作品中建构理想文化人格，会有各种不同的方式，有的可能塑造令人钦佩的人物形象，有的可能只是追问我应做一个什么样的人，或者描述人间百态由此体现作者的愿望和想法，有的写作与人生的自我塑造浑然一体。史铁生，就是通过写作塑造了自己。他说得很深刻："写作者只可能塑造真实的自己。""与其说是写作者塑造了张三，莫如说是写作者经由张三而有了新在。"② 史铁生是一个特例，残疾、重病，史铁生不得不以写作为生，也是在写作中不断思考，为自己也为世人建构了一个坚韧地不断向善的理想文化人格，从而支撑自己不断向生存的崇高境界迈进，成为读者敬仰的史铁生。

对作家理想文化人格的追问，有时也让一些所谓难懂的作品显出明显的意义。如鲁迅的《野草》，如果将它作为一个对象化的文本来解读，它写了什么，表现了什么思想、情感？实在晦暗难明，但如果与鲁迅的人格追求联系起来，我们可以发现在《野草》中鲁迅对人生的深刻思考及人生选择。据章衣萍的文章说："鲁迅先生自己却明白地告诉我，他的哲学都包括在他的《野草》里面。"③ 这里所说的哲学应该指的是人生哲学，

---

① 参见本书第九章第三节"散文话语与理想文化人格的相互建构"的论述。

② 史铁生：《病隙碎笔》，陕西师范大学出版社 2006 年版，第 82、83 页。

③ 章衣萍：《古庙杂谈》，见《永在的温情——文化名人忆鲁迅》，河北教育出版社 2002 年版，第 2 页。

沿此思路，我们可以发现鲁迅在《野草》里叙述了他对人类社会各种邪恶的清醒认识，思考了人生的各种境界，提出为善者遭恶报、人是否继续为善的问题，思考人如何能够真正认识自己的问题，追问什么是真正的道德等生存中的重大问题。对这些问题的回答将构成他的人格追求。但鲁迅没有在《野草》里回答这些问题，所以《野草》难懂，如果联系鲁迅现实的人生选择，这些问题就有答案了，鲁迅以他一生的写作，选择了继续为善、不断向善，以写作杂文批判社会弊端的方式不断追求人间正义。

另一个例子是林语堂的信仰之旅。林语堂写散文喜欢到处表明我是一个什么样的人，当然最系统地表达他的理想文化人格的是他的思想自传《从异教徒到基督徒》，这本书中阐释了他的信仰之旅，描述了他的理想文化人格的内涵与建构。①

数学家丘成桐②写过一篇文章《数学与中国文学》，从数学的基本意义、数学的文采、数学的文采（表达方式）、数学家对事物看法的多面性、数学的意境、数学的品评、数学的演化、数学的感情、数学的应用、数学的训练等方面论述了文学与数学的相似、相通，其中值得注意的是中国文学对他在数学研究方面的启发。他说：“影响我至深的是中国文学，而我最大的兴趣是数学，所以将它们做一个比较，对我来说是相当有意义的事。”③从丘成桐的其他论述看，中国古典文学对他的人格的形成有重要的影响。丘成桐的人生经历是说明文学文本在人格建构中的重要作用的经典案例。

以上各个例子说明文学（广义）对理想人格有重要的建构作用，我们还可以举出更多这样的例子。

为什么文学具有这样的作用？或许我们可以先这样理解，各种文本意义的阐释基于语言，所以广义的文学文本是其他文本阐释的基础。对自然、人生奥秘的理解，各个学科在许多方面是相通的，文学（文字）在

---

① 参见拙著《林语堂的理想文化人格》，中国华侨出版社 2007 年版。

② 丘成桐（Shing－Tung Yau），男，1949 年 4 月 4 日生于中国广东汕头，著名华裔数学家，哈佛大学终身教授，美国科学院院士，中国科学院外籍院士，俄罗斯科学院外籍院士，意大利科学院外籍院士，哈佛大学名誉博士，香港中文大学名誉博士，中北大学荣誉教授。数学界最高荣誉菲尔兹奖得主，克拉福德奖得主，获得有数学家终身成就奖之称的沃尔夫数学奖。

③ 《中国大学教学》2005 年第 9 期，第 4 页。

所有学科当中是最基础的一层，也是最容易理解（解读）的一层，文学（广义的文学）它负担着启迪人类智慧的重任。我们也因此而重视文学文本的解读。

因此，千万不要将文学教育等同于语言技巧训练。

第五章　文本观念与文本解读实践概述

　　文本的构成其复杂性与大千世界相当，所以可以有多种解读的可能性。我们对文本的解读与对现实世界的解读一样，总以某种人为创立的理论为依据，对现实世界或文本作出某种阐释。与对世界的解读相似，我们实际上是不得不以某种理论为依据，展开对文本的解读。因此，与对历史事实的把握一样，为了全面阐释文本的意义，我们也需要族理论。至少我们要了解、把握几种重要的文本解读理论，如反映论、表现论、客体论、信息论、交往论、文化论、接受理论、叙事学、形式主义等。在这一点上文化诗学的批评实践与其他批评实践不同，文化诗学的文学批评并不排斥其他的理论方法，反而是将各种理论方法作为备用的方法之一，从具体的情境出发，针对具体的文本，采取最适合它的具体解读方法。当然，任何文本都可能不止一种合适的解读方法，但某一文本的解读历史会积淀成优良的传统。

　　在文化诗学的文本解读实践中，不能将文本解读仅仅作为一种文本解释的技巧，而是应当将文本放在文本与现实人生相互建构的关系中解读，这样的解读就是一种生存论的诠释。在此，我们可以借鉴当代哲学阐释学的看法。"我们可以将海德格尔的理解和解释概念总结为三点：（1）对于每一生存论行为，理解乃是存在论上最基本的行为以及先行于所有生存论行为的行为；（2）理解总是联系到未来，这是它的筹划性质（Entwurfs-charakter），但这种筹划须有一个基础，即 Befindlichkeit，即在一个所处世界的位置的领域内揭示此在的具体可能性；（3）解释不是某种在理解出现之后而发生的东西，理解就是解释，解释无非是把理解中所筹划的种种可能性整理出来。这种理解观点正是哲学诠释学的出发点，正如伽达默尔所说：'我认为海德格尔对人类此在的时间性分析已经令人信服地表明，理解不属于主体的行为方式，而是此在本身的存在方式'，并说他的诠释学概念'正是在这个意义上使用的'。"① 理解总是对各类文本的解读，作为"存在论上最基本的行为以及先行于所有生存论行为的行为"的理解，自然包括各种文本的解读，或者说文学文本的解读是人类理解行为中极为重要的理解行为，我们也应当在生存论的意义上把握文本解读，将文本解读视为人的生存最为基本的环节，由此阐释文本解读的各种问题。

　　所以文化诗学的文本解读，应将文本解读看作人的生存的基本环节，本章由此出发论述文本观念与文本解读的关系，思考文本解读与人的自我塑造的关系，阐释文本解读对于人的自我塑造的意义，着眼于不断向善的生存追求，将善意解读作为文化诗学的文本解读的基本原则，在这个原则基础上阐释文化诗学的文本解读策略要点。

第一节　文本观念与文本意义阐释

　　这里所说的"文本观念"是指解读者所拥有的关于文本的理论观念，是在某种理论的基础上形成的文本观念。如上所述，各种文本的本然是多线性的构成，并无固定的意义，它总是存在多种解读的可能性，所以对文本的解读总是依据某种理论观念而对文本作出倾向性的解读。浪漫主义文学观念、现实主义文学思想、叙事学、新批评、形式主义等文学观念，总是把我们的解读引向某个方向，并形成某种对文本的解读范式（模式）。比如将文学文本分为叙事、抒情两大类的文学观念，在文本与现实的关系上会着眼于文本如何再现社会现实，在文本体裁方面会按小说或散文的形式规范来解读，在文本结构层面的角度会按言语、形象、意蕴的结构模式来分析。然而，同一文本也可能被当作是作者内心世界的表现，侧重于从抒情的角度来解读。各种理论方法、解读范式有助于我们从某个方面深入解读文学文本，但某种理论视角对文本的解读总是侧重于某一方面，单独的某种理论视角不可能对文本作出全面彻底的完全解读。

---

① 洪汉鼎：《当代西方哲学两大思潮》，商务印书馆 2010 年版，第 497—498 页。

一　妄执某种理论规则解读文本意义的失策

一个文本，如前所述，可以有多种解读的可能性，人们需要某种理论从某个视角对它进行解读。当人们依据某种文学观念，使用某一视角解读文本时，突出了文本中的某一方面，而其他方面则将它们作为背景、衬托、语境等来处理，所以，根据某种理论视角（不得不如此）展开解读可能深入阐释了文本的某个方面的意义和价值，但同时在这个理论视角中，文本的其他意义和价值可能被遮蔽了。任何理论视角都不能穷尽文本的含义。因此，当我们应用某种理论进行解读时，还应清醒地意识到，还有其他的方法和途径可以对当下的文本作出合理的解读。所以，任何理论对文本的观照只是阐释了文本的某个方面，在文学创作和欣赏中，我们不能反过来以某种理论作为写作的规范，要求文本的构成必须符合这种理论。这本是一个很明显的道理，但在文本解读实践中，有时会有一些人迷信某种理论的正确性，以自然科学实验的范式要求文本的构成必须符合某种规范、规则。

仍以《背影》为例。《名作欣赏》1996 年第 2 期发表了郝宇民的文章《朱自清散文挑剔——兼论〈背影〉的散乱》，此文从情感点、材料、语言结构三个方面分析了朱自清散文的"散乱"。其中说道：

> 首先是文中所包含和杂糅着的诸多情感点的散乱、如果对《背影》加以细读，可以从中析离出许多不同类、不同质和不同兴奋度的情感点（或情绪点），如"想"、"悲"、"凄"、"怨"、"烦"、"恼"、"嫌"、"嘲"、"爱"、"悔"、"怜"、"敬"，"痛"以及"自谴"与"自责"等，这种情绪与情感的丰富对于文学作品来说本是情理之中的。可惜的是，《背影》中的这多种情感点并未能在表现父爱这一中心或主干情绪的统领之下，大致有序或相对均衡地被组织在文中的适当位置上，而是极杂乱地毫无合理布局地随意拼贴在文章的各个角落上。这就违背了正统散文要求"神不散"的基本规则。①

---

① 郝宇民：《朱自清散文挑剔——兼论〈背影〉的散乱》《名作欣赏》1996 年第 2 期，第 28—31 页。

　　郝宇民似乎是以写科学实验报告的规范来要求文学散文。这里的批评使用了以某种外在理论规范要求文本构成的批评模式，这种模式适用于科学研究，但不适用于人文科学研究和文学批评。具体而言，问题最大的是这个说法："这就违背了正统散文要求'神不散'的基本规则。"这个说法典型地体现了科学研究中理论与实验的关系，即科学研究的操作必须合乎理论规范。面对散文文本的复杂性，为了理解文本的主题和情感，我们采用了某种理论范式对文本进行分析、概括、归纳，力求对其有一个清晰的把握，因此在文本解读中要读出主题、中心、重点等。其实各种文本本身就不是有明确中心的，特别是散文、随笔之类的文体更是不刻意追求明确的中心或主干线索，它的文本构成往往是多线性、泛中心的，但人们在解读文本、理解事物时又总试图得出一个明确的中心意思，（这可以说是受现代科学思想的影响而做出的努力）面对散文这样的文体，退而求其次，提出"形散神不散"的观念，这应该是解读散文文本的方法（策略）而不是散文构成的"规则"。你可以用"形散神不散"的范式解读散文（你愿意这样是你的权利），但不能倒过来用这样的范式要求散文写作非这样不可，这是一个很浅显的道理。

　　散文本来就是松散、丰富的，我们在解读时是以某种范式整理它，使它在我们的意识中呈现（表象）为有一定条理的文章，我们所使用的范式只是各种可能使用的范式之一，我们没有理由将"形散神不散"作为一种"基本规则"，并要求散文按这样的范式写作、要求散文文本按这样的基本规则构成。

　　在实际的写作中，更不能以理论制约写作，不能在符合规则的前提下写作。初学写作，就像学写字，初学阶段要按一定的规范进行训练，但到了创作阶段，还恪守规范，那就不是创作了。初学者之遵守规范是为了超越规范，这是一般人都能理解的道理。所以，文学写作的学习不能由理论入手，而应当从经典作品入手学习如何写作，而对经典的解读更要随时警惕理论的局限性与片面性。

　　比如，对中国诗文的解读。在当代中国曾经有过政治第一的文本解读观念，一拿到文学文本，就以写了什么、表现了什么思想的模式解读文本。后来，以审美价值为核心的文本观念一直在大学、中学的文学教育中占主导地位，对文学的审美价值的把握又以形象性和情感性为主要内容，形成一种"描写什么形象、表现了什么感情"的以审美价值为核心的文学解读范型。在福建省 2012 年高考语文试卷的诗词和现代文阅读考题的问题设计就明显体现了这样的文学观念和解读范型。这是当前流行、也是被广泛接受的范型，尽管这不是唯一的范型，然而，在高考中出现的范型往往具有重要的影响力，而且具有排他性的要求。

2012 年福建省高考语文试卷第 6 题古代诗词试题：

望江南　李纲

江上雪，独立钓渔翁。箬笠但闻冰散响，蓑衣时振玉花空。图画若为工。

云水暮，归去远烟中。茅舍竹篱依小屿，缩鳊圆鲫入轻笼。欢笑有儿童。

（1）"箬笠但闻冰散响，蓑衣时振玉花空"，这两句的描写颇为精妙，请简要赏析。

（2）下阕表现了诗人怎样的情感，请联系诗句简要谈谈。

参考答案：

（1）要点"箬笠""蓑衣"勾勒出钓翁雪天垂钓的外在形象，画面简约，意境空灵。"冰散响"描写轻细的声音，衬托出环境的寂静、钓翁的宁静。钓翁"时振玉花空"的动作，衬托出钓翁的凝定。"但"字写出了钓翁的心无旁骛。

（2）［示例］下阕表现了诗人对钓翁简朴而自在生活的倾慕之情。"云水暮，归去远烟中"渲染环境的高远空旷，暗示钓翁生活的闲适自在；"茅舍竹篱依小屿"描写钓翁生活的简朴与环境的清幽；"缩鳊圆鲫入轻笼"流露出钓翁生活的自得之情；"欢笑有儿童"凸现了钓翁生活的温馨和欢乐。

2012 年福建省高考语文试卷现代文阅读用小说《双琴祭》^① 出题，第 15 题是："请结合文本探析小说蕴含的情感。"参考答案要点是："（1）惋惜双琴一毁一废；（2）同情两位演奏家一死一疯；（3）哀叹美好的事物被世人的'古怪心理'毁灭；（4）悲悯世人毁灭了美好事物而始终不自知。"涉及文学艺术性文本，总强调以情感作为解读的主要内容，这道题提出了学生必须按审美化的文本解读范式进行解读的要求。

这两个文本，限定于情感解读有点为难学生。李纲的《望江南》描写的景象，与参考答案所说的情感似乎没什么内在的必然联系。要在小说里"探析""蕴含的情感"更是剑出偏锋。这样出题，如果从限定条件，要求学生在特定条件下答题、让评卷老师容易判分的角度考虑是可以理解的，但如果认为文学艺术性文本的正统是情感解读则是不恰当的，也是对学生的误导。

如前所述，不论是解读文学文本还是解读现实事件，各种先在的理论观念（文本观念）同样为我们的解读先行设下了理解的前提、框架和意义结构。我们如果不加以反思的话，很容易被某种解读范式绑架，久而久之，将其认为正确甚至唯一的解读范式，这就可能遮蔽其他解读的可能性。如果将这种解读范式反过来要求所有写作、解读都必须符合这种范式，那就更不可取了。文化诗学的文本解读，其出发点是从尽可能广阔的角度对文本进行解读，读出文本尽可能丰富的含义。同时，敞开广阔的解读视角也为尚未出场的解读方式留出适当的空间。

所以，在文本解读实践中我们要把握族理论，应采取多元化的解读视野。多元化的解读视野，在实际操作的层面上，可以采取跨学科的操作方法。在多元的理论中选取、确定合适的理论观念作为文本解读的基本前提。从具体情境出发结合适当的理论观念对文本作出适宜的解读。

---

① 《双琴祭》是梁晓声的一篇短篇小说，写一老制琴师种下两棵树，希望做成两把同样优良的小提琴，树种成了，儿子遵照老制琴师的临终嘱咐，做成两把同样优质的小提琴并送给了两位同样优秀的小提琴手。两人同台合奏，两琴和谐，获得了巨大成功。但世人总要分出一个高低、优劣，以致两位小提琴手不得不分开演奏，以致后来相互心生嫉恨，从此音乐不再优美，双方粉丝互相诋毁，最终一个小提琴手摔毁了小提琴，跃下阳台而死，另一个则琴毁了，人也疯了。

二　文化诗学的文本解读范式

与前面所述基本方法相关，文化诗学文本的解读范式首先是人文学科的文本解读范式。

从某种理论观念出发，依据某种解读范式阐释文本，要求文本符合某种规范的做法乃是受自然科学思维模式影响所致。我们应当采取的是人文科学的文本解读范式，有某种理论范式为基础，但更重要的是从具体情境出发结合理论规范阐释文本的独特意义的解读方式。所谓人文科学的文本解读范式，其前提是充分意识到所有的解读对象都与人的生存相关，每一个人生、每一个群体、每一个民族、每一种文化都有自己的独特价值，所以我们对各种文本的解读都应充分尊重其自身的独特价值和意义，不能以某种理论范式概而论之。人文科学的文本解读，应从具体情境出发充分阐释其对象的独特意义和价值，这是人文科学文本解读的基本前提。

在具体解读过程中可以借鉴文化阐释的具体方法。如同格尔茨所说："我们对其他民族的符号系统的构建必须以行为者为取向"，"这句话意味着，对柏柏尔、犹太或法国文化的描述必须以我们想象的柏柏尔人、犹太人或法国人对于他们的经历的解释的语词来表达，必须以他们用来界说发生在他们身上的那些事的习惯语句来表达。"[1] 文本解读面对的是每一具体的文本，不能以一种统一的规范、规则做千篇一律的解读。我们只有充分理解文本自身的含义之后，才可以对它展开公正的批评。所以，我们尽可能地先从作者的角度出发阐释文本的意义，在具体操作的层面可以借用当代叙事学对隐含作者的分析技巧。我们可能不知道任何真实作者的各种信息，但我们可以从文本中体会到隐含的作者，隐含作者是读者从文本中推导出来的作者形象[2]，隐含作者应该是阐释这个具体的文本的原始视角，是让文本的意义充分呈现的最佳空间。认真领悟隐含作者，也是充分尊重真实的作者期望文本在公众眼里具有的意义。同样对文本所表现的人物、事件，我们也应从具体的情境出发理解文本的意义。当文本所叙事的

---

① ［美］克利福德·格尔茨：《文化的解释》，韩莉译，译林出版社1999年版，第19页。

② 参见申丹、韩加明、王丽亚：《英美小说叙事理论研究》，北京大学出版社2005年版，第388～398页。

人物是与我在思想、心理、体质各方面都有很大不同的时候，在文本人物身上发生的事情，不一定会在我身上发生，我们必须从文本中的人物的角度认真理解其思想、情感、行为的意义。

文化诗学的文本解读范式的最底层是从文字、细节细读开始的解读历程。本节论述文化诗学文本解读范式时是从最高层讲起的，在人文科学与自然科学的层面强调以人文科学的范式解读文本，然后讲在具体方法的层面借鉴文化阐释的方法，最后才讲从细读文字、分析细节开始文本解读的历程。但在实际操作中，应该倒过来展开，从文字细读、细节分析开始文化诗学的文本解读。

一般讲文学文本结构层次的文学理论著作，往往借鉴英加登的声音、词语、图式化外观、对象等四个层次的说法，中国大学里的文学理论教材流行将文本分为言语、形象、意蕴三个基本层次的做法。但在实际解读文学文本时，不言自明的是从文字开始的，但流行的理论却一下跳到了言语层，有意无意地忽视了文字。本书在第八章第一节将进一步讨论这个问题，这里先提出本书的看法，文学实际上是以文字为根基的，所以，文本解读应从文字开始它的历程。因为从言语（言语与文字不同）或声音开始，与从文字开始是不同的，建基于文字的文学其展开的领域比言语要广阔得多。一个文本的意义，是由文字、言语、细节、隐含作者的意识形态、意象等这些公众已知的因素构成了文本的示意结构（或称意义结构），从而在读者的解读中产生文本的意义。在古今的文本中文字都表达了超出言语的意义或意味。比如古代文献中文字本身的多种含义对文本意义的影响、当代网络文章故意借代其他文字、现代诗歌中的文字排列格式等，文字本身的使用表达出了它超出作为言语记录工具的意义，文学的功能有一部分是建立在这样的基础上的，所以我们解读文学文本只从言语开始是不够完整的，它遮蔽了文字本身所传达的意义、文字本身所具有的意味。

对文本中一些看似无关紧要的细节，在文化诗学的文本解读中也不应忽略。我们高度重视文字和细节的解读，也就在技术的层面使文本解读保留在人文科学的范式里面，才可能在实践中真正读出文本自身的独特意义。一个字写得正确不正确，一个词语的含义用得对不对，一个人的行为是否真实，一个人的行为的含义应该如何理解……人们确实有一些经验和规范，但我们应该明白的是这样的规范是在人类历史中积淀形成的，不是经过自然科学的定理推导出来的。所以，对人的理解、对人文学科文本的解读，不能从规则出发，而应从具体的情境出发细致地阐释每一细节的含义。这才是对人的理解、对文化的解读，是在人文科学范式中的文本解读，才能真正理解具体的人和事。近期有人总是质疑一些英雄人物、道德模范的行为是否真实，他们的解读范式往往是依据某某心理学、行为学的规则，然后推断某某行为是不可能的。因此，他们无法真正理解杰出人物、英雄人物言行的真正意义和价值，他们正是忽视了人与人之间不同的细节，或是心理素质、或是体质、或是毅力、或是信仰、或是教育、或是训练……种种细节的不同，有一不同，就有可能作出与别人不同的举动。更何况在不同人不同情境中的相同（或相似）的动作、行为其含义也可能是不同的，我们要真正理解一个人的行为，必须对其所处的各种细节有充分的了解和分析，从而阐释其独特的含义，不能以某种从经验中总结出来的"规则"，甚至是假设的可能性衡量所有的人和文本，这种做法本身就是非理性、非科学的。刘翔的速度我达不到，黄继光的壮举我做不到，但不能因此就说所有的人都做不到，不能用懦夫的标准衡量英雄。

所以，在人的文化中解读相关文本，首要的就是从具体情境出发，解读每一文本独特的意义，而不是援引一个外在的规则一概而论的通解各种文本。

第二节　文本解读与人的自我塑造

必须具体地思考文学与人生的相互建构，这个说法的实际意义在于指出人的文学活动与人的生存相互影响，在文学活动中激发的生活热情，获得的人生感悟、人格理想将在实际的生活中影响、制约人的思想、行为。这个相互建构的环节，正是文本解读。

如果我们将文本作为一种客观研究的对象，解读完了，作为解读主体的人完事之后该干吗干吗，如果文本解读作为一种教学、科研工作，工作之后就将这工作放下了。在这样的假设中，文本解读作为专业研究工作或作为消磨时光的过程，与人的自我塑造确实没什么关系。但如果我们将文本解读把握为生存的起始环节、生存的有机构成，那么我们就应该思考文本解读对人的生存的影响，在文化诗学看来文本解读实际上影响人的自我塑造。

在人的自我塑造的角度上思考文本解读，我们可以发现文本解读根本上还是人与人之间的交流。看一部戏剧、电影，看一段视频，听一个故事（古今杰出人物、道德模范等的故事），听一段音乐，记下一句俗语、名言，背诵各种诗篇文章，学习各种启蒙教材，游览名胜古迹，观赏一尊雕像……对这些形式不一的文本的解读最终是与这些文本所关涉的人进行交流。在现实生活中直接的人与人的交流总是有限的，而各种形式的文本解读扩展了人的交流范围。在文本解读中，古今杰出人物，最有智慧的思想家，最高尚或最卑鄙、最善良或最邪恶的人，都在文本中与我们相遇，在文本解读过程中，个人的视域不断与他人的视域融合，不断建构新的视野，人也就不断地被塑造，而文本解读的解读对象往往是个体的人所选择的，所以这样的被塑造，也可以说是一种自我塑造。

人的成长需要广泛的文本解读。个体的人容易被小圈子中的人束缚，容易被习惯思维、感受、行为模式所控制而不自觉。而广泛的文本解读实践，使人有可能突破个人狭隘的视野、意见、感受，超越个人或小群体的局限而认识到人之为人的本质和教化，一个人正是通过这样的过程得到"文化"，使个人的生存自觉地拥有类本质、普遍性。由此，人摆脱了自然人的状态，获得了自由的主体意识。

在文化的视野中，通过广泛的交流，人们历史地形成、积累了各种共同的价值观念，民族认同感，人文科学的真理观和真理标准。因此，人有可能超越个人狭隘的利益，同情其他人的地位、利益、思想、情感，从而意识到在人的生存中彼此相爱的绝对必要性，从而追求人类社会的平等、公正、文明。因为，只有一个公正、平等、自由——向善的社会构成才是真正对自己有利的社会，才是每一个人幸福生活的保证。所以，从根本上看，人类社会必然选择向善的维度塑造人自身。由此，我们可以推导出文本解读的一个基本原则，那就是善意解读。

我们必须提倡善意解读的基本原则，因为文本解读对人的塑造产生作用，是古往今来普遍存在的事实。只是在科学化的理论、在某些文学理论当中被忽视了，文化诗学的"文化"（人的自我塑造）视野，将文学活动看成是人的整体生活的有机组成，从而更看重文学与人生的相互建构，从而突显了这方面的问题而已。但我们不得不客观地看到人类历史的传承物并不是只有善的东西，人类也对历史遗传物进行不断地选择，这才可以保证人类不断向善的进程。文化诗学既然是关于文学与人生相互建构的思考，那么文本解读也必然要有益于人类向善的进程，所以文化诗学的文本解读必须以善意解读为基本原则。其实，人类历来也都在实行着善意解读的原则，比如我们在学校开设"文学类"的课程，所讲的文学文本就是文学经典，尽管对哪些篇目可以作为文学经典进入教材总会有不同的说法，但绝对没人敢于将鼓吹人性恶的文本编入教材。尽管各国的意识形态有分歧，但在学校教育中总以各自理解的美德教育学生。在大学里流行的各种文学理论，尽管相互争论起来互不相让，但都有一个默认的前提，文学理论的依据是经典的文学文本，好的文学可以使人变得更好。

我们可以随手举出各种各样的文本解读对人的现实生活产生影响的例子，比如阅读了一份健康、营养建议，人们改变了不良的生活习惯，使自己的身体健康、强壮、优美，文本解读可以说在起始的环节影响了人的自我塑造。但我们要思考的是文学文本在人的自我塑造过程中的作用及其方式。文学是人学，这是一个不证自明的命题，描写社会生活的文本、抒发个人情感的文本，我们比较容易在文本中读出作者向往的理想文化人格，即使文学文本叙述的是一只动物、一片自然风景，终归还是与人有关的事物，以人的眼光看待这些"自然景物"，我们也可以通过分析意识到作品中隐含的人，这往往就是作品所表现的理想文化人格。而文学文本无所不写，对人的影响是全方位的，思想、情感、心理、行为、性格、癖好等等，总体而言，文学文本是体现了作者、读者的理想文化人格，人们以文学文本中体现的理想文化人格作为自己追求的人生理想，人格范型，从而引导自己的人生历程，由此实际地塑造着自己的人生。这是文学文本解读对现实人生产生作用的基本机制。

由此产生的问题是，我们如何看待文学文本中体现的理想文化人格。理想文化人格，则意味着所述人物比现实中真实的人物更完美。如果将故事视为虚构的情节，现有的文学理论有许多解说的理由，说这是本质的真实等等。如果说这个文本是类似历史文本的写实文本，那么就可能面临责难的危险。如果将写实文本看成是对现实的再现、反映，那么自然要求文本描述的人物与现实人物一致，因为被认为可以虚构的文本毕竟只是所有文本中的一部分，在当下特别是数量大大超过小说、诗歌的散文，历来就被认为必须写实，那么这类写实的文本如何表现理想文化人格，如何看待写实文本中的理想文化人格，这是文化诗学必须回答的问题。如前面讨论文本观念时所述，任何文本对事实本身的叙述都不可能完全、绝对地符合，任何叙事文本都不是事实本身而只是事实本身的某一侧面的表述。所以，即使再严谨的写实文本也不可能与事实本身完全一致。当人们叙述自己或描述他人时，文本中的人总是与现实中的人有差别。人类不断向善的选择使得文本中自述的人比现实中的自己要完美，叙述尊敬、仰慕的师友时文本中描写的人也会比现实中的人更美好。面对这种情形，以自然科学理性的眼光看，这是弄虚作假，但从文化诗学关于人的自我塑造的角度看，这正是人类不断向善的表现。以历史形成的好人标准选取叙事对象，以人的诗意向往想象美好的人物，所以自然而然地在文本中叙述一个比现实中的自己或他人更完美的人，是在提醒、暗示自己和他人去做一个这样的人，激励自己和他人努力追求自身的完善。这是对写实文本"失实"的善意解读。所以，从人的自我塑造的角度看，我们应善意解读写实文本的"失实"，善意理解文本中所描述的比现实中的人更完美的人，将他/她看成是一种理想文化人格的表现，是一种引导现实中的人不断向善的人格理想。

因此，文化诗学主张文本解读的基本原则是善意解读。

第三节　善意解读作为文本解读的基本原则

在多种理论、多种范型、多种可能性面前，我们需要做出选择，于是我们不得不思考做出选择的基本原则问题。从文化诗学的基本诉求出发，着眼于文学与人生的相互建构，文学的最终目的是塑造完善的自我，完成人的"文化"。展开各种文本解读为的是更好的理解世界，从而完善人自身。正是这个终极目标，决定了我们应该采取善意解读的立场和态度。因此我们对各种理论、范型、可能性的选择必然应有一个善意的向度，因此，对文本的善意解读应是文化诗学文本解读的基本原则。

为什么要提倡善意解读？我们这里要先行提出的观点是，"人性善"是人的自我塑造的一个选择，不是天生自然的本性。是人性善的选择与生存的诗意向往决定了与人的自我塑造相应的文本解读应当以善意解读为基本原则。

一　人性善的选择是文本善意解读的基础

文化诗学的文本解读主要对象是文学文本，文学文本是对人的生存的诠释，所以文化诗学的文本解读是对人的生存诠释的诠释。对生存的阐释以及对生存的阐释的阐释必然包含对人的生存的未来的筹划，所以，对文本的善意解读其基础是人的生存。在这方面中国传统思想已有充分论述，这是我们论述善意解读的重要的理论资源。同时，伽达默尔的哲学诠释学也是文化诗学的文本解读可以借鉴的理论。"诠释学作为哲学，就是实践哲学，它研讨的问题就是所有那些决定人类存在和活动的根本问题，那些决定人之为人以及对善的选择极为紧要的最伟大的问题。"①

我们须从生存的角度把握"理解"，我们讨论的文本解读属于理解的范畴和行为。伽达默尔说："我认为海德格尔对人类此在的时间性分析已经令人信服地表明：理解不属于主体的行为方式，而是此在本身的存在方式。"② 洪汉鼎指出："按照海德格尔的'实存诠释学'，任何理解活动都基于'前理解'，理解活动就是此在的前结构向未来进行筹划的存在方式。"③ 文本解读是人类重要的理解活动，它也应该属于此在的"理解"活动，是此在的存在方式。人文科学、精神科学（或"人学"等，不管用什么说法）最终是为了认识人自身，对未来的筹划最重要的一点就是对人性的筹划，对人自身的诗意塑造。

是否有自然生成的人性？人性来自何处？这是长期困扰人们的问题。如果我们说有一个无所不能的上帝，那么人性是上帝为人类制定的模式，人必须在一生中去完成自己的人性，这样的人性是有一个先在的范式，然后去努力充实它、完善它。即使没有上帝，只要有一个我们认可的源头也行。比如在中国的传统思想中，就将天作为人性的源头，《中庸》第一章开头就说："天命之谓性，率性之谓道，修道之谓教。"所以我们必须听

---

① 洪汉鼎：《当代西方哲学两大思潮》，商务印书馆 2010 年版，第 459 页。

② 伽达默尔：《真理与方法》第 2 版序言，洪汉鼎译，上海译文出版社 2004 年版，第 4 页。

③ 洪汉鼎：《真理与方法》译者序言，上海译文出版社 2004 年版，第 2 页。

从天命，在圣人的引导下完善自身。我们可以看到各种宗教，也都以神的名义，命令人必须行善。民间的话语也不容分辩地强调必须行善，比如说"善有善报，恶有恶报"之类的话语。

有神，但立即也就有魔鬼。所以，人性的表现可以说善也可以说恶，关键是神在引导人性还是魔鬼在引导人性的完成。但我们的先贤明智地说人性善，这实际上是替天下苍生选择的不断向善的生存尺度。在此我们可以做个简单的论证。如果有神（或魔）为人定下人性，或存在天生不变的永恒人性，那人具有先天的本性。如果拒绝承认神的存在和先天的永恒本性，那么人性只能是在历史过程中形成的。如果存在人性形成的客观必然性，那形成的人性是被动的。如果承认人的主观能动性、自由意志，那么人性的建构应是人的选择。所以，在无神论的前提下，人性的建构应该是人在历史过程中不断选择而形成的。因此，如果人性是历史地形成的，那么说人性善，其实际意义不是对一种先天的人的本性的确认，而是说人应当选择善作为人性建构的方向。

在自然科学的范式中讨论人性的善与恶，是将人性的特性作为一种客观存在来认识，但这不是认识人性自身的可靠方法，反而使讨论陷入无谓的争论之中，双方都可以举出无数的实例证明自己的观点。因为，人具有自由意志，人性不可能真正被凝固为一个客观对象，像自然科学那样地讨论人性构成永远缺乏共同的前提和基础。我们如果在人文科学的范式中思考人性，我们发现关于人性善的论断实际上是人对人性的选择、筹划，是人类基于以往的经验，对未来的人性建构作出了善的选择。可以说，这是对人性的善意解读。中国儒家传统思想对人性善的选择、追求已有系统论述，我们对此应加以认真发掘。

文化诗学的一个基本理念是文学与现实人生的相互建构，对文本的解读也就应当提出有利于人性向善的要求，因此，在文本解读方面提出善意解读的原则也是顺理成章的事情。所以选择文本善意解读的取向，是基于人性善的选择。

而文本的善意解读，实际上也开启了人的生存的诗意向往。选择了善作为人性建构的方向，也就意味着以神性（比现实人性更完美的人性）为尺度进行人的"文化"（自我塑造），这就是生存的诗意向往。生存的诗意向往不是虚幻的诗化想象，而是在实际生活中的创造和自我塑造。文学文本的创作、阅读正是生存诗意向往的演练，同时也是实际生活的蓝本。所以，文本解读必须以善意解读为基本原则，这也是文学文本、各种文本的解读应有助于人的诗意向往的体现。

二　善意解读文本

文本的善意解读最重要的是有助于人的诗意向往。对此，我们应当在探讨文本解读的其他方面之后再做论述。以下先讨论善意解读文本的具体操作方法。

善意解读这个说法可能会被误解为伦理范畴，但尽管它包含一些伦理学的因素，但最主要的还是文学批评的学理性范畴，所以我们需要说明它的基本内涵。对文本的善意解读，首先是善意的态度，即我愿意公正、适当地理解文本的示意结构所表达的意义，愿意尊重文本的独特意义和价值。文本总是某个主体表达自己的意愿的文本，文本具有准主体的特征，所以文本的示意结构有其自律性。其次，鉴于文本存在的基本事实，理解文本构成的断裂性、矛盾性，宽容人类思维的局限性；再次是在多种解读的可能性面前，我们应以人的完善、生存的诗意向往为旨归，做出解读方向的选择。这三点是善意解读的基本内涵。

从前面的讨论可以得知，对人文科学的文本如果要公正地理解它的意义，就首先必须尊重文本自身特性，从具体的文本实际出发理解它的意义，而不是以一个先入为主的原则、规范、定理来要求文本。

从文本的实际出发，首先是理解文本的断裂性、矛盾性。各种文本构成的实际状况是逻辑性/非逻辑性，中心/非中心，在场/非在场，定点/不定点等因素并存。任何文本如果用解构主义的方法都可以读出其中的自相矛盾，任何文本都包含自我瓦解的死穴。[①] 因此，我们在解读文本时如果采取故意不合作的态度，都可以让各种文本瓦解，都可以用一些正确的理论将这个文本批得一无是处。但这样的话，也容易导致对文本价值的遮蔽。如有学者指责中国思想经典著作："《老子》是第一部系统化的中国哲学著作，但这个系统有严重的逻辑缺陷，这就是它的

---

① 关于这些文本特点，可参考希利斯·米勒的《解读叙事》，申丹译，北京大学出版社2002年版。

论证违反有效推理的规则。"① 这样的解读，就忽视了《老子》这个文本的自身特性，《老子》不是严格意义上的"哲学著作"，它的论述不必遵循形式逻辑规则。而尽管哲学是人类思想的一个高峰，形式逻辑是人类思维的一种重要方式，但人类的思想和思维方式并不局限于哲学和形式逻辑。或许，《老子》的思想比哲学思维更广阔、深入？不是没有这个可能性，所以，用哲学著作、形式逻辑的标准来要求《老子》确实是忽视了《老子》这个文本的自身特性，从而也遮蔽了《老子》在人类思想史上的重要价值。《老子》的文本构成，不回避矛盾性、断裂性，是超越哲学的思想著作。它的矛盾性论述，反而更为根本地阐释了人类生存的矛盾性与悖论性，提供了更为深刻地认识人自身的视角。所以善意解读，必须理解文本构成的矛盾性，在适当的情境中、以适当的理论视角解读文本的意义。

也正是文本构成的矛盾性与断裂性，使得文本的解读存在多种的可能性。文本的善意解读，主张在多种可能性的选择时，从善意的角度出发理解文本构成的断裂性、矛盾性，尽可能适当地阐释文本的价值、意义，不以不恰当的要求——如逻辑性、合理性、统一性、连续性等理论观念——对文本横加指责、轻率否定。比如《二十四诗品》，如果认定理论著作一定要有完整体系，一致的审美取向，那么这部中国古代诗论名作就称不上是有价值的著作。但如果我们从文本的实际出发，这是一部对各种不同特性的诗歌作品的鉴赏经验的总汇，各种不同审美价值取向的诗作、鉴赏经验自然可以在同一部著作中呈现，书中不同段落自然可以独立甚至相互矛盾。不必用当代理论著作的体系、逻辑性标准整理解读它，而是允许文本构成存在一定的矛盾性、断裂性，那这部著作的意义更可以得到充分体现。不至于一看到它没有形成完整的体系和一致的审美标准就轻易否定它的学术价值，或者硬要将某种不属于它的理性范式强加给它。

文本实际存在的断裂性、矛盾性实际上是人类思维的局限性所致，所以善意解读文本应该宽容人类思维的局限性。有个流行的说法，说人一思考上帝就发笑，说的是人往往越思考，离真理越远。这说的就是人类思维的局限性，面对局部的、限定明确的对象，人们可以使用科学的严密思维

---

① 朱自方：《分析方法与哲学问题》，《世界哲学》2008 年第 4 期，第 29 页。

进行研究，但面对人的生存实际，整体性、无限性、人文性的问题却无法作出完全合乎逻辑的推论。而事物本身、存在物整体，人的思维总是无法完全把握的，对此中国传统思想有明确的意识，所以有这样的说法："道不可闻，闻而非也；道不可见，见而非也；道不可言，言而非也。知形形之不形乎？道不当名。"（《庄子·知北游》）人类的识见、思想无法把握道之本体。这是人类意识的局限性，人类能言说的只是道（事物本身）的某一方面、片断，人类创造的各种文本，也只能限于表现事物本身、存在整体的某一部分、某一侧面。如果要求人对物本身的言说，要求人类书写的各种文本必须全面无误、绝对真实，那所有的文本都是无效的表达了。所以，宽容人类思维、人类叙事的局限性，不过分苛刻地排斥文本构成的空白、断裂，不过分责难文本叙述的片面、局限。

意识到人的局限性才能善意理解人生的不足与缺陷，才能理解因人生的不完美而激发生存的诗意向往。对人类思维局限性的宽容才能更好地阐释文本的独特价值和意义，不会因为某一"缺陷"而一概否定文本的价值和意义。正视人类的局限性，也才能意识到自身的不足，才不会故步自封，才能在文本解读中达到有益于自我塑造的视界融合。

正视人的局限性的另一方面是对各种文化成就的恰当使用与评价，就文本解读而言，就是自觉根据不同学科特点解读文本，不过度使用或迷信某种学科方法，不固执某种人生经验。不以某种学科方式、不以某种人生经验通解所有的文本。洪汉鼎在《当代西方哲学两大思潮》（下册）中列表说明自然科学与精神科学的不同：

　　　　自然科学：认识——主客二分——静观（中立）——知识——客观性——真理符合论

　　　　精神科学：理解——主客统一——周旋（参与）——事件——参与性——真理开显论①

我们在文本解读时，善意解读主张充分着重不同学科、不同领域、不同文本的属性，不随意跨界引用不同的学科标准要求文本。在人文研究领

---

①　洪汉鼎：《当代西方哲学两大思潮》下册，商务印书馆 2010 年版，第 583 页。

域，常见的危险是自然科学研究方式的过度使用，忽略人文学科把握真理的独特方式，对此我们在前面已有论述，在此不再赘述。

对不同题材、不同内容也应有不同的解读方式。一个典型的例子是对史铁生的散文《病隙碎笔》的评论。王兆胜说："这部随笔较之以往没有多少突破。""在本书中，史铁生一味追求思想的深刻，常常在一些哲思问题上反复推论缠绕。其实，有的问题实属常识，而有的问题又是很难得到正确的结论。比如，史铁生探讨的爱与性、命运与苦难、迷茫与挣扎、人世与天堂、生与死、忏悔与仇恨、诚实与撒谎、自卑与骄傲、残疾与健全、真实与虚假、善与恶等问题，多是没有新意的，不过是人云亦云而已。"① 这个批评直率也有些严厉，但却是不恰当的。对生命的体验全都得自身思考所得才是真理，每一个生命都是独特的，每一个生命的真理开显也不可重复，尽管表述相似甚至相同，但对每一个人而言其意义却绝不相同，"人云亦云"的指责在这里是不合适的。正如史铁生自己所说："对于科学，后人不必重复前人，只需接过前人的成就，继往开来。生命的意义却似轮回，每个人都得从头寻找，唯在这寻找中才可能与前贤汇合，唯当走过林莽，走过激流，走过深渊，走过思悟一向的艰途，步上山巅之时你才能说继承。"② 史铁生在《病隙碎笔》中探讨的是生命感悟的真理，他是用生命在写作，用生命感悟生命的意义，所以它不能以评价科学发现的标准来评价，不能以学术研究的范式来解读。

与此类似的是关于汪国真诗歌的流行与批评，有许多批评也是忽视了汪国真诗歌的独特性。比如他自选集中第一首诗：

热爱生命

我不去想是否能够成功／既然选择了远方／便只顾风雨兼程

我不去想能否赢得爱情／既然钟情于玫瑰／就勇敢地吐露真诚

我不去想身后会不会袭来寒风冷雨／既然目标是地平线／留给世界的只能是身影

---

① 王兆胜：《困惑与迷失——论当前中国散文的文化选择》，《当代作家评论》2003 年第 6 期，第 48—61 页。

② 史铁生：《病隙碎笔》，陕西师范大学出版社 2006 年版，第 103 页。

我不去想未来是平坦还是泥泞/只要热爱生命/一切，都在意料中①

　　他的作品在一个时期很畅销，诗中的一些句子如"没有比人更高的山，没有比脚更长的路"常常被人引用。说明他的诗很受欢迎，但批评的意见也很尖锐，批评者认为汪国真的诗浅显，水平不高。但正是这样的诗在一个时期极为流行，这与其文本特性有关。看他的诗，大多以通俗、漂亮的语句重写一些励志、哲理、感悟的格言、名言，这些与人的生存密切相关的话语，当一个人有了新的生活阅历之后，读起来总会有新的感受和理解，人们读到汪国真的诗时，犹如重新复习自己的人生经历，因而倍感亲切。虽然自己也可能写出这些内容，但不如汪国真写得那么集中、流畅、漂亮、轻松，所以喜欢这样的诗也很自然。一种写人生感悟的老生常谈，因为有了新的人生阅历而常读常新，老生常谈的格言因有了新的人生体验而充满新意。老生常谈的格言、名言，也会启发读者充实、扩展自己的人生经验，所以人们也喜欢经常复习表达人生哲理、感悟的格言或名言。所以汪国真之后，再过一段时间，还会有类似的诗人出现、流行，重复汪国真的创作。甚至每个人自己也常常收集、交流一些老生常谈的格言，借此重新感悟自己的人生、发现自己人生的新的意义。

　　对叙事文本而言，提倡善意解读会遇到一个问题，如前所述任何叙事都不可能做到再现事物本身，不可能做到绝对真实，那么，如何看待叙事的失实有多种可能性，可能会认为是欺骗、或是伪饰、或是矫情，也可能从人的诗意向往来理解，文本中叙述得比现实的人更好的人所表现的是理想文化人格，它将引导现实中的人向更完美的境界提升自己。那么，这后一种解读就属于善意解读。从人的自我塑造来看，文化诗学主张以善意解读培育人的健康心理、健全人格，建构良好人际关系、和谐社会。与此相反的文本与文本解读，自然在排斥、反对之列。

　　由此也引申出另一个问题，那些反人类的文本，我们如何对它进行善意解读？这需要强壮的心灵和广阔的胸怀，不是回避或一禁了之，善意解读原则在这类文本的应用，是公正地让它充分呈现，我们才可能真正看清

---

①　汪国真：《汪国真作品自选集》，四川文艺出版社 1991 年版，第 1、3 页。

它的反人类之处，对其反人类之处加以揭露，才能拒绝它的不良影响。

第四节　文化诗学的文本解读策略要点

根据以上对文本性质的讨论、理解，我们可以有针对性地提出一些文化诗学的文本解读策略。为什么说是策略不说方法，这就是前面所说的，文化诗学是一种实践，文化诗学的提出本身也体现了文学研究者的理论自觉，所以并不固守某种方法或理论，反而是应当根据各种文本的特点选择不同的解读理论与方法。如果指定某种方法，可能被误认为文化诗学的文本解读只能有某种方法或某些方法才算是文化诗学的方法，其实文化诗学可借用《中庸》中的话说是一种"致广大，尽精微"的视野，强调从文本的具体情境出发解读文本，所以不能固守某种方法，即使是正确的方法也不能是唯一的。因此，从文本解读方法的层面看只能讲策略，有一些基本的策略，由此选择适当的方法。文化诗学的文本解读策略关键的一点就是：反对大一统的形而上学的解读范式。具体而言，有以下几个方面，以下每一方面都要单独成章论述。故后面几章将对这几个方面进行论述，在此基础上以一些文本为例进行解读。

第一，道之本性的实际应用——中国传统思维方式（两极并存、矛盾兼容）的具体运用。形式逻辑并不是最高级的、唯一的思维方式，科学思维不是可以包打天下的思维方式，哲学也不是人类唯一的高级思想方式。那么，人类思维方式还有什么可用的资源？对此，中国传统思维应是一个重要的资源。所以，策略之一，就是重返中国传统思想资源，以此进一步丰富、完善文本解读的思维方式。由于人的思想、感受、心理往往是对立两极并存，所以文本的构成也难免存在矛盾性和断裂性。然而这正是万物构成的实情，如同中国传统的太极图，相反两极并存才构成一个整体，才是完整的世界。因此，不能绝对排除矛盾性，应该接受文本构成的真与非真、内与外、说与不说、动与静、上与下等的共时性存在。对事物这些特性的描述，中国传统思维有充分的论述，然而在以理性主义思维、科学思维为高级思维的意识中，中国传统思维的这些内容被认为是人类的低级思维，实际上这也是人类高级思维的方式之一。文化诗学的文本解读如果认真理解这些思维方式，可以更好地解读各种文本的意义。

重温"二者同出，异名同谓"和"知其白，守其黑"的思维方式，为的是将它们运用于我们的文本解读。其一，意识到文本对本事、理念的表现总是在场与非在场并存，解蔽与遮蔽同在。其二，对文本的解读，能说的往往只是文本某一方面、某一层次的意义，文本的意义比我们能说出来的要更为深远。其三，文本中存在的矛盾性是文本意义产生的无穷可能性的特性所在，不必人为祛除。

第二，立基于文字（痕迹）细读的意义阐释。这个策略是从具体操作的层面限制总括性的解读，抑制从某种规则、定理出发的文本解读。在文化、文学研究中最不可取的就是以某种规则对文本做一言以蔽之的解读。如一谈到中国的古代诗词，马上就想到情景交融、借景抒情之类。一提到边塞诗，就是揭示战争的残酷之类。我们所有的文本解读都要建立在对文本的细读的基础上。也就是先认真理解这一个文本，才能充分揭示文本构成的复杂性及其无穷的含义。

但为了突破各种原有理论的局限，在具体操作的层面，我们采取建基于文字细读的意义阐释策略，其目的是为了获得文本解读更加本源的基础。文化诗学的细读策略是：从话语实践重新出发，细读比话语更原始的文字，关注比文字更基础的文化痕迹。

当然，追求更本源的基础也不可能无限后退，所以在具体的解读实践中，比较适当的是以文字为解读的起始基础，在文字细读的基础上梳理文本产生的关系网络，创建文本的示意结构。需要说明的是，以文字为基础与以言语为基础应有细微的差别，流行的文学观念是将文学视为语言的艺术，或言语的艺术，将文字看成是再现言语的工具，然而从更古老的历史阶段和最近的当下看，文字在文学活动中都表现出了超出记录言语的表意效果，这可能促使当下文学观念的更新。

第三，尊重文化中的文本自律性。基于文本的互文性及文本自身构成的复杂性，我们有必要充分意识到文本构成及文本解读的无穷可能性。在这方面，文化诗学的文本解读策略是充分尊重文化中的文本自律性。

所谓自律性原是形式主义美学的概念，指的是文本的构成是一个独立于外界的有机构成。但在这里用这个词语有两方面的意思。一是指文本的自身构成具有自身的规则，用字、词义的选择、意象的建构、章节的安排都有自身的法则，这与形式主义的文论似乎没有差别，但需强调的一点是在文化诗学的视域里，文本的内与外没有截然分明的界限。另一个意思是指文本在特定文化语境中的出现，它与其他文本构成了独特的联系，与其他文本构成独特的互文关系，构成独特的文本链。所以，我们讲的自律性，须加上定语表达为"文化中的文本自律性"，兼指两方面的意思。

如何重构文本的关系之链，理解其中的自律性，我们可以参考一些著名批评家对文本的解读，如巴赫金对拉伯雷的《巨人传》的解读。[①]

每一种文化视角都有自己的文本构成和文本解读的自律性，如果采取文化多元化的视角，我可以理解与自己习惯的解读范式不同的范式，调整自己的解读范式，避免自己的解读范式中隐藏的危险。

我有自己解读文本的自律性，但我也尊重不同文化视角中的文本的自律性，这样的文本解读才可能达到良好的促进效果，才可能真正提升人的生存境界。

人的生存，就是一个不断创新的文本，我的这个文本有我的自律性，但如果只固守这个自律性，人生境界就狭小了，我们对不同文本的解读目的就在于不断调整我们自己的文本，自己的生存境界。

所以我们必须尊重别人的文本的自律性，创造合适的阐释文本意义的示意结构。建构自己解读文本的范式，同时尊重别人的解读范式。

第四，善意解读开启生存的诗意向往。最后，文化诗学的文本解读要坚持的是文本解读应有助于生存的诗意向往，所以解读文本时应有足够的善意，从而解读、领会各种文本对生存有益的意义。

善意解读，也是保持人的谦卑，倾听大道之说，领悟人的神性，从而确立人的诗意向往。而不是固执自己的主体性、理论观念。

考虑到文学文本对现实人生的建构作用，在文本解读中，我们更要提倡培养健康人格的文本解读方式，所以应该提倡善意解读，并注意体会文学文本中的诗意向往，从而培养健康的心理和健全的人格。

总之，各种文本解读方法皆有合理之处，又都不是无所不能；各种方法各有不同，但又都有相通之处，在文本实践中重要的是根据文本实际组合、选用合适的方法。

---

① 参见巴赫金《拉伯雷的创作与中世纪和文艺复兴时期的民间文化》，《巴赫金全集》第六卷，河北教育出版社 1998 年版。

其实，人文学科的文本解读不可过分依赖所谓的方法。比如在各种方法中，应选用何种方法？如果只是方法的问题，那么就应有一种选择方法的方法，这么类推下去永无一个可以最后依赖的方法，所以如何根据对象选择适当的方法，更多的是依赖人的学养、功力、见识。比如应用细读的方法，而如何把握文字、词语的通用意义在具体文本中演变为何种特殊的意义，这也不仅是方法的问题，更多的是关涉到学养、功力、见识。一个文本应该与哪些文本建立关系链，这也是关于解读者思想、视野、经验的问题，无法依赖某种方法。没有足够的见识，在一堆材料面前，很可能抛弃有价值的材料而选用无价值的材料。

所以，文化诗学的文本解读更强调策略，不迷信方法。不是各种方法随便用，而是在广阔视野、深厚学养的基础上选择适当的方法。

第六章　中国传统思维方式与文本解读

　　如果说文化诗学追求理论自觉，那就应该探讨如何超越现有的理性思维模式，从更原始的基础出发重构自己的理论视野。回顾中国传统思维方式是一个不错的选择，我们不要将中国传统思维看成是朴素的辩证法等初级的理性思维，而是看成人类的另一种思维，一种超越理性的思维方式，或许更有助于我们的理论重构。如前所述，鉴于文本构成的复杂性，对文本的解读需要族理论、族范型，但许多理论之间往往看上去是相互矛盾的，如何处理这些相互矛盾的理论，是我们面临的问题。

　　首先，我们得承认各种理论方法的局限性，从来没有任何一种理论方法是到处正确的。比如，形式逻辑并不是最高级的、唯一的思维方式。对文学文本的解读更不能以形式逻辑为主要思维方式。

　　其次，承认文本、思想、感受、心理等领域中对立两极的并存。如同中国传统的太极图，相反两极并存才构成一个整体，才是完整的世界。因此，不能绝对排除矛盾性，应该接受文本构成的真与非真、内与外、说与不说、动与静、上与下等的共时性存在。我们寻找合适的思想方法把握这些对立两极同时并存的现象。

　　其实，不管是中国还是外国的思想家，都思考过这个问题。黑格尔著名的辩证法，就提出了对立统一的规律，马克思主义的唯物辩证法也讲对立统一规律。这个内容在思维方式方面属于辩证逻辑的方法。但辩证逻辑主要是引入历史的维度，即矛盾双方在运动发展过程中达到对立的统一，认为事物在发展过程中对立双方达到统一、相互转化。这个统一是在运动过程中达到的。中国传统智慧与此不同的是更为关注共时性中的对立统一关系，在共时性中把握对立的统一。万物这种相反、对立两极并存的特征，在中国传统思维里被概括为道的本性，我们现在要做的是将阐释道之本性的思维方法应用于文本的解读，应用于对具体事物的理解与阐释。

第一节　道之本性的实际应用

中国传统思维在中国文化经典中得到体现，如《老子》《周易》《中庸》《庄子》等。最为人经常引用的是《老子》对道的本性的描述。在科学思维的视域中，道是一种虚无缥缈的东西，所谓"道可道，非常道""异名同谓"等说法，那只不过是对虚无本体的特性的描述，与现实中实际存在的事物无关。而且那种表达方式是非理性的，至多是辩证思维的初级形态。但如果我们意识到同是产生于轴心时代的中国思想，不应该是一种与其他思想相比是初级、落后的思想方式。所以，我们应当认为《老子》等文化经典体现的思维也是一种人类的高级思维，我们应该认真思考"道"的本性在实际事物中的体现与应用，主要是中国传统思维方式（道的可言与不可言、两极并存、矛盾兼容、知白守黑）在解读文本、理解具体事物时的具体运用。

主要应有三个方面：（1）"道可道，非常道"；（2）有无"两者同出，异名同谓"；（3）"知其白，守其黑"。这三种方式对我们开阔思维空间有极大的借鉴意义。

一　"道，可道也，非恒道也"

《老子》道经第一章指明："道，可道也，非恒道也。名，可名也，非恒名也。"[1] 这一句中的道有两种用法，一个是言说，一个是言说对象。作为言说对象的道，既可说又不可说。如果说道是无形的，那"名，可名也，非恒名也"是针对有形之物而言，但也是既可说又不可说的。可以看出这里表示了一种言说模式，某种对象是既可说又不可说的，对某事物的描述既是此物又不是此物。但这样理解，却是非理性的，在逻辑上是不成立的。所以，以理性思维解读这两句，必然将表示言说对象的两个"道"字和两个"名"字加以区分，让它们分别表达不同的对象。如陈鼓应说："第一个'道'字是人们习称之道，即今人所谓'道理'。第二个

---

① 高明：《帛书老子校注》，中华书局1996年版，第221—227页。

'道'字，是指言说的意思。第三个'道'字，是老子哲学上的专有名词，在本章它意指构成宇宙的实体与动力。""第一个'名'字是指具体事物的名称。第二个'名'字是称谓的意思，作动词使用。第三个'名'字为老子特用术语，是称'道'之名。"① 对这段话做如此解读，是在现代哲学、现代逻辑框架内对这句话的解读。

如果这段话作为一种言说模式来理解的话，那么作为言说对象的"道"也可以指物本身、道理本身，当然也可以包括所谓的实体与动力。对道之可说与不可说，《庄子》也有论述："道不可闻，闻而非也；道不可见，见而非也；道不可言，言而非也。"（《知北游》）将"道"界定为玄而又玄的"实体"，似乎我们能够接受它的不可言。但老子、庄子为什么又对这个道说了许多话呢？所以，对这个"道"，他们是既说又不说，这也表明这个道是既可说又不可说的，道可说，说即非是道。无形之物的"道"是如此，有形之物也是既可说又不可说的，名（指称物）可说，然说即非是。有哪一种说可以等于所说之物呢？

将相互矛盾的说法系归于玄虚的"道"，似乎还可以理解，不可理解也无所谓。但如果这是一个普通的言说模式，对物的言说也是如此，这个模式对于理性而言就是不可解的，所以陈鼓应将"恒名"也解读为"'道'之名"。其实，正是将有形之物也纳入这个言说模式才是最有意思的地方。各种事物当然可以指称、言说，但任何言说都不是这个物之本身，人言之所能说的也只是事物的某一角度、侧面、特性。由此看来《老子》一书并非玄虚之言，书中所论是有实践意义的。

这个言说模式及其观念对文本解读有重要的启发意义。道（物）是浑然一体的，但一经言说即非全道（物），所以我们对它的言说、人言对它的描述永远不是道（物）之本身，物之整体。叙事文本对事物的描述，事物不可能不被言说，事物也是可以言说的，但任何文本对事物的描述只是这事物在人的意识中呈现的意象，是关于这事物的某一方面、角度、特性，决不是这事物本身。即使我们不同意康德的物自体不可知的看法，但我们也不得不承认对事物自身的认识、理解是一个无止境的过程。原因就是"道，可道也，非恒道也"。我们在文本解读时，则应适当评估文本对

① 陈鼓应：《老子今注今译》，商务印书馆2003年版，第73页。

事物的描述，理解文本描述事物的可能性与局限性。推而广之，我们可以说文本对事物的描述因为只能描述某一方面，所以，同一事物的其他方面在特定文本中也就付之阙如。如果我们固执于文本的某一方面的描述，以此作为认识事物的最终依据，那我们就可能陷入认识误区而不知。

有了这个思维导向，我们知道不可能最终确定终极意义、唯一中心，因为经历不懈的追问之后，我们不得不承认物本身的可望而不可即。所以有一些表达这种感受的句子被当作传世名言，如齐白石的话："作画妙在似与不似之间，太似为媚俗，不似为欺世。"① 这句话如果以科学理性的思维来看，是一句废话，严格说所有具象的画都在"似与不似之间"，极度逼真的超级写实主义（亦称照相写实主义）的作品极似，但也有不似之处；已近抽象画的大写意，再不似也有似物之处。但如果用中国传统思维来解读这句话，它确实说出了我们对绘画之妙的感受，物之本体无法捕获，对物的描绘永远在于似与不似之间。这真是非理性的，但真是奇妙极了，这也是天才艺术家极度聪明的表现。

二　两者同出，异名同谓

"道，可道也，非恒道也。名，可名也，非恒名也。无名，万物之始也。有名，万物之母也。故恒无欲也，以观其眇；恒有欲也，以观其所噭。两者同出，异名同胃（谓）；玄之又玄，众眇之门。"② 这里最可玩味的是"两者同出，异名同谓"，两者指"无""有"，两者共同指称"道"，标明道具有"有""无"共体的性态。"有""无""异名同谓"道，说的是"道"兼具"无""有"两种性态，这两者是同时共存的。这个说法提出了一个极有价值的思维方式。黄克剑先生对此有过专题论述："'无'（'无名'而'恒无欲'）与'有'（'有名'而'恒有欲'）同出于'道'之所导，名虽相异却相即于一，这'异名'而'同谓'的玄眇趣致乃在于：其形而上境地的持存与其对形而下俗世导引的相因相

---

① 李祥林：《齐白石画语录图释》，西泠印社 1999 年版，第 10 页。
② 《老子·道经第一章》，高明：《帛书老子校注》，中华书局 1996 年版，第 221—227 页。这段话《帛书老子》与其他版本不同。"两者同出，异名同谓"为帛书独有的读法和写法，黄克剑对此有深入、精到的解读，可以参考。参见黄克剑《"有""无"之辨》，《哲学研究》2012 年第 7 期，第 19—26 页。

成，与其说是对'道'的秘机的最后吐露，不如说是对领悟'道'的诸多奥义之门径（'众眇之门'）的宣示。"①

　　如果我们可以将"道"的内涵填充为存在、物本身、存在者整体等，这个思维方式确实宣示了理解这些内涵的奥义的门径。以此用于解读文本，如前面提到的文本对本事的再现，对抽象观念的表达等，在文本中，本事和理念都是既在场又不在场的，是"有""无"两种各种性状共处于同一文本的。文本构成的各种因素既是内在于文本又同时是外在于文本的，这是对立性状共处一体的又一表现。这种状态，在形式逻辑的思维中，视为自相矛盾，在线性思维过程中总是力求排除它们的矛盾性。在特定的思维过程中，我们也可以自以为成功地排除了矛盾性，实际上是对各种矛盾性视而不见或熟视无睹，在这样的思维过程中，我们获得了思维的统一性、合理性，合乎逻辑性，但我们也失去了对事物无比丰富性的把握和理解，从而对事物的把握难免挂一漏万。

　　这种思维方式在古代阐释得最充分的是中国，特别是《老子》这本书，但在现代，我们中国反而接受了西方近代发达的科学思维、形式逻辑思维方式、或不太普及的辩证逻辑思维，以为中国传统的这种思维方式只能用于描述那些"玄之又玄"的想象之物，其实，解构主义大师德里达将这种思维方式运用于文本的解读，用于把握现实事物共时性对立统一、两极并存的特性，对开拓我们的理论思维空间有着重要的启发作用。

　　有、无"两者同出，异名同谓"，道之本性实际上是万物之特性的集中体现。对文本解读而言，应当更为充分、全面地理解文本构成的矛盾性与多线性，在文本构成的矛盾性与多线性中解读文本的奥义，而不是为了符合理性主义的要求，为确立某种统一性而忽略了文本的丰富意义。

三　知其白，守其黑

　　对文本的解读，总要以建构文本意义的过程中获得对某事物的认识，对某思想观念的理解，即为了获得真理。对此，"知其白，守其黑"的思维方式对于如何把握局部与整体的关系、对于真理的把握也是具有重要意义的。

---

① 黄克剑：《"有""无"之辨》，《哲学研究》2012年第7期，第19～26页。

　　《老子》第二十八章："知其雄，守其雌，为天下溪。为天下溪，恒德不离。恒德不离，复归婴儿。……知其白，守其黑，为天下式；为天下式，恒德不忒。恒德不忒，复归于无极。"① 据说海德格尔曾引用过老子的这段话。② 海德格尔的真理论在某种程度上可以看为是"知其白，守其黑"的现代阐释。③ 一般的真理观认为陈述与事实的符合称为真理，但海德格尔更关注另一个意思的真理，即存在的敞开（存在整体的照亮、揭示、呈现等），人的生存敞开了存在者整体，但所能描述、表达的永远只能是一部分的存在者，如果说这种陈述是真理，那些未得到描述的同样是真理，而且是更深广的真理，因为它们同样真实地存在着。所以任何陈述的真理总是解蔽与遮蔽同在。因此，我们如果将真理的本质理解为是让存在者存在，我们的陈述只是描述某种存在者，那我们就应该"知其白"知道我们描述对象的正确性，也同时要知道我们这样的描述也遮蔽更为深广、真实、古老的存在者，所以还要"守其黑"。

　　对这一段话，心理学家荣格的运用更有意思。他主要阐释"知其雄，守其雌"，认为人格、心理的构成是两性共存，男人心理有一个阿尼玛原型（女性、精神），女人心理有一个阿尼姆斯原型（男性、灵魂）。二者和谐相处、相互激发，人的心理健康而富有创造性，二者偏枯则导致心理问题。④ 所以应"知其雄，守其雌"。

　　"知其白，守其黑""知其雄，守其雌"的重要意义在于启发我们在把握真理时，要意识到我们面对整体存在者能说出的只是其中一部分、一个侧面、某个层次，未说出的永远比能说出的更深更广更古老。中国的太极图也形象地表示了这种思维方式。对立的双方同时共存一体、相互依赖、相互构成、相互转化。与辩证逻辑思维不同的是矛盾双方的相互转化不仅在历史过程中（历时性）转化，也是具有共时性的

---

　　① 《老子·道经第二十八章》，高明：《帛书老子校注》，中华书局1996年版，第369～371页。

　　② 参见张祥龙：《海德格尔传》，商务印书馆2007年版，第227～244页。

　　③ 参见海德格尔：《论真理的本质》，见《路标》，孙周兴译，商务印书馆2007年版，第205～233页。

　　④ 参见［美］戴维·罗森：《荣格之道：整合之路》，申荷永等译，中国社会科学出版社2003年版。

转化与共存。

在人的现实生活活动中，也有对立面并存的现象。如器乐演奏或歌唱的声音要求既饱满有力又要放松，体育运动的动作既要有强大的力量又不能紧张，参与动作的肌肉既要用力又要放松，书画线条既柔美又要有内在的骨力、既飘逸松弛又要沉着有力。齐白石所说作画妙在似与不似之间，实际上就是既"似"又"不似"，两极同时并存。

重温"道，可道也，非恒道也"的言说模式，借鉴"二者同出，异名同谓"和"知其白，守其黑"的思维方式，为的是将它们运用于我们的文本解读。第一，意识到文本对本事、理念的表现总是在场与非在场并存，解蔽与遮蔽同在。第二，对文本的解读，能说的往往只是文本某一方面、某一层次的意义，文本的意义比我们能说出来的要更为深远。第三，文本中存在的矛盾性是文本意义产生的无穷可能性的特性所在，不必人为祛除。

以下我们试用这样的解读方式解读《中庸》。

第二节　论《中庸》的"诚者"与"诚之者"
——"诚者"与"诚之者"的现代解读

《中庸》以天命为人性的来源，以"圣人"为人性的典范，依此阐释人之为人的正道。如何行正道、"致中和"，"诚"是前提。因此，"诚"是《中庸》的核心概念，朱熹指出："所谓诚者，实此篇之枢纽也。"（《四书章句集注》，第32页）欧阳竟无的《中庸读叙》说："《中庸》，以一言之，曰诚；以二言之，曰中庸；以三言之，曰费而隐，曰微之显。"[1] 理清"诚者"与"诚之者"的关系，是解读《中庸》的关键。朱熹在题解中不经意地说《中庸》所述"皆实学也"，因此本人动了祛除神秘色彩而解读《中庸》的念头，对《中庸》做祛魅化的解读之后，发现"诚者"与"诚之者"不仅仅是伦理范畴，它们还应当是阐释人之为人、人类社会建构、人与自然关系的含义丰富的范畴，《中庸》关于"诚"的论述是当代思想建设、文化建构的重要资源。

---

① 欧阳竟无：《孔学杂著》，山东人民出版社1997年版，第9页。

一 人之为人之道

（一）中庸之道

《中庸》开头三句"天命之谓性，率性之谓道，修道之谓教"阐释人之为人之道。

其中"率性之谓道"，朱熹注释："道，犹路也。人物各循其性之自然，则日用事物之间，莫不各有当行之路，是则所谓道。"（《中庸章句》第一章）将道比喻为路，引申出名词性的"当行之路"。这个解说是对的，但还应有另一个意思：遵循本性而行就是道。在中国传统思想中，道有多种含义，但在《中庸》里，"道"始终定位于动词性的"遵循本性而行"和名词性的"当行之路"的基本意义上。但认真想一下，这样理解的基本意义是一种比喻性的说法，所以若用现代汉语直接表达的话，这"率性之谓道"应当解读为人依本性生存和人依本性生存的过程。

以"中庸"为题，即是说人应当行走在正道上。由此引申的问题是，如何行正道？曰"率性"。"天命之谓性"，天所赋予的就是本性，是不可改变的，是我们应遵循的本性。但人的"率性"，问题是现实中的人不一定都能"率性"，所以在现实的层面上，必须有圣人关于"性"的阐释，需要圣人"修道之谓教"，圣人建构礼乐刑政以规范众人，使众人得以"率性之谓道"。而君子则应自觉、主动地行走于中庸之道，所以须自觉人的本性所在。"喜怒哀乐之未发谓之中，发而皆中节谓之和。"（第一章）"忠恕违道不远。施诸己而不愿，亦勿施于人。"（第十三章）《中庸》以此启发君子体会人的本性。

起首三句还暗指道的另一特性，道虽然不可见，但道不离人。"天命之谓性，率性之谓道"，性由天赋，同时"率性之谓道"也表明性在自家身上，因此道不离人自身。所以，紧接着就说："道也者，不可须臾离也，可离非道也。"（第一章）朱熹在这里又将"道"解释为"日用事物当行之理"。（《中庸章句》第一章）"道"是人走的路，应遵循的理，只要人活着，就走在人之为人的路上，而道是不可见的，却又是无处不在的，所以君子不管什么时候都必须谨慎地行走在正道上。所以："是故君子戒慎乎其所不睹，恐惧乎其所不闻。莫见乎隐，莫显乎微。故君子慎其独也。"这里特别强调道与人的不可分离，道不是外在于人的精神实体或绝对存在，不是人去追求的外在目标。但人之为人之道，不是以可闻可见的形态呈现，它呈现于人的每一言行之中，或者说，人的一言一行构成了人自己的人生之路，如何行走，就构成了何种"道"。人生之道不是某种外在于人的路线、道路，然后人走在这个路上。人生之道更不是某种外在的实体，从外部规范人的言行。反而是人行走，则道亦展开。无人之行走（生存），亦无所谓道。

虽说人、物各有其性，但能"率性"者，只有人，也只有人才可能说物性是来自天命。所以王夫之认为"道"只能用于人，物无物道。"物直是无道。""若牛之耕，马之乘，乃人所以用物之道。不成者牛马当得如此拖犁带鞍！"① 可以在这角度上理解"人能弘道，非道弘人"，只有人才能走出人生之道，揭示用物之道。

尽管"天命之谓性"，包括万物，但只有人才可能自觉地"率性"，也只有人才可能行正道或反正道。所以，现实中的人还须修道，"修道之谓教"。虽说"天命之谓性"，性之所自是天，其根源具有神秘性，但《中庸》立即转向"实学"，关注现实人生之道需要在圣人的引导下"修道"。这实际上消解了天命、率性的自然性，不是只要"率性"就可以自然而然地行于正道。"天命之谓性"既可理解为性为天所赋予，还有另一个意思如朱熹所讲，是一种来自最高权威（天）的命令，是天命令人应循本性而行，即行于正道。既然不是自然而然地可以"率性"，也就承认了人生之路必须有所品评、调节，使之合乎正道。所以应当"修道之谓教"，修道就是使人行于正道，这个正道就是中庸之道。"中者天下之正道，庸者天下之定理。"（朱熹《中庸章句》题解）

我们说对《中庸》做袪魅解读，就是将"天命"理解为悬设一个至高的权威，命令人必须行正道。我不知道《中庸》的作者是不是真的相信有一个无所不能的天，如果是，那么问题就极为简单了，人只要照着做就行了，不用讲那么多道理，而讲那么多道理，讲的是人应如何做，恐怕就应当从人的现实生存出发来理解，而不是将人性神秘化为来自天授。朱熹讲《中庸》，开篇便指出《中庸》"皆实学也"，或许透出此中机微？因此本书解读《中庸》较多地参考了朱熹的讲解。

---

① 《读四书大全说》上册，卷二，中华书局 1975 年版，第 70 页。

朱熹对中庸的解释：

1. 中者，不偏不倚，无过不及之名。庸，平常也。

2. 中者，天下之正道。庸者，天下之定理。（第一章题解）

3. 中庸者，不偏不倚，无过不及，而平常之理。乃天命所当然，精微之极致也。（第二章）

4. 以性情言之，则曰中和。以德行言之，则曰中庸是也。然中庸之中，实兼中和之义。（第二章）

5. "择乎中中庸"，辨别众理，以求所谓中庸。（第七章）

6. 若中庸，则虽不必皆如三者之难，然非义精仁熟，而无一毫人欲之私者，不能及也。三者难而易，中庸易而难。（第八章）

（二）中庸之能与不能，难与易

如果说人的正道就是"择乎中庸……而弗失之"（《中庸》第八章），而《中庸》反复引述孔子的话说中庸"不可能"："天下国家可均也，爵禄可辞也，白刃可蹈也，中庸不可能也。"（第九章）这并不是说人无法行走在正道上。似乎是在提醒君子须意识到行正道的艰难并鼓励君子以智、仁、勇三德行正道。所以，这里的"不可能"恐怕应理解为中庸的极致是不可能完全达到的。而不是说行正道是不可能的。

反而，行正道是极易的，路在脚下。由日常事务做起，依礼而行，则行正道。"君子之道费而隐，夫妇之愚可以与知焉。"（《中庸》第十二章）朱熹也为这个极易找到理论依据，在《中庸章句序》中说："人莫不有是形，故虽上智不能无人心。亦莫不有是性，故虽下愚不能无道心。"这是所有人都能行正道的依据。

一方面极易，一方面是难——甚至是绝对不可能。朱熹对此解读为："盖可知可能者，道中之一事。及其至而圣人不知不能，则举全体而言，圣人有所不能尽也。"（《四书章句》第十二章）这也有一定道理，但此处解读首先应当如黄克剑先生所讲："'中庸之为德也，其至矣乎！'孔子这里所说的'至'，指的是一种尽其完满而无以复加的境地。德行之'仁'的'至'境是'仁'的形而上之境（'形而上者谓之道'）或'圣'境，由于它永远不可能全然实现在形而下的修养践履中，所以孔子又这样称道'中庸'——他说：'天下国家可均也，爵禄可辞也，白刃可蹈也，中庸不可能也。'"①

以此解读，中庸的极致是不可能的，但人又必须永远以中庸至境为引导，才可能不断提升自己，不断地完善自己。虽然无法达到"中庸"（极致），但在追求中庸的过程中可以成就人的"大德"，如第十七、十八、十九章所述以舜、文王为例描述行正道成大德。作为一般人，在行正道的过程中也可以成就自己的美德。这应是中国传统的生存智慧，如果一个人已确定无疑地处于正道的极致，人的生存也就到了极点，人类及人自身也就不会再进步了。因此人类走的应该是一条永无止境的正道。

愿有良知，即行于正道之上，人道之极，永无止境。所以，中庸之道，易行又不能。易者，路在脚下，即行即是，所以朱熹读为："中者，不偏不倚，无过不及之名。庸者，平常也。"行正道就在日常活动之中。朱熹所说强调了中庸平常、平易的一面，但也隐藏不可能的一面，即对"天下之正道""天下之定理"的最终把握，对中庸极致的追求，这是极难的，不可能的。

在实践的层面，也就是朱熹所讲的"实学"，就具体的事物而言，道中的一事一物是可知的，也是可能做的，这才是朱熹所说："盖可知可能者，道中之一事。"道中的一事一物，在日常生活中从某个角度看，是可知可能的，甚至仿佛全由人来掌控。但若追究到底，对任何一物，我们终究无法完全、彻底地理解，对物的分析无止境。所以，"及其至也，虽圣人亦有所不知焉。……及其至也，虽圣人亦有所不能焉。"（第十二章）这是朱熹用通俗的方法解释中庸能/不能并存的道理。其实，还不能完全按这个思路理解。这些中庸的极致是永远达不到的，但中庸之道却从每一个人的脚下开启，每一个人都能踏上中庸之道。所以，易而能者，在日常生活中可行正道。不可能者，是中庸的极境。这是典型的中国传统思维方式的体现，我们也应以中国传统思维方式来理解这个中庸的可能与不可能并在的关系。

（三）在现实人生中行正道

行正道的能与不能并在，不能做神秘化的阐释，也不能视为非理性而弃之。这是中庸传统思想的智慧所在。人的生存总要有一个永远不可能达

---

① 黄克剑：《论语疏解》，中国人民大学出版社 2010 年版，第 127 页。

到的目标引导人生不断地向善。但现实的问题是，既不可能达到中庸极致，又必须恪守中庸，那如何坚守中庸之道呢？这个困惑的破解必须仰仗圣人的施教，圣人"继天立极"（朱熹《中庸章句序》），创立道统，创设礼仪以至社会体制，其他人在圣人设置的礼仪中体悟人之为人的正道。这就是"修道之谓教"，从而君子可以在其中"择乎中庸"，并仁爱、明智、勇敢地坚守中庸之道。所以，在儒家的理论中，必然要悬设圣人的存在。但现实中是没有圣人的存在的，于是《中庸》所论的"修道之谓教"，实际上是针对君子而言的"修道"。君子的问题就是如何理解悬设中的圣人对人性的阐释，如何践履圣人创设的礼仪。如果消解现实中圣人存在的可能性，各种社会制度实际上是君子的建构。这是我们对《中庸》祛魅解读的第二层，消解现实中圣人存在的可能性，从而探讨现实中的人如何行正道。

所以，《中庸》第二十章，对现实中如何实行中庸之道做了具体论述。就个人修为而言，是以知、仁、勇"三达德"履行君臣、父子、夫妇、昆弟、朋友"五达道"。就国家而言则有从尊贤、亲亲直到柔远人、怀诸侯的"九经"，中庸之道展开为这些具体、实际的事务。

虽然悬设了圣人，但实际上如何行正道还得人自己解决，在现实人生中追求中庸之境。保证所有这些事务的成功，必须有自身内在的依据和保证，这就是"诚"。"知、仁、勇三者天下之达德也，所以行之者一也。""凡为天下国家有九经，所以行之者一也。凡事豫则立，不豫则废。"（第二十章）这里的"一"，朱熹注为"诚"，这也是历代解读《中庸》者所认可的，而且朱熹还特别强调："一有不诚，则是九者皆为虚文矣。"（《中庸章句》第二十章）朱熹、王夫之等人都认为"凡事豫则立，不豫则废"这里讲的是"凡事皆欲先立乎诚"的意思。至此，现实中的人如何率性、修道，全都以"诚"作为前提和保证。

因此，第二十章提出"诚者，天之道也；诚之者，人之道也。……诚者，不勉而中，不思而得，从容中道，圣人也；诚之者，择善而固执之者也"的关键命题。突出了"诚者"与"诚之者"在《中庸》的重要性。这里的论述也指出只有圣人才是天生的"诚者"，其实也暗指，达到完全的"诚"也是一种极致，只有悬设中的圣人才有可能，其他所有的人都必须经由诚之而努力向"诚"的境界不断地进步。

二　"至诚"与赞天地之化育

行正道的理想境界是："致中和，天地位焉，万物育焉。"（《中庸》第一章）《中庸》第一章以人的情感发生启发人们领悟"中和"，但紧接着说："中也者，天下之大本也。和也者，天下之达道也。"可见"中和"不是人的情感活动所独有，而是万物之本、天之道。所以，下文的"致中和，天地位焉，万物育焉"，应是针对包括人在内的宇宙万物而言，而不可理解为人的道德修为可以感动天地，改变天地万物的秩序。宇宙万物行其正道，才构成一个和谐的宇宙，所以，人也应该"致中和"才能建构一个和谐的社会。"致中和"的另一个表述是对"至诚"的追求。《中庸》强调只要达到"至诚"，就是完全地行正道，达到中庸的极致，最终实现"天地位焉，万物育焉"。《中庸》从第二十一章开始至第三十一章，铺开阐释"诚""至诚""圣人之德"的效应，实现尽人之性、尽物之性、天地正位、化育万物、可以前知、成己成物的功效。

对《中庸》阐释的这些效应，古人有各种各样的阐释，其中还有不少神乎其神的解读，我们现在要做的是从人的实际生存出发，尝试做出切合实际的解读。这是对《中庸》做祛魅解读的第三层。从人之为人的实践中重新阐释行正道的必要性与可能性，阐释"诚者"与"至诚"的功效，从而阐释"诚者"与"诚之者"的现实意义。

（一）"诚者"与"天之道"及圣人

要解读"至诚"的效应，先须梳理天之道、诚者、圣人这几个相关范畴的关系。

道，在《中庸》里是万物依据本性展开的存在之路。"诚者，天之道也"，"诚"作为天之道就是物之本性的完全真实的呈现。这个依天命（性）而存在的路就是正道，也就是中庸之道。从"诚者"的角度说"天之道"，这个"道"是经由人而体现出来的"天之道"。"诚者……圣人也"，这个说法又表明，只有圣人才是天道完全真实地体现。这样的话，天之道、诚者、圣人三个不同的语词是以"诚者"为中心环节，构成人的真实无妄的世界。可以承认自然万物的存在，但万物的存在只有在人看来才有所谓的真实或非真实、有理或无理，才有所谓的诚与不诚，而能完全理解、阐释、体现万物存在的人是圣人，现实中的人只有努力向圣人看齐、靠近，才可能尽最大可能地把握宇宙万物的存在，所以，现实中一般人的任务是"诚之"，是"择善而固执之"。

或许，当孔子说中庸不可能的时候，他也在暗指现实生活中不可能有圣人？在现代社会，我们更不认为有所谓的圣人的存在了，而且在科学思维的影响下，我们也知道人的本性并非来自天命，而是在现实社会生活中建构起来的，在现实中也不可能有圣人，或者说历史上从来就没有真实地出现过圣人，所以，我们现在的问题是，如果从人的实际生存出发，那人如何走出自己的正道？在现实生活中是否能达到"天地位焉，万物育焉"的境界，非圣人的人能否"赞天地之化育""与天地参"？以什么方式、什么内容"赞天地之化育""与天地参"？

（二）"与天地参"

为什么"致中和"可以导致"天地位焉，万物育焉"？　"位"和"育"是什么意思？如果说"中"，是天命之性，是天下之理的根源，是道之体；"和"就是循性（率性），万物是其所是，是道之用；那么，"致中和，天地位焉，万物育焉"可以说是天地万物遵循天理、各正性命，从而天地（万物）处于自己适当的位置，（天地）万物各循本性而发生发展，成就自己的所是。在这个过程中，具有主体意识的存在者，应该理解万物发生、生长的"中和"之道，应该自觉遵循"中和"这天下之大本、天下之达道，成为真正意义上的"致中和"者。人的"致中和"首先是喜怒哀乐"发而皆中节"，依据圣人设置的典礼、制度品节自己，实际上是依中和之理建构人类社会的各种典章制度。同时依据"中和"之理，接纳、处置与人类相关的天地万物，对天地万物有所作为。在人的世界里命名万物，建构自然万物运行的规律与秩序，合规律地对待自然。如王夫之所说："若其为吾身所有事之天地万物，则其位也，非但修吾德而听其自位，圣人固必有以位之。其位之者，则吾致中之典礼也。非但修吾德而期其自育，圣人固有以育之。其育之者，则吾致和之事业也。"[1] "若夫于己无贪，于物无害，以无所乖戾之情，推及万物，而俾农不夺、草不窃、胎不伐、夭不斩，以遂百谷之昌、禽鱼之长者，尤必非取效于影响也。"[2]

---

①　王夫之：《读四书大全说》卷二，中华书局1975年版，第85页。

②　同上书，第86页。

当然最重要的一点，天地之位与否，万物育与不育还是要根据它们与人的关系而定。所以，"致中和，天地位焉，万物育焉"，不能理解为人的道德修行感动天地，从而影响天地的运行与万物的生长发育，而应该理解为人实际地参与、接纳、改造包括人自己的天地万物。

为什么至诚能尽性？尽性可以赞天地之化育、与天地参？是因为性的展开即为诚。王夫之的说法是"性无不诚"，"诚以行乎性之德"，"诚者天之用也，性之通也。性者天用之体也，诚之所幹也"。① 能施行尽人之性、尽物之性的存在者只能是人。人可能尽其性，也就可能遮蔽性。"性"须以"诚"呈现才不至于被私欲所遮蔽，所以至诚才能尽其性，由尽人之性进而尽物之性。性如果"无诚以为之幹，则忮害杂仁，贪昧杂义，而甚者夺之"②。在王夫之看来，赞天地化育、与天地参，实际上就是尽人之性、尽物之性而已。王夫之说："其云'参天地'者，则'尽人、物之性'之谓尔。未尝有所谓三辰得轨，凤见河清也。"③ "诚"不能单做道德范畴解读，"诚"既是自然的本真，也是人的真诚无妄。所以，至诚的人没有私欲偏见的遮蔽，才可能尽性。"尽性"，就是完全、极致地领悟人和万物的本性，完整把握、呈现人和万物的本性。所以赞天地之化育，与天地参，应解读为真诚无私、不为私欲所蒙蔽的人，完全真实地理解天地万物的本性，从而在天地之间建构人类自己的世界。

对尽性的理解还须注意朱熹、王夫之对尽心、尽性的解释："尽心为尽其妙用，尽性为尽其全体。"④ 王夫之在《张子正蒙注》的《乾称篇下》对如何"尽性"有深入的阐释，可参考。"尽性"的性，王夫之在《读四书大全说》中似将"仁义礼智"作为"性"的基本内容。在《张子正蒙注》中似解读为自然万物的本性（人性的内容还是"仁义礼智"），强调不限于闻见中的事物，还须知"无无不有，无虚不实，有而不拘，实而不滞"。指出应从现象到本体贯通把握"性"，这当是基于张载所说："有无虚实能为一物者，性也。"⑤ 如此说"性"，用现代的词语说，"性"

---

① 王夫之：《读四书大全》卷二，中华书局1975年版，第151页。
② 同上。
③ 同上书，第85页。
④ 同上书，第151页。
⑤ 王夫之：《张子正蒙注》，上海古籍出版社2000年版，第234页。

包括了事物的本体和现象，所以"尽物之性"不能限于耳目所闻所见，应从有无虚实一体的整体把握出发"尽物之性"。如王夫之所说："尽者析之极也，非行之极也。"① 这个说法也值得注意，"尽者析之极"与王夫之在《张子正蒙注》中所论是一致的，我们可以展开理解，在不同时代对物、对人自己的知（了解、阐释）有不同程度的要求，"析之极"有不同的标准。所以，我们还要考虑方法、手段、工具等对"尽人之性""尽物之性"的影响和制约。

如果说"性"的基本内容是"仁义礼知"，那诚者作为天之道而自然而然的全面"率性"就是一个综合性的概念，不仅限于伦理范畴，而且还涵盖了社会体制建设（礼），各种科学认识（知，即智）的范畴，所以，"尽人之性"与"尽物之性"在不同的时代有不同的具体内容和方式。在现代科学技术的基础上，人类在尽物之性的道路上，上极太空、下极量子，但仍是在做"尽物之性"的功夫。这样极致地尽物之性，其实际效应也就是在改造世界的同时也改造了人自己，这是实际意义上的赞天地之化育，与天地参矣。这也是诚者自成、成物的实际意义。

（三）"不诚无物"

《中庸》还有歧义百出的一段："诚者物之终始，不诚无物。是故君子诚之为贵。诚者非自成己而已也，所以成物也。成己，仁也；成物，知也。"（第二十五章）其中关键是"不诚无物""成己""成物"做何解读？

"诚"作为真实无妄之理，那理与物共在，理在物存，理亡物亦亡，所以，"诚者物之终始，不诚无物"，这是朱熹的经典解释。② 如果将"诚"理解为单纯的道德范畴，"不诚无物"真如牟宗三所说，无法解释。③ 但现代学者也有将"物"转换成"做事"，说心不诚，做假事、假

---

① 王夫之：《读四书大全》卷三，中华书局1975年版，第172页。

② 朱熹《中庸章句》第25章："天下之物，皆实理之所为，故必得是理，然后有是物，所得之理既尽，则是物亦尽而无有矣。故人之心一有不实，则中有所为，亦如无有。君子必以诚为贵也。"

③ 牟宗三："'诚者，物之终始，不诚无物。'诚这个意思很高。假如人家站在现代人泛科学主义的立场问：'难道我不诚，这个物就真的没有了？这个桌子存在不存在，跟诚有什么关系呢？'你无词以对。现代科技的原子弹把人的道德真实这个意义一下子炸掉了。现代人看不懂《中庸》这些话。"（牟宗三：《四因说演讲录》，上海古籍出版社1998年版，第19页）

货，做了等于没做，所以"不诚无物"。① 这是从朱熹的说法中引申出来的，但这恐非《中庸》原意。最具现代性的应该是王夫之的解释："万物皆备之诚心，乃万物大成之终始。诚不至而物不备于我，物不备则无物矣。"② 不诚，对物而言，视若无睹，物性被遮蔽，在这个意义上说，就是"不诚无物"。

解读"不诚无物""成己""成物"，还须密切结合原文。"成己，仁也；成物，知也。"这个说法，表明了"诚"不是一个单纯的道德范畴，"成己，仁也"是完全实现人的本性，成就真正的人自己。"成物，知也"，是对物性的完全理解、把握，在人的世界里让物成为物，让物是其所是。仁、智本来不必分开，但这里可能是论述的需要，所以才做了区分。对物也需体物、恤物，不可随私心所欲而暴物。王夫之还有一个总结性的论述："是其自成者即诚也，人而天者也；自道者即道也，身而性焉。惟天道不息之妙，必因人道而成能，故人事自尽之极，合诸天道而不贰。"③ 人顺其自然而为人，是自成者，作为主体的人自觉按本性行事，是自道（dǎo），即自由（自主）地行正道。天道生生不息，默而不言，也须借助于人揭示其奥秘，在人的世界中使物成为物，显露其物性。

其实，朱熹与王夫之所说的物有所不同。朱熹说的是物本身，诚等于"实理"，物依实理而存，无实理即无物，人也是物的一种，但其他的物之有无与人似无关系。王夫之所说的物是相当于认识过程中与物自身相关的现象。有诚心，所形成的物象与物相符，这是王夫之意义上的"成物"；无诚心，则无法形成与物本身相符的物象，所以可以说是"无物"。所以王夫之说"万物皆备之诚心"。

其实，如果不把"诚者"限定在伦理范畴，对至诚导致天地位焉，万物育焉，赞天地之化育，与天地参就可以做现实性的解读，《中庸》本身也提供了如此解读的可能性。《中庸》第三十二章："唯天下至诚，为能经纶天下之大经，立天下之大本，知天地之化育。夫焉有所倚？"朱熹说此章"言圣人天道之极致"，这个极致归结于"至诚"，在这里"至

---

① 赵妙法：《〈中庸〉"不诚无物"说新解》，《安徽大学学报》（哲学社会科学版）2005 年第 6 期，第 45、44—47 页。

② 王夫之：《读四书大全说》卷三，中华书局 1975 年版，第 162 页。

③ 同上书，第 163 页。

诚"是无所倚的天地人的"大经""大本",将人的世界的建构的本源确定于"至诚",这就突出了人的作用。为后人从人的现实生存的角度阐释"诚者"与"诚之者"提供了可能性。王夫之在这方面已做了很深入的论述,现代读者更应在现实的视域里解读"诚者"与"诚之者"。

三　现代意义的"诚者"与"诚之者"

对"诚者"与"诚之者"进行现代意义的解读,首先要彻底否定现实生活中、在形而下的世界中存在圣人的可能性。

(一)　虚灵境地的"圣人"与"诚者"

在《中庸》里,确认圣人的存在是必要的,它为当时社会所创建的礼乐刑政提供了正当性。圣人是思感言行都合乎正道的至诚之人,是天之道在人的完美体现者。能完全的尽性、知天,能赞天地之化育与天地参。所以,圣人创建的礼、乐、刑、政是合乎天道的,是天经地义的,所以具有正当性和合理性,所有的人都应当遵从,努力做好"诚之者,择善而固执之"的功课。然而,现实中的人不可能成为圣人。孔子在世时也不是圣人。如果不可能有圣人,那现代社会中的人,如何"择善而固执之"(诚之)?这就是需要我们阐释的现代意义的诚之者。

其实,圣人是儒家学说中的理想化的人格,是一种神化的人格。人就是人,不是神,所以现实生活中谁也不可能成为圣人,但悬设圣人作为人追求的目标有什么意义?这是儒家的生存智慧,人生在世必须有一个永无止境的追求目标,这就是仰之弥高的圣人——理想人格。永远无法达到,但又必须永不止息地追求,在这个过程中,依你的造化、修行成就不同层次的高尚人格,从而使人类社会不断向健康、完善进化。

承认人就是人,不可能立地成佛、顿悟成佛、修炼成仙,也不可能成为圣人,这是现代人类必须面对的现实,敢于承认这个现实是人类成熟的标志。现代人必须确认,现实中的人不可能成为圣人。期许经过努力可以成为圣人,这是庸儒说教。由此也产生了许多虚假的"圣人",自以为是圣人,无所不能、无不正确,即使动机良好也终酿恶果。所以成熟的现代人,既不可幻想成仙、成佛、成圣,又不可只听从肉身所欲,必须立足于大地,承受永无止境的向上(善)追求。

传统社会中,借助悬设圣人设教而获得合法性与合理性的社会制度、传统美德，由于当代社会删除了圣人也就因此失却了它们在现实社会中的正当性与合理性。如果我们要重建和谐社会，继承传统美德，就首先要重建这些传统美德的合理性基础。这就是现代人要面对的问题。其次，在现代社会体制的建设中，没有圣人从天道那里获取社会体制的合法性，那现代社会体制的合法性从何处获取，这又是一个问题。

现代民主社会经由各方协商、博弈、斗争而确立社会体制、国家制度的合法性，各种道德建制也应在各种文化交往之中确立普世规则，这就不必圣人这一环节。但在人之为人的向度上，作为理想文化人格象征的"圣人"、人格的至高境界，仍对人的现实生存具有引导意义，但"圣人"——理想文化人格的内涵也须由各方协商、讨论而建构。在这个意义上，"圣人"仍不可取消，但它始终应是一个形上的虚灵境界，人们不断仰之弥高的追求目标，这个意义上的圣人，实际上是人对自己未来的想象、构想，因为人的生存是一个不断实现向上的可能性的生存。

"诚者，天之道也"，对"道"的理解要尽可能按《中庸》的表述来理解，"率性之谓道"。所以，"诚"是自然万物依据本性而存在的过程，应该在这个意义上说"诚者，真实无妄之谓"。而《中庸》是从人之为人的角度阐释的，所以，真正能够"率性之谓道"的只有人自身，其他万物是在人看来、经由人的阐释才显示为"率性"（依本性而存在）。所以，王夫之说："所云'诚者天之道'，未尝不原本于天道之本然。而以其聚而加著者言之，则在人之天道也。"①

然而，就人而言，能真正做到完全"率性"的人，纯粹出自天道本然的人，只有虚构的圣人。其他的人，则应以圣人为模范，由明而追求至诚，从而能率性而自道（dǎo），从个人修身以至国家体制建构都保持在正道上，这就是自明诚，"诚之"的现实意义。一部《中庸》讲的就是人之为人，国家之为国家的正道。《中庸》虽然预设了圣人，但还是在反复阐述君子、一般人如何体会人的本性、如何遵循本性而行正道。

（二）现实生活中的"诚之者"

现代人就人本身而言，应该在没有天命和圣人的基础上探讨人之为人的问题，也就是在删除了天命和现实中的圣人之后如何"诚之"（择善而

---

① 王夫之：《读四书大全说》卷三，中华书局1975年版，第139页。

固执之）的问题。现实生活中不可能有圣人，现代人永远不能以"诚者"自居，现代人要做的只有"诚之者"，择善、明善、固执（善）从而诚身，不断追求至诚。在现代意义上的"诚之者"，试阐释如下。

第一，阐释真实无妄的存在，是人的义务。"人之道"，是人之当行之路，人应负的责任。诚之，让"诚者"（真实无妄的存在、存在者、天理）显现出来，是"人之道也"，是人应负的义务和责任。当然包括对人自己的本性的体现和实现。其实际意义落实在不断地追求"至诚"，以现代思想智慧、科学技术不断地尽人之性、尽物之性，从而建构更为合理、美好的人类社会。诚之者，让物存在，成为物。"不诚无物"，要以现代技术手段，尽可能地尽人之性、尽物之性。这也要尽可能地摆脱人的私欲和偏见的影响从而"成物"。"诚"不是一个单纯的道德范畴，"成己，仁也"是完全实现人的本性，成就真正的人自己。"成物，知也"，是对物性的完全理解、把握，在人的世界里让物成为物，让物是其所是。所以"诚"还有认识论方面的意义。

第二，"诚之者"，是坚守人之为人的向善的正道。在现代意义上完成、实现人的本性，即"率性之谓道"。对人自身而言，如何"诚之"《中庸》也有不少启发性的论述，如借情感发生启发对"中和"的体验，指出忠恕与体道的关系、强调道不离人、提倡三达德等都是探讨如何择善而固执之（即诚之）。还有一些行为指导："故君子尊德性而道问学，致广大而尽精微，极高明而道中庸，温故而知新，敦厚以崇礼。"（第二十七章）还有一个基本原则："笃恭"（第三十三章）《中庸》中的这些论述，对我们现代人还是有一定启发意义的。当然，儒家系统对人的本性的确认是有一定的具体内容的，即"仁、义、礼、智"。古代经典虽然将这些具体内容阐释为来自天命、圣人的立则，在人类的历史中，这些具体内容的确认是历史性地得到确认的。它包含了人类愿意向善的各方面内容。这应该是值得我们现代人继承的。如果，人的本性不是命定、天命，而是在社会现实中形成的，是在人的生存中选择、建构的，那就有可能"择善"，也有可能有"择恶"。在去圣化、祛神化的现代生活中，人的主体性空前膨胀，"择恶"的可能性更大，也有更多的"合理性"。其实在古代人"择恶"的可能性也很大，但各个民族的历史性选择都将人性概括为愿有良知，愿意以至善作为人类追求的目标，所以，在历史性的维度中

"率性之谓道"，也就是行走在向善的正道上的意思。那现代人的问题就是如何探寻正道，在正道中建构人性。率性与正道是相辅相成的。

第三，诚之者的保证是真实无妄地愿意向善。让人成为真正的人、完善的人，人的所有品行都必须立于诚，绝对真实地愿意向善。现代社会，人们意识到人的特性、人格是在社会环境中形成的，是在人的生存过程中形成的。并非天命所赋。所以，对"天之道"的理解和把握，就落实为"诚之者，人之道"，所有的功课是人只能由自己探寻人之为人的正道。人之为人的道路，在人脚下，行则有道。这个道不是由天命定，而是所有的人都应该关注、共同探讨的问题。对现代人而言，行正道比古人更难。古人可以依赖悬设中的圣人，现代人全由自己选择，只是古时圣人所处的位置，现在由"梦""理想""诗意""自由"等代替。现代人仍须确立一个仰之弥高的尺度，作为人之为人的向导。在人之为人的向度上，诚者，就是人的真心向善，发自内心的愿有良知，并在这个良知的引导下"率性之谓道"。因为，取消了圣人、取消了天命之后，性在道中呈现，道在率性中完成，其中保证人之为人的只有发自内心的真实无妄地向善。

第四，"诚之"应有整体性视角和要求。在现实中，建构人性，具有现实人性的人继续建构社会现实，建构完善的社会体制、人与人之间的关系。在现实社会关系中，诚者应落实在各个环节，不然"一有不诚，则是九者皆为虚文矣"（朱熹《四书章句》第二十章）愿有良知是人的选择，选择之后必须在所有的层面落实、实施，才是真正的诚者。才是真正的率性而行在正道上。现代人的社会关系无比复杂，以个体为节点有夫妇、亲子、兄弟、朋友、同事、伙伴、同学、战友等，个体还从属各种单位、机构、阶层、帮派、政党、国家等群体，从纵的角度还从属于种群、民族、文化等范畴。

现代人要解决的问题是如何在各种关系中建立至诚的关系。《中庸》中整体性的"诚之"观念值得我们借鉴。古代的完整的社会结构是从个人到君主的各个层次，即《中庸》里的"九经"，"凡为天下国家有九经，所以行之者一也"（第二十章），朱熹意味深长地指出："一者诚也。一有不诚，则是九者皆为虚文矣。"现代社会的结构及人际关系、国家关系、民族关系比古代要复杂得多，但《中庸》的思想仍有意义。如果现代人无法做到在所有的社会关系、国家关系中都立于"诚"，那其中向善的意愿就不是完全真实的。由于现代各种利益关系的原因，人们在现实生活中往往只能做到在某种程度上、在某个范围中的"诚"（依向善的本性行正道）。如忠诚、真诚，应该是"诚"的重要内容，在现实生活中，一个人可能对朋友真诚，但对陌生人、敌人则不一定真诚，甚至有意地欺骗。一个公司的员工，可能对公司是十分忠诚的，但却是忠诚地为公司生产有害于其他人的产品。

在现有的世界中，人们可能主张政党利益、国家利益、民族利益至上，这都是可以理解的，但这些都不是至诚的表现，在历史的视野中，人类的这些不够充分的"诚"，是可以理解的，但人类若真的愿意向善，则必须不断地使自己的行为更为合乎"诚"。所以，对私欲的制约，让人性更为完善地显现，是人类一个永恒的任务。人类须不断地"诚之"，由人之道向天之道过渡，"择善而固执之"。不断地"诚之"使人类社会持续地趋至"至诚"境界。

第七章　尊重文化中的文本自律性

文本的产生，作者写作时受制于已知或未知的文本网络，使得这一文本的出现携带着独特的文本关系，这是文化中的文本自律性的基本含义。另外，读者总是将所要解读的文本放在相互关联的文本网络中、自觉或不自觉地在与其他文本的关系中建构此一文本的"合适"和"正确"的意义。读者在建立文本相关之链时，首先应尊重文本出场的文本关系，才可能对文本的解读既具有创造性又不至于产生不恰当的误读。所以，尊重文化中的文本自律性是在以上两个方面中强调文本出场关系网络的优先性，读者应在充分理解文本出场的文本链的基础上建构文本的意义。

在文学批评的实践中人们形成了各种各样的解读范式，当人们熟悉某种批评范式之后可能出现的问题是以一种模式通解所有的文本。文化诗学的文本解读反对这种做法，因为这种做法很可能对某种文本的解读是有效的，而对其他文本很可能造成极大的遮蔽，所以我们主张根据不同的文本特点采取不同的解读范式，这就是尊重文化中的文本自律性的解读策略。

"子曰：'古之学者为己，今之学者为人。'"（《论语·宪问》）在文化诗学的视野中，"文化"的一个重要义项是人的自我塑造，所以，进行自我塑造的人，其文本解读应如孔子所说的"古之学者为己"，是为了自我境界的提升，所以"文化"（自我塑造）中的人，其文本解读应尊重文化中的文本自律性，才能收到调整、提高、更新自己的阅读视域的效果。

因此，尊重文化中的文本自律性是文化诗学的文本解读策略之一。

第一节　文化中的文本自律性

自律性这个词往往被用于描述文本构成内部的独特规则，并从而将文本的意义阐释与文本之外的各种因素割离，但这里用这个词是要表明另一种意思。之所以加上"文化中的"，就是说这里所讲的文本自律性是"文化中的文本自律性"。有三个方面的意思：第一，文本构成有其独特的规则，这规则是在各种文化要素相互影响的基础上形成的；第二，与某一文本相关的各种文化要素在构成特定文本时也形成了独特的相互关系；第三，这个独特的相互关系决定着文本的特定意义，但这些相互关系是复杂的，所以在任何时候的解读都不可能一劳永逸地完全把握，所以，在不同的视野中，往往可能发现新的关系，从而对经典文本作出新的解读。以上这些是所谓"文化中的文本自律性"。这些内容在一些理论著述中只有文本构成的内部规则才是"自律"，而且强调它与外部的隔离，其他影响文本构成的因素要么不承认，要么称之为"他律"。但我试图将文本出现的各种独特因素综合起来说，文本的构成与产生有其自身独特的规律，不分内外，内即是外、外即是内。所以，还是仍然使用"自律性"这个概念。

在以往的一些阅读理论中，假设一种文本的原始意义或作者的原意，而正确的阅读就是获得文本的原始意义或作者的原意。但我们知道，作者写作某一文本的原意，即使是作者自己，也不是任何时候都能毫不变动地说出来。即我们可以承认作者或文本的原始意义的存在，但这也是一种"道可道也，非恒道也"的现象。所以，我们不说文本或作者的原意，而换个说法，说文本自身构成的规则、文本出场的特定位置及其相关的文本关系，将这些内容称为文化中的文本自律性。

以此理解文化中的文本自律性，用了"自律性"这个词，还是意在读者与作者之间，在阅读开始的环节上尊重作者初衷的优先地位，并由此让文本的意义得以充分呈现。所以，在文本解读时首先应当尊重文化中的文本自律性。

一　如何尊重"文化中的文本自律性"

我们同时也知道，文本意义是在读者的阅读中建构完成的，读者在建构文本意义时总会有一定的创造性，不可能有一个纯粹原初、原本的文本意义让读者去获取。所以，所谓的尊重文本的自律性，首先，应当体现为对自身解读范式的反思。基于文本的互文性及文本自身构成的复杂性，我们对文本的解读方式也是复杂多样的。但在现实的生存中，我们实际需要的并不多，我们往往采用自以为最方便、最简明的方式解读文本，形成了一些正确的（其实是广为接受的）解读范式。在一般情况下，我们学习和使用的就是一些公认的最方便、最正确的解读范式。久而久之，这些解读范式成了仿佛非如此不可的解读方式，我们也容易到处套用这个"正确"而又顺手的解读范式。但我们应该意识到，我们之所以做出这样的选择，并非天经地义，并非只有这种方式是正确的。而是因为在文化中，各种话语的范导、生存的需求、实际利益的驱动使我们选择了这种最方便的解读范式。但我们应意识到每一种解读方式在解读文本意义的同时，也遮蔽了另一些意义，而被遮蔽的这些意义可能在某些时候无关紧要，而在另一些时候就显得极为重要，因此，我们如果只是习惯于这些方便的思维方式，到处套用这种唯一的解读范式，我们可能会陷入某种危险。我们必须反思自身的解读方式，警惕落入固守唯一正确解读方式的陷阱。

其次，文本意义的构成，是文本及隐含于文本中的作者与读者三方不断对话、交流构成的。尊重文化中的文本自律性，实际的意思是我们在与文本及隐含作者的对话中强调尊重对方，充分理解文本提供的各种因素及作者组织这些因素的关系。同时，充分理解文本产生时所依据、使用、借鉴的文本关系网络，认真理解制约作者的语言体系。因为，文本所提供的各种要素必须在这些关系网络中才可能发出较为明确的声音（意义），从而实现与读者的对话。德里达指出："作家运用一种语言和一种逻辑进行写作，而这种语言和逻辑所固有的体系、法则及弹性，作家的话语按定义却无法绝对地控制。他只有在一定程度上勉强让自己受这一体系的支配，才能运用它们。而阅读则自始至终要瞄准某种未被作家察觉的关系，他掌握的与不掌握的他所运用的语言模式之间的关系。这种关系不是某种明暗、强弱的数量分配，而是评论性阅读应当创造的一种示意结构。"① 但创造这种"示意结构"如德里达所说，必须建立在传统的注释性的阐释的基础上，这是"尊重传统的紧要事件"，"没有这种认识与尊重，批评工作就有可能朝任何方向发展，授权自己讲任何事情"。② 德里达所说的

---

① 德里达：《"……危险的增补……"》，见《文学行动》，赵兴国等译，中国社会科学出版社1998年版，第64页。

② 同上书，第65页。

"尊重传统的紧要事件"是我们另外要说的内容（即下一章要讲的在文字细读的基础上的意义阐释），我这里要强调的是我们在创造"示意结构"时，应充分理解制约作家的语言、逻辑体系及直接的文本关系链，这些因素构成了文本的示意结构，文本所提供的各项材料在如此语境中具有特定的意义，读者应创造一种合适的示意结构以让文本的意义充分呈现。

最后，我们当然也应当尊重文本自身的构成规则。文本的自身构成，经由接受理论的阐释之后，人们普遍意识到文本意义不是一种先验的存在，而是在读者阅读过程中产生的。英加登认为文学作品是一种图式结构，其中（后两个层次）包含许多"未定点"和空白，读者在积极阅读中通过意向性活动填补这些空白，使作品具体化，从而构成审美对象。伊泽尔也认为："本文的剧目和策略只提供了一个框架，读者必须在这个框架中为他自己构造审美客体。"[1] 他所说的"剧目"是文本从社会体系和文学传统中选择出来的材料所组成的，它们是存在于文本之中所有为读者所熟悉的成分。文本的"策略"，是引导读者的各种各样的叙述技巧，是已经得到人们承认的传统做法，策略不仅组织本文材料，也组织这些材料使之得以交流的那些条件，它规定了想象力前进所遵循的路线。[2] 尽管文本只是为读者提供了图式结构或由剧目和策略构成的框架，但毕竟这些是文本中的确定点，它们的构成有自身的规则，不能排除自身构成的自律性，但同时也要关注它们与文本外的文学传统的独特关系，因为"剧目由作者从社会体系和文学传统中选择出来的材料所组成"[3]，这是文化中的文本自律性的两个方面的基本内容。所以，我们的文本解读应充分理解这些框架及其与文学传统的关系。充分理解它们为想象力的前进所规定的路线。

二　尊重文本自律性的操作方法

（1）如何进行自身解读范式的反思？具体方法之一是坚持在特定的历史、文化情境中解读文本。每一时代都有自己特定的伦理、品德、艺

① ［德］W. 伊泽尔：《审美过程研究——阅读活动：审美响应理论》，霍桂桓、李宝彦译，中国人民大学出版社 1988 年版，第 143 页。

② 同上书，第 83、93、117、125、126 页。

③ 同上书，第 117 页。

术、审美观念，这些观念决定了作家如何描述现实事件，从而他们描写的历史事件也具有在他们的观念制约下的独特意义。后世读者对文本自律性的尊重也表现在认真理解相关历史时代的各种观念，尽可能地通过它们去解读历史文本，因为各种字面相同的概念，在不同的时代具有不同的意义。我们的解读范式，往往是在我们所拥有的观念的指导下建构起来的，它适合我们时代的各种文本，不一定适合以往时代的文本，因为各种观念："无论是文学、政治，还是哲学、科学都没能像它们连接 19 世纪的话语场那样，连接 17 世纪的话语场。"① 所以，我们应当引入历史维度，认真理解各种观念在特定历史语境的含义，从这些概念在特定历史语境里的含义出发去理解相关文本。即使后世的观念更先进、高明，但也应该理解原有的各种价值观念，学会以历史的视角解读历史文本，这才可能理解历史文本特定的重要意义。

反思自身解读范式的另一个有效方式是引入不同的文化视角，在不同的文化视角下，主流解读范式的不足才可能有所觉察，才可能自觉调整解读范式。不同文化都有自己独特的观念，在西方中心主义、民族主义的视野下，不同文化被当成他者而受到贬低，文化诗学主张文化的宽容，承认不同文化自身的独特价值。而坚信自身文化的独特价值，才有足够的勇气和宽阔的胸怀接纳不同的文化视角。在不同文化视角下，主流意识形态、主流文本解读范式才可能真正看到自身的不足，调整或扩大文本解读的视野。采取文化多元化的视角，我们应该努力理解与自己习惯的解读范式不同的范式，调整自己的解读范式，或许可以避免自己的解读范式隐藏的危险。

如拉伯雷创造的怪诞形象，感动了数百年的读者，但在现代浪漫主义、现代理性思维的解读下，只看到它的讽刺性、否定性的意义，巴赫金认为它们都未能充分认识拉伯雷的重要意义。巴赫金指出拉伯雷在近代几百年间处于一种特殊的孤立地位，四个世纪中的学术研究路向都不可能使我们贴近他，大多数人不理解他，他至今仍然是一个谜。巴赫金研究拉伯雷与民间诙谐文化的关系、研究拉伯雷对后来现实主义文学的影响，指出拉伯雷的创造来源于民间诙谐文化。巴赫金以既否定又肯定、既埋葬又再

---

① 　福柯：《知识考古学》，谢强、马月译，三联书店 2003 年版，第 22 页。

生的"双重性"方式阐释文艺复兴时期各种怪诞形象在民间诙谐文化中的特定意义，对拉伯雷作品中夸张表现"物质—肉体"因素做出深刻的解读，认为这是以降格（贬低化）为特点的怪诞现实主义，与"物质—肉体"下部相联系的民间诙谐构成怪诞现实主义的一切形式。但这种贬低化并非只有否定性的意义。"贬低化，在这里就意味着世俗化，就是靠拢作为吸纳因素而同时又是生育因素的大地：贬低化同时既是埋葬，又是播种，置于死地，就是为了更好更多地重新生育。贬低化还意味着靠拢人体下身的生活，靠拢肚子和生殖器官的生活，因而，也就是靠拢诸如交媾、受胎、怀孕、分娩、消化、排泄这类行为。贬低化为新的诞生掘开肉体的坟墓。因此它不仅具有毁灭、否定的意义，而且也具有肯定的、再生的意义：它是双重性的，它同时既否定又肯定。这不单纯是抛下，使之不存在，绝对消灭，不，这是打入生产下部，就是那个孕育和诞生新生命的下部，万物都由此繁茂生长；怪诞现实主义别无其他下部，下部——就是孕育生命的大地和人体的怀抱，下部永远是生命的起点。"[1]

巴赫金越出当时的主流文学批评范式，重返特定的历史文化语境，为拉伯雷接上民间诙谐文化的源头，在民间诙谐文化的基础上理解怪诞形象的"双重性"意义，从而充分阐释了拉伯雷的重要价值。

（2）转换学科角度，采取非主流的学科视角，从而发现新的意义。任何一个历史时代，任何一个断面的文化都是由无数的事件、文本构成的，每一文本从某一角度出发或明或暗地勾连一系列的文化事件、文化片断，由此而建立自己的表意之链；阅读者也不可能全部掌握这个相互关联的文本之链，因此，由于不同的视角，每一文本也都有无数的解读可能性。这也就存在许多意义不被解读的可能性，即有时在某种单一视角中，有些文本的意义无法显现，在这种情况下，读者只有变换视角，从更多角度考察文本与现实生活的联系，发现文本与特定历史文化材料的相关性才可能充分阐释文本的意义和价值，读出以往被遮蔽的文本的重要意义。

如闻一多对《茉苈》的解读，就是一个转换解读观念、角度重新发现文本重要意义的典型例子。他以现代社会学、心理学的视角，在传统解

---

① 巴赫金：《拉伯雷的创作与中世纪和文艺复兴时期的民间文化》，《巴赫金全集》第六卷，河北教育出版社1998年版，第25—26页。

读方法以为无可为之处，重构诗歌的历史文化因缘、发现诗歌深层的文化意义。

国风·周南

采采芣苢，薄言采之。采采芣苢，薄言有之。采采芣苢，薄言掇之。采采芣苢，薄言捋之。采采芣苢，薄言袺之。采采芣苢，薄言襭之。

这首诗不容易看出它的价值，但闻一多先生以新的角度解读：

先从生物学的观点看去，芣苢既是生命的仁子，那么采芣苢的习俗，便是性本能的演出，而《芣苢》这首诗便是那种本能的呐喊了。但这是何等的神秘！这无名的迫切，杳茫的敕令，居然能教那女人们热烈的追逐着自身的毁灭，教她们为着"秋实"，甘心毁弃了"春华"！你可以愤慨地说，"天地不仁，以万物为刍狗！"但是你错了，你又是现代人在说话。

自是桃花贪结子，错教人恨五更风！

在桃花，结子是快乐的满足，光荣的实现，你晓得吗？结子的欲望，在原始女性，是强烈得非常，强到恐怕不是我们能想象的程度。不信，看《三百篇》便知道。例如《螽斯》，《桃夭》，《椒聊》不都是这样欲望的暴露吗？这篇《芣苢》不尤其是母性本能的最赤裸最响亮的呼声吗？

再借社会学的观点看。你知道，宗法社会里是没有"个人"的，一个人的存在是为他的种族而存在的，一个女人是在为种族传递并蕃衍生机的功能上而存在着的。如果她不能证实这功能，就得被她的侪类贱视，被她的男人诅咒以致驱逐，而尤其令人胆颤的是据说还得遭神——祖宗的谴责。

......

现在请你再把诗读一遍，抓紧那节奏，然后合上眼睛，揣摩那是一个夏天，芣苢都结子了，满山谷是芣苢苗，满山谷响着歌声。这边人群中有一个新嫁的少妇，正捻那希望的玑珠出神，羞涩忽然潮上她的靥辅，一个巧笑，急忙地把它揣在怀里了，然后她的手只是机械似的替她摘，替她往怀里装，她的喉咙只随着大家的歌声啭着歌声——
一片不知名的欣慰，没遮拦的狂欢。不过，那边山坳里，你瞧，还有
一个伛偻的背影。她许是一个中年的硗确的女性，她在寻求一粒真实
的新生的种子，一个祯祥，她在给她的命运寻求救星，因为她急于要
取得母的资格以稳固她的妻的地位。在那每一掇一捋之间，她用尽了
全副的腕力和精诚，她的歌声也便在那"掇"、"捋"两字上，用力
的响应着两个顿挫，仿佛这样便可以帮助她摘来一颗真正灵验的种
子。但是疑虑马上又警告她那都是枉然的。她不是又记起已往连年失
望的经验了吗？悲哀和恐怖又回来了——失望的悲哀和失依的恐怖。
动作，声音，一齐都凝住了。泪珠在她眼里。

　　采采芣苢，薄言采之。采采芣苢，薄言有之。

　　她听见山前那群少妇的歌声，像那回在梦中听到的天乐一般，美
丽而辽远。①

　　这首诗如果单纯从艺术性、语言技巧的角度确实如闻一多所说："我
个人却认为《芣苢》之所以有讨论的必要，乃是因为字句纵然都看懂了，
你还是不明白那首诗的好处在哪里。"② 确实如此，以至有的学者干脆无
视文本的具体内容而想象古人唱这首诗的场面和情景，转而欣赏这种场面
和情景。如清代的方玉润的《诗经原始》解说此诗："夫佳诗不必尽皆征
实，自鸣天籁，一片好音，尤足令人低回无限。若实而按之，兴会索然
矣。读者试平心静气，涵泳此诗，恍听田家妇女，三三五五，于平原绣
野、风和日丽中群歌互答，余音袅袅，若远若近，忽断忽续，不知其情之
何以移而神之何以旷。则此诗可不必细绎而自得其妙焉。"③ 这种读法很
像是现代的非功利的审美读法，但似乎也是一种无可奈何的读法，实际上
放弃了对诗歌本体内容的解读。闻一多则从生物学、社会学的角度解读，
然后再细解语词的古义，深刻理解诗歌所表现的情感，从而读出丰富的内
涵，展现生动的生活场景，揭示了这首诗丰富的文化价值和艺术价值，使

---

　　① 闻一多：《神话编·诗经编上》，《闻一多全集》第3卷，湖北人民出版社1993年版，第
205、208页。

　　② 同上书，第202页。

　　③ 方玉润：《诗经原始》，中华书局1986年版，第85页。

之读起来具有更强烈的震撼力。

（3）建构合理的文本链接。在尽可能多的解读途径中找出最合适的解读途径，解读方式。特别是一些看似无理、特别的文本，更要细心寻绎它相关的文本之链，在与其他文本的关联中解读出这一文本的特殊含义。如号称荒诞戏剧的《等待戈多》，与传统戏剧大不相同，没有生动的情节、没有鲜明的人物、没有激烈的矛盾冲突……剧中主要是两个小人物空洞、无聊、非理性的对话，他们最主要的动作就是"等待戈多"，之所以被称为荒诞戏剧是因为它与传统的戏剧缺乏最基本的关联性。但如果与人的生存实际关联，与存在主义哲学相参照，引入对立两端并在的思维方式，剧中所表现的"等待戈多"正是人类不停追逐永远无法实现的终极目标的处境，它既可以从消极的角度阐释，也可以从积极的角度阐释，因此，表层意识的非理性，却在深层意识打动了许多困惑的现代人。

有些被认为难懂的文本，在建立合适的文本关系之后，它的意义就显豁了。如鲁迅的散文诗《墓碣文》，如果我们扣紧"抉心自食，欲知本味"这一中心意象，与中国传统心学联系，便可以看出鲁迅对自身的传统心学思想方式的质疑，探寻对现实人生更为有效、深入的认识途径。对这一文本的解读详见本章第三节"《野草》对生存真相的追问"。

鲁迅对中国传统道德的批判，也应当在广阔的文本联系之中才可以读出他的重要意义和深刻的思想。当前的主流意识是全面弘扬中国传统文化，而鲁迅对中国文明的批判给人全面否定的印象，如何理解鲁迅对中国传统文明的批判，是每一个当代中国人不可回避的问题。鲁迅最剧烈的批判是认为中国传统道德是吃人的道德，这是一个骇人听闻的判断，看似偏激无理，但出自一个文化伟人之口，则耐人寻味。这就需要在与鲁迅的文本的对话中建构它独特的文本之链，才可能见出它看似无理却是深刻的思想意义。

要解读鲁迅对中国传统道德的批判，至少应重建两条文本之链。一是鲁迅自己与此话题相关的重要文本：《我们现在怎样做父亲》《我的贞节观》《灯下漫笔》《春末闲谈》《〈二十四孝图〉》《狂人日记》《阿Q正传》《风筝》《颓败线的颤动》《肥皂》等。一是中国论孝的传统经典著作：《论语》《孟子》《孝经》《史记》《西铭》《二十四孝图》等。理解这些传统文本如何阐释孝道，还要考察实际上如何运用孝道。在这样的文本之链中，我们可以理解鲁迅为何批判中国传统道德为吃人的道德。从中我们可以看到，这两条文本之链确实显示将传统孝道阐释为对上绝对服从，又将之运用于治国（治天下），导致对新生命的漠视，导致严格遵守孝道者的牺牲，而虚伪者反而借此沽名钓誉。另外，《二十四孝图》等文本对孝道的阐释，不仅太矫情，而且既伪诈又残酷，使孝道变得无法实行，同时残害儿童心理。由此我们也就可以理解鲁迅对此孝道的激烈批判了。详见本章第二节"鲁迅对传统孝道的剖析与重构"。

给文本一个合适的体裁、题材归属也是建构合适文本之链的方法。如巴赫金评论《复活》："《复活》的构造与托尔斯泰先前的小说截然不同。我们应把最后这部小说归于一种特殊的体裁类型。《战争与和平》是家庭历史长篇小说（有史诗倾向）。《安娜·卡列尼娜》是家庭心理小说。应把《复活》确定为社会思想小说。就其体裁特征而言，它属于车尔尼雪夫斯基的《怎么办?》，或者赫尔岑的《谁之罪?》这一类型，而在西欧文学中属于乔治·桑的小说之列。这种小说是以一个理想的和应有的社会制度的意识形态命题为基础的。从这一命题出发，小说对所有现存的社会关系和社会形态进行了原则性的批判。伴随着对批判或穿插其间的，还有形诸抽象判断或忏悔的对这一命题的直接论证，而有时则试图描绘成一种乌托邦的理想。"① 巴赫金对《复活》的评论，即是将它放在各类家庭小说、俄罗斯小说、西欧文学的文本网络关系中，从而将它定位为"社会思想小说"，"小说对所有现在的社会关系和社会形态进行了原则性的批判"。从而在这样的定位中展开对《复活》的阐释。

三　尊重文化中的文本自律性应该是一个策略

尊重文化中的文本自律性，应该是一个策略，作为一种策略在实践中可以也应该采取不同的方法。我们注意到上面提到的方法或思路中有的是与民间文化联系，有的是采用人类学、社会学的观点，但却不可认为重视民间文化、人类学方法、参照思想史就是文化诗学特有的方法，应该理解为面对这类文本，正好这种方法可以打开新的解读空间，所以采用了这样

---

① 巴赫金：《列夫·托尔斯泰〈复活〉序言》，见《巴赫金全集》第三卷，河北教育出版社 1998 年版，第 18～19 页。

的方法，而不是文化诗学的文本解读一定是这样的方法。或者一采用这样的方法就是所谓的文化诗学的文本解读方法。

人的生存，就是一个不断创新的文本，我的这个文本有我的自律性，但如果只固守这个自律性，人生境界就狭小了，我们对不同文本的解读目的就在于不断调整我们自己的文本，自己的生存境界。

所以我们必须尊重别人的文本的自律性，创造合适的阐释文本意义的示意结构。建构自己解读文本的范式，同时尊重别人的解读范式。在中国，对鲁迅的解读是一个极有争议的事情，因为鲁迅激烈地抨击中国传统文明，特别是中国的传统道德，而当今弘扬中国传统美德已成为主流意识，加上鲁迅曾经被神化，所以如何解读鲁迅成了一个有争议的话题。鲁迅对传统道德的批判极为激烈，对鲁迅批判的批判也同样激烈。我认为争议正是由于不同意见者建立了不同的文本网络关系，或者将鲁迅的相关文本孤立地、脱离语境地进行解读，因此，必须从文化中的文本自律性的角度解读鲁迅才可能适当理解鲁迅的意义，既不无限扩大也不忽视鲁迅的重要意义。尊重文化中的文本自律性的意义，对鲁迅作品的解读是一个典型例子，以下以鲁迅的文本为例，讨论尊重文化中的文本自律性的解读策略。

第二节　鲁迅对传统孝道的剖析与重构

当下对传统道德的弘扬，孝道是一个热点，出了一些现实问题之后，① 更是有人大力提倡传统孝道，呼吁重建现代孝道。这一现象需要理性的反思，因此，重读鲁迅论及传统孝道以至传统道德的经典文本就显得很有必要。

各种作品因其对后世的重要影响才成其为经典，在此，因其对现实问题的启示而重点解读鲁迅的《我们现在怎样做父亲》《〈二十四孝图〉》《灯下漫笔》《春末闲谈》《狂人日记》等经典作品。同时也应了解中国

---

① 2011 年 4 月 1 日，留日学生汪某因为家人寄钱晚了，回国后在机场连刺母亲数刀，母亲当场昏迷，被送进医院重症监护室。此事之后，记者魏英杰呼吁："重建现代孝道，对青年人进行感恩教育，不仅永远不会过时而且非常必要，刻不容缓。"（2011 年 4 月 11 日，《京华时报》）这篇文章被多处网站转发。

谈论孝道的传统经典著作：《论语》《孟子》《孝经》《史记》《西铭》《二十四孝图》等。在这些文本网络中解读鲁迅对传统孝道的重构。

一　长幼之道为孝

鲁迅对传统孝道的剖析从批判父权开始。提及传统孝道，往往听到一个似有似无的声音在飘荡，即对父权的绝对服从。然而，中国早期文献对孝道的论述并非限于此义。

孝道首先与生命的延续有密切关系。孟子说："不孝有三，无后为大。"（《孟子·离娄上》）这句话可能保留着"孝"字的古义。如果我们不先入为主地将"孝"仅仅解释为对父母的孝顺，而将"无后"理解为"不孝"的一种释义，那么，"孝"的直接行为就是娶妻生子。对生命的延续，是自然生物的本能。宋金兰先生考证"孝"字古义，指出："'孝'的原始字形传达的信息是男女交合、生育子女。"① "不孝有三，无后为大"，可为此说佐证。汉字，多有一字多义、义项相反之用。如，周易之易有"易简""变易""不易"三义，钱锺书列举"易""诗""论"等字，指出中国文字常有"赅众理而约为一字，并行或歧出之分训得以同时合训焉，使不倍者交协、相反者互成"② 的用法。"孝"字恐怕也有这样的用法，与"善事父母"相对的"生育子女"之义也是"孝"字的用法之一。然而此义不用已久，这一义项只是隐藏在一些关于"孝"的解释之中。《宋本广韵》释"孝"字，引《孝经左契》说："元气混沌，孝在其中。天子孝龙负图，庶人孝林泽茂。"③ 孝的天人感应也是繁衍茂盛的景象，"林泽茂"似乎也暗示着"孝"字繁育后代的意义。《汉语大字典》释"孝"字，也有一个义项为"畜养，保育"，这也是一个比较冷僻的含义，似乎也不专指赡养父母，似可理解为同时包含对子女的畜养、保育。成年男女的交合、生育，从保存、延续、发展生命的角度看是生命的本能，从社会发展的角度看也是长者的责任和义务。这个意义似乎应是

---

① 宋金兰：《"孝"的文化内涵及其嬗变——"孝"字的文化阐释》，《青海社会科学》1994年第3期，第71页。

② 钱锺书：《管锥编》（一），三联书店2007年版，第4页。

③ （宋）陈彭年等编：《宋本广韵·永禄本韵镜》（影印本），江苏教育出版社2005年版，第120页。

"孝"字最为根本的意义。

"孝"字通行之义如《说文》所述:"孝,善事父母者。从老省,从子,子承老也。"金文"孝"字上部像戴发佝偻老人,而"子"搀扶之。从古今字典的编写看,"善事父母"被作为"孝"的本义。就这个本义而言,更多的是子女对父母的扶助,服侍。在各种古代文献中对此义项的展开,丰富了"孝"的含义。孝是对父母的赡养、恭顺、敬重、服从。儒家经典,首先是扩充了"孝"的道德意蕴,以孝为仁之本。"孝弟也者,其为仁之本与。"(《论语·学而》)。"仁之实,事亲是也。"(《孟子·离娄上》)《孝经》进一步强调孝的天经地义:"夫孝,天之经也,地之义也,民之行也。天地之经,而民是则之。"《论语》中对孝的阐释已有"无违"、"无改于父之道"的论述,在《尚书》《孟子》等儒家经典中,以舜为典范,进一步阐释对父母的服从。"瞽子,父顽,母嚚,象傲,克谐以孝。"(《尚书·尧典》)对舜之孝行的描述及阐释,特别强调了不管在任何情境下都必须服从父母。这个意义在后世的儒家论述中不断得到强化,如宋代张载的《西铭》(详见下文讨论)。

孝的另一个重要意义是祭祀,《论语》中也用这个义项,如《论语·泰伯》:"禹,吾无间然矣。菲饮食而致孝乎鬼神……禹,吾无间然矣。"祭祀是生命不断延续的象征仪式。在祭祀中既是对祖先的怀念,也是对自己生命在未来延续的展望,同时祈求祖先庇佑、赐福子孙后代。祭祀作为孝的重要义项,孝就是一个对长幼双方都具有规约、勉励、爱护、畜养意义的范畴。在祭祀仪式中,长幼之间的相亲相爱得到完美的统一和象征性的体现。中国习俗是丁忧不嫁娶,然而却有于父母热丧中娶亲的做法,这种婚事丧事一起办的做法更是曲折显示善事父母与生育子女的融贯一体。

古代中国的孝道,是以群体生命的延续、繁衍为初衷。在这个生命过程中,护子、自爱、尊老是相互勾连的环节,即使《孝经》也说"身体发肤,受之父母,不敢毁伤,孝之始也",但生命自爱的内容以"受之父母"来包装。孟子的"不孝有三,无后为大"也须说成是为了善事父母、祖先。但这些说法,也透露了中国传统的孝道是以生命的延续、发展作为立论的根本依据的。而后世儒家突出"善事父母"的义项,以致后来一提起"孝"字,就认为是对父母的孝顺。《汉语大字典》:"旧社会以尽心奉养和绝对服从父母为孝。"这个解释概括了后世"孝"的基本观念,这个基本观念，经由儒家经典的阐释，在人类生命的保存、延续、发展的流程中，强调了长者的权重，以长者为本位，甚至以牺牲幼者为"孝行"。

鲁迅对传统孝道的剖析、批判也是从这里开始的。鲁迅认为从生命进化的角度看，后起的生命更可贵，然而中国的传统观念与此相反："本位应在幼者，却反在长者；置重应在将来，却反在过去。前者做了更前者的牺牲，自己无力生存，却苛责后者又来专做他的牺牲，毁灭了一切发展本身的能力。"①鲁迅深刻揭示了以长者为本位的孝道观念的褊狭，鲁迅所批判的"中国的旧见解"，是中国文化对孝道的一种阐释，并非孝道本身。从历史上看，中国传统孝道并非只有长者本位的阐释，而那种以长者为本位而牺牲幼者的阐释，反而从根本上违背了孝道的初衷。鲁迅的批判，从某种意义上说正是恢复了中国传统孝道的丰富内涵，是对传统孝道的重构。在这个层面上，鲁迅以幼者本位的思想颠覆长者本位的观念，随后鲁迅对传统孝道有更深入的批判。

二　报恩说的利弊

以长者为本位，需要阐释它的合理性。就家庭的范围而言，最有力的阐释就是报恩说。父母生养儿女，于儿女有恩，所以子女应报恩，所以子女应当对父母尽孝。这种阐释思路简洁、易懂，在各个时代确实起到有效的劝孝作用。在鲁迅的时代，此说甚为流行，影响也很大。即使在现代民间流行的《弟子规》等读物及各种话语中，报恩说也是劝人行孝的主要思路和说法。

鲁迅揭示施恩责报这个观念可能导致的不良后果。鲁迅当时剖析的一个文本是林琴南的《劝世白话新乐府》中的《母送儿》篇，该篇劝孝的立意主要是强调儿女对父母的报恩。鲁迅指出，自然维系长幼的关系，用的是生物的天性——爱，而旧说"抹杀了'爱'，一味说'恩'，又因此责望报偿，那便不但败坏了父子间的道德，而且也大反于做父母的实际的真情，播下乖剌的种子"②。因此，鲁迅剖析传统孝道包含的矛盾，及其与初衷相悖的后果。第一，以长者为本位的做法将导致人种的退化、对生

---

① 鲁迅：《我们现在怎样做父亲》，《鲁迅全集》第1卷，人民文学出版社2005年版，第137页。

② 同上书，第138页。

存的残害，与孝道的初衷相悖。第二，失却了"爱"，便失去了维系人类的根本天性。往往以威逼利诱来维护孝道，这样的做法，并无良效。"中国的旧学说旧手段，实在从古以来，并无良效，无非使坏人增长些虚伪，好人无端的多受些人我都无利益的苦痛罢了。""但若爱力尚且不能钩连，那便任凭什么'恩威，名分，天经，地义'之类，更是钩连不住。"① 确实，许多劝孝的文本总以孝子最终获得金钱、高官作为回报。这种说教，腐蚀了孝道的纯洁性，也从反面说明了孝子之少。第三，旧说孝道，以为中国的社会"道德好"，其实是以牺牲弱者为代价，"便是'孝''烈'这类道德，也都是旁人毫不负责，一味收拾幼者弱者的方法"②。

　　鲁迅强烈反对以报恩劝孝，从表面看这确有矫枉过正之嫌。以报恩劝孝，虽然有鲁迅所指出的弊端，却也有积极的一面，以其易懂易行而具有强大的说服力。但时代变了，皇帝倒了，民主意识、个体意识大为普及。所以现代流行的阐释孝道的文本，一般不再提对皇帝、对父母的绝对顺从。但更集中于强调对父母的报恩、感恩。针对留日学生汪某刺伤母亲的事件，记者魏英杰呼吁："重建现代孝道，对青年人进行感恩教育，不仅永远不会过时而且非常必要，刻不容缓。"③ 这篇文章在网上被多次转发，得到广泛响应。这个说法似乎将现代孝道的核心内容阐释为"感恩"。用词与传统说法有所不同，以前说"报恩"，现代用语是"感恩"，但含义大同小异。其他媒体也有关于孝道的提倡。④ "报恩说"因其简洁、易懂、易行至今仍有强大影响。而报恩说隐含的施恩图报的逻辑与市场经济规律相近，似乎有一些现代性，在现代社会也就更容易被人接受。

　　然而，报恩说本身可能产生的弊端也是我们不可回避的。除了前面鲁迅所说弊端之外，还有以下各种现实表现：第一，缺乏出自天性的爱，报恩的前提是有恩可报。而在绝对服从父权的教育下，子女积累了太多的反

---

① 鲁迅：《我们现在怎样做父亲》，《鲁迅全集》第1卷，人民文学出版社2005年版，第142页。

② 同上。

③ 2011年4月11日，《京华时报》。

④ 2011年1月21日《新京报》发文称"北京人大代表联名提议将孝道写进中小学课本"有的主张在小学增设道德、孝道课程。《人民日报》2011年4月18日08版发文就老人空巢现象而"呼吁'孝道'回归"。浏览相关网页，在各种论述中何为"孝道"不甚明确，只是说尊敬老人、不对家人发脾气、常回家探视老人之类。对孝道的阐释力度不如感恩说。

抗情绪，往往对父母的奉献视而不见，导致儿女认为父母于己无恩。因此，现实中的不孝者往往以无恩可报为由抛弃老人。第二，报恩逻辑必然诱导"孝子"希望尽孝之后得到社会的回报，因此，贪恋回报者往往以超越情理的"孝行"获取名利，导致孝行的矫情，更"使坏人增长了些虚伪"。第三，将报恩的对象限于父母，也使人的感恩之心变得狭隘。甚至一些"孝子"以危害社会的行为"尽孝"，报恩行孝可以成为罪行的托词。第四，父母、子女，"抹杀了'爱'"，当他们认为付出得不到回报时，按照市场规则他们便有充分的理由抛弃病残的父母或子女。这种种恶果，是抹杀了爱而算计"报恩"的后果。

所以，鲁迅重构人伦关系的依据，将出自天性的爱作为人伦的根本，用以替代"报恩"，是深刻而极具远见的。古人早已论及天性之爱，如鲁迅在《忽然想到·六》引用"林回弃千金之璧，负赤子而趋"。① 林回解释弃千金之璧而负赤子是："彼以利合，此以天属也。""夫以利合者，迫穷祸害相弃也；以天属者，迫穷祸害相收也。"（《庄子·山木》）可见天性显露，不以得失计较，自古有之。林回之举，用鲁迅的话说，也就是自然结合长幼的方法"并不用'恩'，却给予生物以一种天性，我们称他为'爱'"，这种爱是"离绝了交换关系利害关系的爱"。② 如果没有这种爱作为基础，报恩说则将人引向歧途，并且"播下乖剌的种子"，那些抛弃老人、病残婴儿的行为正是这些"乖剌的种子"结出的恶果。

当今倡导孝道者不能不深思鲁迅的论述。一个良好的社会，应该使具有孝行者得到善待，但孝道的根本依据不能是为了回报，不管儿女还是父母，都应该是出自天性的、不计回报的爱。这种以爱为基础的感恩才是由此及彼、广博宽厚的感恩。

三 矫情的孝行

当"孝行"可以换取名声、利益、地位时，肯定就有人为了名利而

① 鲁迅：《忽然想到·六》，《鲁迅全集》第3卷，人民文学出版社2005年版，第46页。
② 鲁迅：《我们现在怎样做父亲》，《鲁迅全集》第1卷，人民文学出版社2005年版第138页。

比着谁更是"孝子",这必然导致孝行的矫情。

鲁迅论及孝道的另一经典作品是《〈二十四孝图〉》。民间流行的《二十四孝图》,元代郭居敬编,辑录古代二十四个孝子的故事,以各种"孝行"体现"孝道",以模范人物教人行孝。然而鲁迅少年的阅读经验却显示相反的效果。"我所收得的最先的画图本子,是一位长辈的赠品:《二十四孝图》。""请人讲完了二十四个故事之后,才知道'孝'有如此之难,对于先前痴心妄想,想做孝子的计划,完全绝望了。"① 最使鲁迅反感的是"老莱娱亲"和"郭巨埋儿",一是伪诈,一是残酷。

鲁迅考察老莱子的故事,发现较早的叙述是:"老莱子……常著斑斓之衣,为亲取水,上堂脚跌,恐伤父母之心,僵仆为婴儿啼。"(《太平御览》四百十三引)而当时流行的文本则描述老莱子:"行年七十,言不称老,常著五色斑斓之衣,为婴儿戏于亲侧。又常取水上堂,诈跌仆地,作婴儿啼,以娱亲意。"对此,鲁迅指出:"不知怎地,后之君子却一定要改得他'诈'起来,心里才舒服。……正如将'肉麻当有趣'一般,以不情为伦纪,诬蔑了古人,教坏了后人。老莱子即是一例,道学先生以为他白璧无瑕时,他却已在孩子的心中死掉了。"② 如果不像鲁迅说的,"他在孩子的心中死掉",而是孩子们模仿"他"的做法,那肯定会形成一种伪诈的人格。

至于"郭巨埋儿"一事,鲁迅由此"怕我父亲去做孝子了。家景正在坏下去,常听到父母愁柴米;祖母又老了,倘使我的父亲竟学了郭巨,那么,该埋的不正是我么?"如此残忍的孝行,真令人胆寒。但后来,成年的鲁迅明白:"现在想起来,实在很觉得傻气。这是因为现在已经知道了这些老玩意,本来谁也不实行。"③ 而在当时,这个故事的残酷性已摧毁了一个孩子做孝子的信心,损害了一个孩子的心理健康。除此之外,《二十四孝图》中的细节也有许多对儿童人格健康成长不利的地方。"孩

---

① 鲁迅:《〈二十四孝图〉》,《鲁迅全集》第 2 卷,人民文学出版社 2005 年版,第 260、261 页。

② 同上书,第 262 页。

③ 同上书,第 263 页。

子对父母撒娇可以看得有趣，若是成人，便未免有些不顺眼。"[1] "就我现今所见的教孝的图说而言，古今颇有许多遇盗，遇虎，遇火，遇风的孝子，那应付的方法，十之九是'哭'和'拜'。中国的哭和拜，什么时候才完呢？"[2]

意在教育儿童行孝的通俗教材，其结果是使原想当孝子的儿童不但不敢再想做孝子，而且怕自己的父亲去当孝子。同时，有意无意间引导儿童形成虚伪的人格，伤害儿童的心理健康。这是极大的讽刺，显示了传统孝道阐释中的极大悖谬。即使我们以极大的宽容解读这些文本，不拘于具体做法，而是看到其中倡导的对父母尽孝的精神，领会古人的良苦用心，但我们还是难以从情感上真正接受这样的阐释，因为《二十四孝图》把对父母的孝顺从各个方面强调到了极点。虞舜的"孝感动天"，还有"哭竹生笋""卧冰求鲤""郭巨埋儿"等，说的都是不管任何情况，都要对父母的要求绝对服从，以此作为"孝"的要义。

《二十四孝图》中各种有悖常理的行为，遮遮掩掩、含含糊糊地强调了孝顺的绝对性。为了维护孝顺的绝对性，其中各种孝行往往有悖常理，表现出程度不同的矫情。对这些孝行，我们可以善意解读而排除当事者的别有用心或虚伪，理解为当事者确实真心孝顺父母。但从现代的角度看，这些极为矫情的行为也不可径直判为"愚孝"，这样的看法过于纯朴。因为，当事者的孝行现在看起来可能看起来有点愚，但提倡、宣扬这类孝行是别有用心的，这样的用心却是深谋远虑的，一点也不愚。宣扬如此矫情的"孝行"是必要的。

其中奥秘，《孝经》一语道破天机："以孝治天下。"尽管以孝治天下，在《孝经》中的阐释是善待小国而得万国之心，善待鳏寡臣妾而得万民之心，从而天下和谐太平。但治理国家总是恩威并重才可能长治久安，因此，若真的实施"以孝治天下"，必然要求万民对最高权力的绝对服从。"君君、臣臣、父父、子子"含蓄地体现了这个原则。历代提倡的，在我们现在看来非常矫情地对父母的绝对"孝顺"，其实正是体现对

---

[1] 鲁迅：《朝花夕拾·后记》，《鲁迅全集》第2卷，人民文学出版社2005年版，第340页。

[2] 同上书，第336页。

父权、皇权绝对服从这个原则。所以，不能以"愚孝"视之。是一种政治无意识将矫情的"孝顺"推向极致，并扩散至社会各个领域，从而为皇权的统治建立一种绝对服从的行政基础。也可以说，维护封建统治需要臣民的绝对服从，因而要求家庭作为一种训练的场所，通过孝顺（绝对服从父母）的规训使绝对服从皇权的原则内化为每一个体的信念。也正是这些矫情的"孝行"体现了绝对服从的原则，统治者才会奖励这类"孝行"。

四　温情中的残忍

"以孝治天下"在《孝经》中的阐释充满了温情。然而，其中隐含的绝对服从的原则，不可能总是温情脉脉的。

这种绝对服从的孝行，是为了培养绝对忠诚的臣民。这一点，辜鸿铭中肯地指出："反映在国教之中的孔子的教育体系，其实只包含了两项内容：对皇帝尽忠、对父母尽孝——即中国人的忠孝。事实上，在中国的儒教或国教之中，有三项最基本的信仰，在中国被称之为三纲。按照重要性其排列的顺序是：首先，绝对效忠于皇帝；其次，孝顺父母、崇拜祖先；第三，婚姻神圣、妻子绝对服从丈夫。"① 这就是以德治天下的基本保证，其核心价值观就是"绝对服从"。在温情脉脉的"以孝治天下"的德治中，弱者、诚实者往往就在绝对服从中丧失生命。或许我们更应该从这个角度理解鲁迅揭露的仁义道德的"吃人"？"君要臣死臣不得不死，父要子亡子不得不亡"这句话老幼皆知，虽然在儒家经典中找不到，但不可否认的是，经典文本中确实有这个意思。可以《西铭》为证。

张载的《西铭》"是道学中的一篇具有纲领性的著作"②，它把宇宙比为一个大家庭，国家也是一个大家庭，在这个大家庭里人的基本义务就是尽孝，由此建立由下至上的顺从关系，以此维系整个国家的统治和天下的安定。从理论上阐明孝是天经地义，是不可违反的准则。然而，如果"君君、臣臣、父父、子子"总能处于理想状态，则天下家国不失为一个和睦的大家庭。但若有某个环节出现偏差，为了使整个统治体系不至于崩

---

① 辜鸿铭：《中国人的精神》，黄兴涛、宋小庆译，海南出版社1996年版，第59页。

② 冯友兰：《中国哲学史新编》下卷，人民出版社2001年版，第154页。

溃，则必须有一个绝对化的规范，这就是以"孝"为名义的绝对顺从，这才能使自上而下的统治具有绝对有效性，使整个统治体系稳固。《西铭》以舜、申生作为"孝"的典范，舜的母亲死后父亲续娶，父亲宠爱后妻生的儿子而屡次要杀舜，但舜"顺事父及后母与弟，日以笃谨，匪有懈"① 舜终于"正己立诚而可挽气化之偏"，"尽诚而终于大顺"。② 申生是春秋晋献公的太子，晋献公听信骊姬谗言将杀申生，申生不逃而自杀。这两个典范就包含了"孝"的绝对性，即使父不慈，子也必须孝。舜是天子，所以似有神助而多次逃脱迫害，而申生不是圣人只好自认倒霉而不得不死。③ "以孝治天下"，道德规范的绝对化和实用化实际上就隐含着杀机。

孝为传统道德的根本，这样的道德都是一味收拾弱者的东西，其他道德规范就更不用说了。所以，鲁迅对传统道德最为激烈的抨击就是"吃人"。

鲁迅的另一经典、作于1918年4月的《狂人日记》："凡事总须研究，才会明白。古来时常吃人，我也还记得，可是不甚清楚。我翻开历史一查，这历史没有年代，歪歪斜斜的每页上都写着'仁义道德'几个字。我横竖睡不着，仔细看了半夜，才从字缝里看出字来，满本都写着两个字是'吃人'！"④

如果说这个说法是在小说中的狂人说的，当不得真，那在1925年4月写的《灯下漫笔》，鲁迅则正面阐述了这个说法："所谓中国的文明者，其实不过是安排给阔人享用的人肉的筵宴。所谓中国者，其实不过是安排这人肉的筵宴的厨房。"⑤《灯下漫笔》共有两则，第一则论中国历史两种性质："想做奴隶而不得的时代"和"暂时做稳了奴隶的时代"，由此进而论断中国文明"不过是安排给阔人享用的人肉的筵宴"。不像狂人那样，一概而论。主要阐述的是中国旧社会专制的等级制度，阔人奴使下层

---

① 《史记·五帝本纪》。

② 王夫之《〈张子正蒙·乾称篇上〉注》《张子正蒙》，上海古籍出版社2000年版，第232页。

③ 王夫之《〈张子正蒙·乾称篇上〉注》说："身为父母之身，杀之生之无可逃之义；德未至于圣，无如自靖以俟命。"（《张子正蒙》第232页，上海古籍出版社2000年版）

④ 鲁迅：《狂人日记》，《鲁迅全集》第1卷，人民文学出版社2005年版，第447页。

⑤ 鲁迅：《灯下漫笔》，《鲁迅全集》第1卷，人民文学出版社2005年版，第228页。

人民，并从而吃之。但中国道德是否可以归入"吃人"的隐喻？

应该是的。中国文明自然包含中国的道德在内。从鲁迅其他论述看，他认为中国旧道德（包括孝道）是具有吃人的倾向（必然性、可能性）的。鲁迅对孝道的剖析表明，传统孝道也具有"吃人"的性质，一是这个道德以幼者顺从长者，这从生物进化的角度看是不道德的，扼杀后来者的生机，具有吃人性质；一是，各种说教以施恩责报为核心，以矫情为楷模，导致坏人虚伪而获利、好人诚实而蒙难以至丧生。

其实，孝道若只是作为家庭的道德规范，是充满温情脉脉的规约，包含父慈子孝双方面的丰富内容，但古时将孝道作为治理天下的法则，则片面强调对长者的孝顺，以之作为治天下的准则，就不可避免地隐含着杀机。在这样的机制中，真诚奉行道德的人深受其害，虚伪对待道德的人反而得利。这是传统道德"吃人"的深层意蕴。

五 鲁迅对孝道的重构

孝道绝不可废，但必须认真反思关于孝道的传统阐释及流行看法。由此，我们应该认真体会鲁迅对孝道的重构。

《我们现在怎样做父亲》，鲁迅在对孝道的感恩说进行了深入的剖析的同时也提出了他的主张。父母生育儿女是自然延续生命的本能行为，并非为了施恩。养育儿女，是出自天性，不是像放债一样为了回报。忽视了爱而一味强调报恩，将导致孝道的消解、悖离。而一味强调报恩，实际上是以报恩为名义，堵塞了后来者的发展空间，要求幼者为长者牺牲，有悖于自然进化的规律。因此鲁迅主张解放孩子，并且构筑了一个经典的意象，即觉醒的人（父亲）："各自解放了自己的孩子。自己背着因袭的重担，肩住了黑暗的闸门，放他们到宽阔光明的地方去；此后幸福的度日，合理的做人。"[①]

这一经典意象可见出鲁迅重构孝道的意蕴。

第一，维系生命延续的基础不应是施恩责报，而是出于天性的爱。由此鲁迅建构了现代的孝道观念，这便是出于天性的爱。"这离绝了交换关

---

① 鲁迅：《我们现在怎样做父亲》，《鲁迅全集》第 1 卷，人民文学出版社 2005 年版，第135 页。

系利害关系的爱，便是人伦的索子，便是所谓'纲'。"① 父母与子女之间的最基本的关系不应是施恩责报，或概括为感恩。我们知道对病残儿女不离不弃的父母，肯定不是施恩图报的动机，我们只能理解为出自一种天性的、无条件的爱。对父母的孝顺，对病残老弱的父母的呵护，不是报恩而是出于天性的爱。

第二，为父母者应自爱、负责、奉献。"父母对于子女，应该健全地产生，尽力的教育，完全的解放。"② 对生命的敬重，对自然的敬畏，这是现代道德的重要基础。这自然包括对自己的生命的珍重，年老者应尽力自强、自爱、自立，尽可能地解放自己的子女。"放他们到宽阔光明的地方去；幸福的度日，合理的做人。"现代的家庭道德，一个重要的前提就是儿女的自立、解放。这一点在任何时候都不过时，不能借"孝道"的名义束缚儿女的发展空间。

第三，建构合情合理的教育方式。现代的"感恩说"比"报恩说"是前进了一步，但将感恩的对象局限于父母，这仍是一种自私的爱，似乎父母之外不必感恩。同时，强调感恩，也意味着儿女做出牺牲。也给子女造成巨大的心理压力，这往往也诱发"不孝"儿女的反抗，甚至激化两代人的矛盾。其实，感恩应是普遍意义的感恩，对父母的感恩自然包括其内，但不局限于对父母的感恩。人的感恩应由父母开始而导向一个终极意义的对象（神、自然），才是真正的孝，博大的爱。

第四，鲁迅那肩住黑暗的闸门的父亲与埋儿的郭巨形成强烈对比。郭巨为人子又为人父，是当家的权势者，当家庭面临困境时，他采取的方式是转嫁危机，让最弱者承担恶果。要奉养老母，自己当然也要吃饭，那么最不应该吃饭的就是三岁小儿，所以，为了行"孝道"就可以将儿子活埋，这就完成了以高尚的名义残害最弱者的行动。这或许是一般情况下权势者处理危机的模式。所以封建统治者，特别是只能"以德治国"的统治者肯定乐于用这样的故事教育人民，让这种模式成为人们的潜意识、无意识，当面临危机时，最弱者能自觉、快乐地"为国分忧"，忍受各种牺

---

① 鲁迅：《我们现在怎样做父亲》，《鲁迅全集》第 1 卷，人民文学出版社 2005 年版，第 138 页。

② 同上书，第 141 页。

牲。所以不仅仅是说说而已，不会真的将三岁小儿埋掉。也不是鲁迅所说的这样的事情"本来谁也不实行"，它是在另外的范畴里实行的。所以当我们继承传统孝道时，不得不注意到它与权势者的同谋，应剔除与文明社会不相容的因素。

第五，重构道德、改造社会的先决条件，是权势者的觉醒并真正承担责任。如鲁迅所言"自己背着因袭的重担，肩住了黑暗的闸门"，这是一个新时代最为完美、有力的开始情境。鲁迅那"肩住黑暗闸门"的父亲的意象，要求权势者做出牺牲，放弃自己的私利，从而开辟新的历史境界。这无疑是最好的解决各种家庭、社会危机的方式，但这似乎也像是与虎谋皮，鲁迅也未免太天真了些。

第三节　《野草》对生存真相的追问

鲁迅的《野草》是耐人寻味的。可以从它与社会现实的关系入手进行解读，也可以从《野草》本体进行艺术、审美的感悟，也可以从哲学的高度和深度进行阐释。在许多重要成果中有两个方面是不可忽视的，一是对《野草》象征主义艺术特征的揭示；一是对《野草》哲学意蕴的阐释。如果我们承认《野草》的象征主义特征，又承认它是鲁迅的"哲学"或人生哲学，那么对它的解读肯定是多义的。

如章衣萍所说的鲁迅的哲学都包括在他的《野草》里面，那我们对《野草》的解读，就不仅可以解读它说什么，而且还可以解读它追问了什么。因为哲学不只是告诉人们某些"原理"或答案，它还有一个重要的功能是追问，探寻对问题更为恰当的提问方式。《野草》有不少篇目可能鲁迅的用意就不在于告诉读者什么，而是向读者或向自己提问，追问生存的真相，或许从这个角度解读《野草》，一些难懂的篇目的意义会显露出来。

一　人生真义的追问

近十几年来许多学者对《野草》中的"绝望""虚无""悲观""黑暗"做了心理学、宗教哲学、人生哲学的解读，揭示了这些精神现象在鲁迅思想发展、人格构成中的重要意义，而不是简单地认之为消极因素。这些研究成果是我们进一步理解《野草》的基础。一个人如果不信神，不信外在的绝对权威和价值，他势必面对人生的孤独、虚无、绝望的境遇，必须自己创立人生的意义。人处于这种境遇中更有强烈地追问人生意义的需求，正是在这样的境遇和心境中，鲁迅思索自己的人生选择，不断向自己提出各种具体而重要的社会、人生问题，思考什么是人生真正的意义和价值。如果不把《野草》当作一个封闭的文本，在认真理解文本之后与现实社会、人生联系起来，我们可以看到在《野草》那些看似晦涩的描述中，隐藏着鲁迅对社会、人生问题的追问。这些问题有的鲁迅在当时已有明确的答案，有的则是对人生的永恒的追问，谁也无法一劳永逸或确定地回答。《野草》中的追问是多方面的，在这里我将择取感受较深的问题略说一二。

首先，最震撼人心的是这样的追问：为善者遭恶报，人是否继续为善？

鲁迅的人生基本取向是不断向上（善）。这种人生取向不难得到广泛赞同，至少在抽象的层面上很少有人明目张胆地反对。但在现实情境中使这个问题严峻起来的是为善者往往遭恶报，那么人是否继续为善？鲁迅洞察只有解决这个问题才能真正坚持向上的人生价值取向，在《野草》的《复仇》《复仇（其二）》《颓败线的颤动》这几个文本中鲁迅尖锐地提出了这个问题。

首先是两篇题为"复仇"的散文诗，同题而且写于同一天，所写人物的基本关系是战士与群众的关系。木山英雄很有见识地指出复仇主题与《摩罗诗力说》内容的关系。[①]　在《摩罗诗力说》中，鲁迅指明摩罗诗人："盖聆热诚之声而顿觉者也，此盖同怀热诚而互契者也。故其生平，亦甚神肖，大都执兵流血，如角剑之士，转辗于众之目前，使抱战栗与愉快而观其鏖扑。故无流血于众目前者，其群祸矣；虽有而众不之视，或且进而杀之，斯其为群，乃愈益祸而不可救也！"[②]　这一段论述有助于我们进一步理解战士与群众的关系。对这篇《复仇》鲁迅还有其他一些论述，也是我们理解"复仇"题旨的线索。"因为憎恶社会上旁观者之多，作

① 参见木山英雄《读〈野草〉》，《文学复古与文学革命——木山英雄中国现代文学思想论集》，赵京华编译，北京大学出版社 2004 年版，321 页。

② 鲁迅：《摩罗诗力说》，《鲁迅全集》第 1 卷，人民文学出版社 2005 年版，102 页。

《复仇》第一篇。"① 先觉的战士，如"角剑之士"是为群众而牺牲、流血，若无这样的战士，"其群祸矣"。而旁观者之多，使鲁迅愤而写"角剑之士""毫无动作"，"我在《野草》中，曾记一男一女，持刀对立于旷野中，无聊人竞随而往，以为必有事件，慰其无聊，而二人从此毫无动作，以致无聊人仍然无聊，至于老死，题曰《复仇》亦是此意。"② 这是一种复仇的方式，"对于这样的群众没有办法，只好使他们无戏可看倒是疗救"。③ 然而事情没完，群众对于为他们而战的战士，也往往"不之视，或且进而杀之"，于是有了第二篇，《复仇（其二）》，写的就是"孤独的精神战士，虽然为民众战斗，却往往反为这'所为'而灭亡"④。这一篇的"复仇"有双重意义，一是民众对先觉者的"复仇"；一是后继的人之子对杀害"人之子"的复仇，不仅使他们仍然无聊，而且要唤醒他们，让他们意识到自己的罪恶，这是另一种方式的"复仇"。为民众而战斗的耶稣，反为这所为的民众所灭亡，作为"文学"的文本，就此结束，留下回味的余地，但如果说这种情境不仅是历史故事，在现实中也是如此，问题也在这里引申出来了：后继的人之子是否要"复仇"，是否继续为民众而战？

《颓败线的颤动》写一母亲在极度贫困中为养活女儿而出卖肉体，女儿长大成家之后以此为耻而抛弃母亲。从表面看，这是一个忘恩负义的传统母题，但鲁迅的叙述焦点在于母亲，标题是"颓败线的颤动"，最后留给读者的印象是老妇"她那伟大如石像，然而已经荒废的，颓败的身躯的全面都颤动了"，而且这颤动真的是惊天动地。这样的叙述策略，明显是要读者更为关注母亲的象征意义，重点不在于对女儿忘恩负义的谴责而在于母亲形象的意蕴。就文中所叙母亲角色而言，为女儿献出了一切，却换来被遗弃的结局，这样的境遇她只能发出非人间所有的无词的言语而惊天动地。结尾处夸张的描写给人以强烈的震撼，联系现实生活，这样的情景并不少见，则给人提出这样的问题，为女儿献出一切而遭遗弃，后来的

① 鲁迅：《〈野草〉英文译本序》，《鲁迅全集》第4卷，人民文学出版社，2005年版，365页。

② 鲁迅：《致郑振铎》，《鲁迅全集》第13卷，人民文学出版社2005年版，105页。

③ 鲁迅：《娜拉走后怎样》，《鲁迅全集》第1卷，人民文学出版社2005年版，171页。

④ 鲁迅：《这个与那个》，《鲁迅全集》第3卷，人民文学出版社2005年版，150页。

母亲是否还继续为儿女奉献？

这两个文本包含一个非常严峻的人生问题，为善者遭恶报，后继的"母亲""人之子"是否继续为民众而战，是否继续奉献、牺牲？在终极意义上的为善者是否不管在什么情境下都坚持到底？这样的问题是具有博大至爱情怀的人才有的问题，是对人生根本意义有深刻思考的人才有的问题。在《野草》中鲁迅向我们提出来了，人生的真际往往是为善者遭恶报，人是否继续为善？在抽象的层面上也许可以比较容易选择，但鲁迅将问题做形象化、现实化的具体描述，使之具有强烈的感染力，也就使得这个问题具有将人逼入绝境的尖锐性。

其次，追问什么是人间真正的道德和正义？

或许，人们在《颓败线的颤动》中可以看到母亲的失节，饿死事小失节事大，老妇不仅违背了传统道德，从现在的观点看也有点不道德。但我们更可以在这里看到人类社会往往在道德的名义下施行对弱者的残害，也常常是在道德、正义的名义下遮蔽了真正的人生问题，于是什么是真正的道德和正义就成了问题。

如同钉杀了"人之子"时，"遍地都黑暗了"，垂老的女人走进荒野，一刹那间过往的一切重现、合并，人间没有任何词汇能表达此时的感受，所以口唇间漏出的是非人间的无词的言语，"颓败的身躯的全面都颤动了。这颤动点点如鱼鳞，每一鳞都起伏如沸水在烈火上；空中也即刻一同振颤，仿佛暴风雨中的荒海的波涛"。"她于是抬起眼睛向着天空，并无词的言语也沉默尽绝，惟有颤动，辐射若太阳光，使空中的波涛立刻回旋，如遭飓风，汹涌奔腾于无边的荒野。"① 这样的描写说明与此有关的问题是一个与天地参、震撼天地的大问题。对这样的母亲和女儿，我们可能做什么道德评判呢？在这个文本中，女儿根据世俗和传统的道德完全有理由谴责母亲的失节和不道德，而这个谴责又让人看到更加的不道德。因此，在这个文本中，鲁迅提出的问题就是，什么是真正的道德？

有些事情仿佛是明白的，有些道德观念似乎是不必怀疑的，但鲁迅还是表示了怀疑。如《求乞者》，最明显的就是对人类同情心的怀疑，对人类同情心的道德价值的质疑。这样的质疑隐藏着他对真正道德的追问。但

---

① 鲁迅：《颓败线的颤动》，《鲁迅全集》第 2 卷，人民文学出版社 2005 年版，211 页。

很有意思的是《狗的驳诘》，被狗一驳诘，那些看似天经地义的东西都成为有疑问的东西了，是人不如狗呢还是狗不如人？谴责别人不道德的人自己是否就拥有道德呢？被狗一驳诘，流行的观念被颠覆了，人的道德自信被颠覆了。在这些文本中，鲁迅不像他在《狂人日记》中所表现的那样，直指中国传统道德的"吃人"本性，而更多的是提问什么是我们需要的真正的道德，在什么时候我们具有道德评判的资格。我们可以抽象地讨论什么是真正的道德和正义，可以高谈阔论，但在两篇《复仇》和《颓败线的颤动》表现的具体情境中，对人的道德、良心的拷问极其尖锐，让人难以回答。

第三，我们能得知人心的本味吗？

《墓碣文》是一篇奇文，在《墓碣文》之前鲁迅的《野草》系列已写了近三分之二的篇目。对人间世的道德、人生态度、人类理想等问题进行了思考，而这一篇《墓碣文》可以说是对思考的思考。

墓碣文
鲁迅

我梦见自己正和墓碣对立，读着上面的刻辞。那墓碣似是沙石所制，剥落很多，又有苔藓丛生，仅存有限的文句——

……于浩歌狂热之际中寒；于天上看见深渊。于一切眼中看见无所有；于无所希望中得救。……

……有一游魂，化为长蛇，口有毒牙。不以啮人，自啮其身，终以殒颠。……

……离开！……

我绕到碣后，才见孤坟，上无草木，且已颓坏。即从大阙口中，窥见死尸，胸腹俱破，中无心肝。而脸上却绝不显哀乐之状，但蒙蒙如烟然。

我在疑惧中不及回身，然而已看见墓碣阴面的残存的文句——

……抉心自食，欲知本味。创痛酷烈，本味何能知？……

……痛定之后，徐徐食之。然其心已陈旧，本味又何由知？……

　　　……答我。否则，离开！……

我就要离开。而死尸已在坟中坐起，口唇不动，然而说——

"待我成尘时，你将见我的微笑！"

我疾走，不敢反顾，生怕看见他的追随。

一九二五年六月十七日。①

　　我们用"心"思考，这是形象化的表述，也是中国传统的观念，因此对"心"的探究，也可以理解为是对思考的思考。也许世事纷杂，理不清楚，但我们可以回到内心，明心见性，但这可能吗？我们用来思考的心可靠吗？鲁迅对此表示了彻底的怀疑。《墓碣文》要点在于"墓碣文"，即墓碣上的文字内容。"……于浩歌狂热之际中寒；于天上看见深渊。于一切眼中看见无所有；于无所希望中得救……"列举的是人面临的极度矛盾的情境，人心的极度困惑，于是为求答案而"抉心自食，欲知本味"。接下去的描写表明，心之本味是无从得知的，是无法得知的。

　　鲁迅在这里颠覆了中国传统心学。欲知心之本味，中国的传统方法是灭人欲存天理，不"从躯壳起念"② 便能尽心知性，鲁迅在《墓碣文》中的表述颠覆了这个思路。鲁迅在文中设想了一个不从躯壳起念的极端情境，人死了也就无法从躯壳起念了，也就可能知心的本味了，但偏偏"心"还是有痛觉，正是心的痛觉消解了"抉心自食，欲知本味"的可能性，这是以象征的方式指出人要彻底排除感性（感觉）的拖累是不可能的。既是如此，那我们从何得知心之本味呢，我们能不能真正认识自己呢？这是《墓碣文》留给我们的问题。

　　第四，如何创造人生的意义？

　　人生的意义何在，人生的路该怎么走，这是一个必须永远回答的永恒追问，也是《野草》各个问题的会聚点。在这样的问题上，鲁迅的《野草》显出一定的倾向性。我们首先要注意的是提出问题的情境是人生的有限性、艰险性、虚无性，清醒地意识到这些人生情境之后追问人生的意

---

① 鲁迅：《鲁迅全集》第 2 卷，人民文学出版社 2005 年，第 207 页。

② 王阳明：《象山文集序》，《王阳明全集》，上海古籍出版社 1992 年版，第 245 页。

义和人生之路，则是从终极关怀的层面上的追问。《过客》强调的情境是人的必死，终点必定是坟。其中三个人，老翁明确知道前面是坟而不走了，过客由不明确到明确知道前面是坟而继续走，女孩的前面是"许多许多野百合，野蔷薇"，这三人象征着三种人生态度，在文本中鲁迅没有明确肯定某一种选择，作为"散文诗"它留下的就是如何选择人生之路的问题了，一般的解读就可以认为这是文学文本的"含蓄"。与此相似的是《死火》，动是死，静也是死，那么是动还是静，是燃烧或不燃烧，进而隐含人生是否尽其本性的问题。

　　《希望》和《这样的战士》，则显示了鲁迅的人生价值倾向。在人生问题上，鲁迅不是虚无主义者。敢于体认人生的虚无境遇不等于就是虚无主义者。"绝望之为虚妄，正与希望相同"① 这句话，用一般的说法就是，希望和绝望一样都是虚妄的，这是人生必须面对的"虚无"。当然鲁迅在文中还是表达了他的价值倾向："我只得由我来肉搏这空虚中的暗夜了，纵使寻不到身外的青春，也总得自己来一掷我身中的迟暮。但暗夜又在那里呢？现在没有星，没有月光以至笑的渺茫和爱的翔舞；青年们很平安，而我的面前又竟至于并且没有真的暗夜。"② 连暗夜的存在与否都是可疑的，这种虚无感是彻底的。但面对虚无，还是要"肉搏"，这种人生取向在《过客》和《这样的战士》中有更明确和具体化的表达。

　　《过客》中的"过客"，确切地知道前面是坟，人生的终点必定是坟，他还是决然向前走去。《死火》与此有相似的寓意，《这样的战士》则是更为具体化一些，不像《过客》《死火》那么抽象化。《这样的战士》讲的是明知注定失败，仍是不屈地进行战斗，即使死了，后继的战士也仍继续战斗：

　　　　他终于在无物之阵中老衰，寿终。他终于不是战士，但无物之物则是胜利者。
　　　　在这样的境地里，谁也不闻战叫：太平。
　　　　太平……。

---

① 鲁迅：《希望》，《鲁迅全集》第 2 卷，人民文学出版社 2005 年版，第 182 页。
② 同上。

但他举起了投枪！①

开篇是："要有这样的一种战士。"这样的一种战士不止是一个，这样的战士是复数。这个复数可以是共时的，也可以是历时的。所以这最后一句里的"他"，应是后继者的战士了。"这样的一种战士"不是可以死而复生的神灵，是现世的人，所以他不可能在无物之阵中死后又站起来，即使是耶稣最终也是"人之子"。因此，文中最后一句的"但他举起了投枪"的战士应该是后继的战士，不是"在无物之阵中老衰，寿终"的战士。如果这样理解可行的话，那《这样的战士》和《过客》《死火》形成一个系列，表达了鲁迅的基本人生取向。

在太平盛世、和谐社会中，鲁迅的这种人生取向是不受欢迎的，也是不可取的。但我们可以拒绝鲁迅的这种人生取向，却无法拒绝鲁迅的追问，人生还是一样的要面对绝望、虚无的境遇，我们如何创造人生的意义，这个问题我们还是回避不了。

二　立足现世人生的永恒追问

《野草》中的追问不是对人生困惑的疑问，不是对人生一些现象的疑问，而是对人生的根本意义的追问。他追问得那么彻底，那么让人毫无退路，它不像有些所谓的哲理诗或哲理散文诗，对人生现象感慨一番之后总说人生是一个谜，对一些简单、清楚的事情说看不懂、看不透，在一些明显的是非问题面前装糊涂。

我们要注意鲁迅观照人生的立场和角度。鲁迅不信神，不信任何外在的权威，他也不信任何人承诺的未来的黄金世界和外在的希望。他从现世的人的生存出发思考人生、认识本真的人生，《影的告别》《一觉》表现了鲁迅的这一立场。"有我所不乐意的在天堂里，我不愿去；有我所不乐意的在地狱里，我不愿去；有我所不乐意的在你们将来的黄金世界里，我不愿去。"意思不难理解，上天、入地、未来，"影"都不愿意去，"影"所要的只是属于它的世界。"我独自远行，不但没有你，并且再没有别的影在黑暗里。只有我被黑暗沉没，那世界全属于我自己。"这是"影"的

---

① 鲁迅：《这样的战士》，《鲁迅全集》第 2 卷，人民文学出版社 2005 年版，第 220 页。

立场，只是全属于它的世界，即使是黑暗也无所畏惧。《一觉》，至少有两个意思，一是青年的"一觉"，一是文中所述作者"看见很长的梦。忽而惊觉"，重点在前者。"是的，青年的魂灵屹立在我眼前，他们已经粗暴了，或者将要粗暴了，然而我爱这些流血和隐痛的魂灵，因为他使我觉得是在人间，是在人间活着。"只有"是在人间活着"，人生意义的创造才有可能。是人就只能属于现世的人间。如同《野草·题辞》："过去的生命已经死亡。我对于这死亡有大欢喜，因为我借此知道它曾经存活。"现世的、人间的生存，这就是鲁迅思考的出发点和旨归。

从人生意义的追问的角度解读《野草》，我们可以看到的是，《野草》写的是人生的真相，是在清醒认识人生真相之后对人生根本意义的追问。人是必死的，"绝望"就是人的局限性，在具体的目标上无所谓希望也无所谓绝望，人的内心肯定有许多的阴暗，为善者遭恶报，没有预定的光明前景……这应该是不难理解的人生的真相，《野草》正是用象征的手法写出了这样的人生真相。有了对人生的清醒认识之后，鲁迅的追问才是真实、真切的人生追问。

《野草》表现了鲁迅对社会的清醒认识，这就是真实的人生、人类的生存状况。我们往往说《野草》难懂，其中原因之一是我们对鲁迅揭示的人生真相缺乏承认的勇气，于是只好假装不懂。人是终有一死的存在者，这是人必须永远面对的、无法超越的"绝望"境遇，《过客》清清楚楚地指出这一情境。人生是虚无的，承认这一虚无才是创造真正人生意义的开始，《影的告别》《希望》《好的故事》所揭示的是人生的这一种情境。人类要进步，不满现状，但一次又一次的革命，也许就如《失掉的好地狱》所述的一样，可能只是换了统治者，地狱仍是地狱。我们相信人心向善，但为善者遭恶报，这是不以人的意志为转移的，这是《复仇》《复仇（其二）》《颓败线的颤动》所表现出来的人生实际。鲁迅所述的人生真相往往是人们要回避的事实，我们以远大理想回避人生的虚无，信仰无所不能的神回避人生的绝望，我们许多年过半百的人，还是如《过客》中的小女孩，看不到或不敢看到前面是坟，只是说前面是鲜花，前途是光明的。如果遮蔽《野草》里面揭示的人生真相，鲁迅在《野草》中所说的内容就难懂了，讲不清楚了。

现在流行"心解"经典，难道可以不用"心"阐释经典吗？但愿

"心解"不是随心所欲的过度阐释。如果"心解"可以理解为用生命感悟鲁迅的生命，那真是应该"心解"。假设我们能真正地接近鲁迅，读懂鲁迅当时的心态、体验他当时的生命状态，知道鲁迅在《野草》中所写的确是如此，他当时就这么想的，那又怎样？如果读鲁迅的意义只在于此，真这样做了，也还是将鲁迅从我们中间推开去，成为与我们无关的"审美"观照对象了。鲁迅的意义正在于他真切地认识了人生，叙述了人的本真存在样态。我们对真正的文学、真正的诗所要求的不正是有助于我们认识真正的人生么？并在认识真实的人生境遇之后思考什么是我们应该拥有的人生么？

可是我们的"心"是否准备好了接受鲁迅所揭示的人生真相，如果我们不具备接受鲁迅揭示的人生真相的心理条件，我们就无法真正地接近鲁迅。如果不能像鲁迅那样直面人生，"心解"就很可能成为"王顾左右而言他"，越说越糊涂，越说越让人难懂。用心回应鲁迅的人生追问，即不是将鲁迅的《野草》当作科学研究的文本，当作与我们的生命无关的艺术作品或哲学论述，而是将《野草》当作与我们的生存有密切关系的人生追问，那我们则必须认真回应这种追问。鲁迅也由此获得当代意义。

我们要注意的是，《野草》的追问是诗性的人生追问，不是抽象地讨论，而是在具体情境中的追问。这种追问具有强烈的思想、情感震撼力。他的具体的提问方式是象征主义散文诗，所以我们才需要在他的描述中解读出他所蕴含的问题。《野草》中的各种追问，有的看似已近乎得出答案，但随即又被鲁迅颠覆了。不断地追问又不断地颠覆，一直追寻至人生的根本之处，这是《野草》的追问。

《野草》中的追问许多并非鲁迅的原创，鲁迅是在一个令人困惑的时代浓缩了人类生存的重大问题，延续了人类生存时永恒的追问。人生的基本问题不可能一次性解决，永恒的追问也就意味着不断地颠覆、探寻。在《野草》中所表露的不是人生问题的解决，得出答案，而是更深刻地提出问题。

当我们思考鲁迅的当代意义时，重要的不是他能给我们什么答案和指导，他的人生取向，当一个不断举起投枪的战士的具体抱负早与当今的社会不和谐了，鲁迅与当下社会的联系不是他的一些具体论断，而是他对人生、社会的追问，这些追问使得鲁迅的意义永远不会过时。因为这些追问是常问常新的追问，也正是这些追问使得鲁迅永远具有现实意义。

　　现在的一些解读有意无意地回避鲁迅的追问，如所谓的解密式的解读，破译文本中的所谓奥秘，这都是不敢直面鲁迅的追问而做旁出的"心解"或"解密"，让人沉迷于"解密"而自然而然地回避鲁迅在《野草》中（或在其他文本）发出的追问。联系现实的社会人生，仍是解读鲁迅的重要视角。在这样的视角中我们体会到了《野草》中的各种追问，思考鲁迅的当代意义，就不能回避鲁迅在《野草》中的追问。

　　《野草》的追问，是对人的本真生存的追问。

第四节　鲁迅杂文的诗意与文学的终结

　　中国现代文学已成为中国文学的传统之一，对传统的研究不仅仅是认识传统，更重要的是激活传统，为当下的文学提供借鉴和启发。

　　当然，我们也要寻找新的思路来研究鲁迅杂文。富有创造性的作家往往为文学立则，创造、发展新的文学样式，鲁迅正是这样一个为文学立则的作家。因此，从鲁迅杂文的实际出发进行诗学研究，以鲁迅杂文为依据选取或提出适合鲁迅杂文的诗学观念和诗学研究方法。力求以新的诗意观重新阐释鲁迅杂文作为"短论"本身的诗意及其独创性，由此可以看出鲁迅杂文是另一个"文学终结"时代对文学的拓展。鲁迅杂文可以说是从最源始处重新出发的文学创造，在当今文学面临"终结"的时代，在文学如何发展、发展的可能性等问题上鲁迅杂文有重要的启示作用。

　　在无所不包的散文中如何确定文学性散文，本来就是一个问题，而其中的杂文的文学性更是一个难以说明的问题，如能充分论述鲁迅杂文的文学性，对进一步理解、论证散文的文学性是有建设性意义的。

一　鲁迅杂文诗意新解

　　鲁迅最本位的应该是文学家，但他写作时间最长、数量最多的是杂文，如果鲁迅写的杂文不是文学作品，或不是具有独创性的文学作品，那将鲁迅视为文学家总是有不少遗憾的，至少可以说鲁迅在杂文写作上浪费太多的时间和精力，以致未能写出更多、更大、更好的作品（比如说小说、"文学散文"）。

冯雪峰说鲁迅杂文是"独特形式的诗"①。许多读者、学者、鉴赏家阅读鲁迅杂文时都感到这是一种独特的艺术形式，这是喜爱鲁迅杂文的读者明确、直接的感受，直觉鲁迅杂文是杰出的、具有独创性的文学作品。但长期以来，在论证鲁迅杂文的艺术特征时，大多从文学的基本特征是形象性和抒情性出发，由此论证鲁迅杂文具有形象性和抒情性，是形象思维与逻辑思维的结合，进而论证鲁迅杂文的艺术性、文学性。但这里的问题是，论形象性，杂文不如小说；论抒情性，杂文不如诗歌；论趣味性，杂文不如所谓的文学散文。于是，鲁迅杂文在文学范畴内还是处于一个尴尬的地位。可以说，从先在的形象性和抒情性标准入手，难以说明鲁迅杂文的独创性及其伟大的艺术价值。

一般而言，诗意是文学性的核心。谈到诗意，人们会联想到一些经典诗词中所描写的情景，与之相似的往往被认为是富有诗意的。这样的诗意不仅在诗词中得到表现，在许多散文中也有类似的表现，这就成了散文的诗意。对诗意的这种把握是符合人们的文学审美经验的。诗意，因此可以理解为作品中优美的形象和充沛的情感，创作中丰富的想象和真挚的抒情。但如果我们在这样的层面上理解散文的诗意，鲁迅杂文很难说是有诗意的。

也许我们应该改变我们的诗意、诗性观念？我们也许可以从更广阔的角度、更深入的层次阐述诗意或诗性？也许文学性可以有更丰富的内涵？不然为什么我们读鲁迅杂文可以直觉它具有独特意味的诗性（意），但在原有的文学观念的框架中却无法充分论证它的文学性？这是我们寻找鲁迅杂文诗意新解的起点。

首先，我们可以追问人的诗意向往，诗意的本质是什么？人类文明的发达使人与自然拉开了距离，我们建立了文明社会，拥有了科学技术、财富地位，在生活中有各种各样的制度、礼仪、习俗、规范，各种意识形态范导着我们的生活，我们在这样的文明社会中"自然"地生活着，由此形成了符合各种人的"身份"的习惯化的日常生活，当人的生活与其习

---

① 冯雪峰：《鲁迅与中国民族及文学上的鲁迅主义》，《冯雪峰忆鲁迅》，河北教育出版社2000年版，第132页。

惯化的日常生活相异时，就可能呈现出诗性。如田园生活，一个常年劳作的农民在其中就不可能感到是富有诗意的，而在陶渊明那里就是诗意的生活。习惯于现代都市生活的人，偶尔到乡下去也会感到某种"诗意"；在现代园林中仿造经典诗词意境也可能具有某种"诗意"。这些还都是外在形态上的所谓"诗意"，并非本质意义上的诗意。如果人们可能以某种方式暂时摆脱日常生活的习惯，以新奇的视角、态度对待生活，或许在日常生活中也就感受到了某种诗意，艺术就是这种可能的方式。什克洛夫斯基说："为了恢复对生活的感觉，为了感觉到事物，为了使石头成为石头，存在着一种名为艺术的东西。……艺术的手法就是使事物奇特化的手法。"① 因为生活的"自动化"，人沉沦于日常的习惯，使人丧失了对生活的真切感觉，所以需要艺术恢复人对生活的真切感觉，由此感受到生活的诗意，可以说散文中追求诗意的目的就在于恢复对生活的真切感觉。因此，生活中的诗意，是对更为人性的生存的可能性的探寻，是对习惯性的日常生活的超越。散文，应该在这样的意义上追求自己的诗意，这也是文学作品诗意的本质。

其次，我们应该思考杂文（散文）诗意进一步阐释的可能性和合理性，拓展我们的诗学观念。一谈起"诗意"人们总会想到经典诗词描写的景象、意境，但我们如果再问一下，诗词文本中那些生动形象、优美感情、言外之意的"诗意"其基础何在？王国维说："词以境界为最上。"他把"境界"作为诗意的根本，其他如神韵、兴趣以境界为本。"境非独谓景物也。喜怒哀乐，亦人心中之一境界。故能写真景物、真感情者，谓之有境界。否则谓之无境界。"② 从这个表达来看，境界的核心是"真"。我们可以比较容易地接受神韵、兴趣作为诗意的表现，但从王国维的论述看，诗意的更为基本的意思是"真景物、真感情"，核心是"真"。在诗词中，要写出"真景物、真感情"首先要能感知真景物、真感情。"大家之作，其言情也必沁人心脾，其写景也必豁人耳目。其辞脱口而出，无矫

---

① ［俄］什克洛夫斯基：《艺术作为手法》，《俄苏形式主义文论选》，中国社会科学出版社1989年版，第65页。

② 王国维：《人间词话》，《蕙风词话·人间词话》，人民文学出版社1960年版，第191—193页。

揉妆束之态。以其所见者真，所知者深也。诗词皆然。"① 在王国维眼里，北宋以来，唯有纳兰容若能"以自然之眼观物，以自然之舌言情"，原因在于他"初入中原，未染汉人风气"②。这个说法是耐人寻味的，如王国维所说妨碍诗人真切观物的正是各种文明的风气，用现在的话说是意识形态偏见。西方学者能与王国维相印证的是海德格尔的诗学观念，海德格尔认为："艺术的本质是诗。而诗的本质是真理之创建。""真理是存在者之为存在者的无蔽状态。真理是存在之真理。"③ 海德格尔的思路是艺术—诗—真理，但他所说的"真理"不是某种论断与事实的相符，而是存在者的真切呈现，无蔽状态。我们可以用王国维的"真景物、真感情"近似地阐释"存在者之为存在者的无蔽状态"，是景物、感情的一种"不隔"的呈现。海德格尔以"真理"（他所说的意义的真理）的显现为美，王国维以能写"真景物、真感情"为有境界，他们都把."真"作为诗意的核心，以真理的显现为美。什么是人的生存的真际，王国维举古诗为例，说："'生年不满百，常怀千岁忧。昼短苦夜长，何不秉烛游？''服食求神仙，多为药所误。不如饮美酒，被服纨与素。'写情如此，方为不隔。"④ 这是写出了人的生存的"能在"，总是领悟着现世并对未来有所忧虑和筹划，但沉沦的人其日常生存状态是有意的忘却对未来的展望，沉沦于现世。这是一种真实，然而，人之为人还在于虽然"生年不满百"，但"常怀千岁忧"，对未来的筹划可以是"昼短苦夜长，何不秉烛游"（放弃筹划）的沉沦，也可以是对现实的超越，向往神性的追求，追求真正的人之为人。也正是在对现实的超越中，人获得了诗意。海德格尔说的"人诗意地栖居在大地上"的意思，其要点是：人心与纯真（善良）同在，以神性为尺度要求自己，以神性为尺度去筑造——栖居。这是一个很有意义的现代诗学观念，诗意的要点在于对生存的本真的领悟，对更为人性的生存的可能性的探寻。诗，是真埋

---

① 王国维：《人间词话》，《蕙风词话·人间词话》，人民文学出版社 1960 年版，第 219 页。

② 同上书，第 217 页。

③ ［德］海德格尔：《艺术作品的本源》，《林中路》，孙周兴译，上海译文出版社 2004 年版，第 63、67 页。

④ 王国维：《人间词话》，《蕙风词话·人间词话》，人民文学出版社 1960 年版，第 212页。

（真景物、真感情）的呈现。诗意的栖居，是人心与纯真同在并以神性的尺度要求自己，开创人的世界。这样的诗学观念更适于用来解读散文、杂文的诗意。

　　然而，人活着，本来就是真切地生存着。但是，在技术理性占统治地位的现代社会，人也真切地在各种意识形态话语的遮蔽中生存着。各种现代文化产品构建了现代有文化的人，使人丧失了自然之眼和自然之舌，使人未能真切感知景物也未能真切感知情感。在现代视野中，我们也看到文化对人的规范，对日常生活的建构是通过各种话语实现的，而各种话语总是对人的生存有所遮蔽，有可能让人忘记本真的存在本身。如果我们意识到日常话语，各种意识形态话语对人的遮蔽，人们自然需要某种真切的言说，需要能写"真景物、真感情"的诗词，能呈现本真生存的散文或杂文。这种真切的话语能让人恢复对生活的感觉，这就不仅仅是美丽的想象和情感所能完全包含的了。能让人恢复对生活的真切感觉的话语不仅是写景、抒情的散文或诗，那些论说性的话语，让人对生活有恍然大悟之感，让人真切地认识自己，让人领悟人的真正的生存，应该说这样的话语也是富有诗意的。

　　也许，我们可以从这个角度理解鲁迅杂文的诗性或诗意。鲁迅杂文最本己的特质是"短论"，不是刻画形象、抒发情感，尽管可以有形象性和抒情性的议论，但如果"短论"本身不具备诗性，那鲁迅杂文无论如何也不是一种充分的文学文本，所以，这使得我们不得不就"短论"本身探究其诗性。这个短论是对人的生存的评论，是人的本真存在的照亮，它开启着我们对生存的领悟，其诗性在此。在这方面茅盾早有过精辟的论述，茅盾说鲁迅的杂文"是一面'镜子'，同时又是一把'钥匙'；它帮助我们养成了自己去开启现实的门户的能力"①。"钥匙""开启""门户"，这些词语很有意味，以比喻的方式说出了鲁迅杂文对现实真相的照亮、敞开，点明鲁迅杂文是为生存的真理开启了呈现的通道。"开启"，道出了鲁迅杂文的本质特征，也是鲁迅杂文诗意所在。其诗意不求助于形象性和抒情性，尽管形象性和抒情性可以是诗意的某种标志，但鲁迅杂文

---

　　① 茅盾：《研究和学习鲁迅》，《红色光环下的鲁迅》，河北教育出版社2000年版，第147页。

最基本的诗意特征不是形象性和抒情性而是对人的生存的去蔽、解蔽、开启、领悟。

面对鲁迅杂文，我们应该调整我们的诗学观念，是鲁迅杂文使我们反思我们的诗学观念，让我们意识到一种更为深刻的诗学观念。鲁迅杂文中的诗意创造是中国现代文学可贵的传统，是当下文学理论的重要资源。

二　作为现代艺术的鲁迅杂文

鲁迅杂文作为一种独创性的文学样式，具有明显的现代艺术特征。

鲁迅的作品具有现代主义文学的因素已为较多的人所注意，严家炎认为《故事新编》是表现主义的产物[1]，孙玉石认为"足以构成《野草》与同时期的散文诗的创作独具不同特色的，还是象征主义方法的大量运用。"[2]　张承志领悟："从《狂人日记》可以判断他的现代主义能力，从《故事新编》可以判断他的变形力。"[3]　许多作家和专家学者看出了鲁迅小说、散文中的现代主义艺术因素，却对杂文中的更明显的现代主义艺术特征视而不见，这有点奇怪。在研究文学的现代主义现象时我们往往援引外国的现代派文学的标准衡量中国作品，根据其相似性而断为某某主义，因此对鲁迅杂文这种在当时国外少见的、具有原创性的现代艺术作品视而不见也就不奇怪了。

鲁迅杂文应是以杂感为主体的包括抒情、叙事、政论、短评、随笔、絮语、日记、通信、对话、速写、寓言，甚至包括广告、报刊剪贴等形式在内的文章，其中有一部分是近代文学观念所认可的文学作品，更有大量的是按近代标准应被判为非文学的作品，对鲁迅杂文艺术性的质疑正在于这部分"非文学"的作品。但鲁迅说"杂文这东西，我却恐怕要侵入高尚的文学楼台去的。"[4]　他的观念及其杂文创作是有意要颠覆"美国的

---

① 参见张梦阳：《中国鲁迅学通史》下卷，广东教育出版社 2002 年版，第 386 页。

② 孙玉石：《〈野草〉研究》，中国社会科学出版社 1982 年版，第 208 页。

③ 张承志：《致先生书》，《中华散文珍藏本·张承志卷》，人民文学出版社 1997 年版，第 59 页。

④ 鲁迅：《徐懋庸作〈打杂集〉序》，《鲁迅全集》第 6 卷，人民文学出版社 1981 年版，第 291 页。

'文学概论'或中国什么大学的讲义"阐述的文学观念的，他把不被传统文学观念接纳的作品当作文学来对待，把"非文学"的作品当成文学，探寻文字新的艺术表达的可能性，这是在根本的意义上维护文学拥有原创性的权利，现代艺术的现代性和先锋性的价值正在于此。文学正是人类试验其文字表达原创性的重要领域。杂文是不是文学，对鲁迅而言是不成问题的，我认为它是它就是了，法自我立。鲁迅把那一大堆的包括各式各样文体在内的东西当作文学作品，尽管我们现在仍可以不承认其中的某些文本为艺术品，但鲁迅这样做了，他的意义在于坚决地维护了文学创作不必遵守某种概念的原创性权利，在颠覆"正宗"文学观念的同时拓展了文学的疆域。

对艺术功能，特别是批判功能的强调是现代艺术观念的一个显著特色，对此鲁迅是有自觉的意识的。众所周知，鲁迅创作杂文的初衷便是进行文明批评和社会批评，他的杂文充分体现了现代艺术的批判功能。由于现代报刊的创办，一方面非官方知识分子有了发言的地盘；另一方面报刊也是人们关注的焦点，特别是在电视和互联网普及之前，报刊是最为重要的传播媒体，于是有使命感的知识分子均看重报刊对民众的影响，文学知识分子自然也要占据报刊阵地，借以实现改造国民性的宏愿，而非官方的左派知识分子自然是更重视文学的批判功能了。突显文学的批判功能至少在两方面构成对传统文学的颠覆，一方面对文学的载道言志功能的颠覆，虽然"载道""言志"是在学理上不够严密的概念，但在所指上，"载道"往往指称为正统观念或官方意识形态代言的东西，"言志"则偏于指称那些言说个人思想情怀的东西，而鲁迅以文明批评和社会批评为主要功能的杂文，既不囿于载道亦不囿于言志，因而导致传统文学观念对它的规范失效。另一方面是对文学批判功能的强调势必导致对文学自身的批判，同时导致文学形式的解放，只要能实现批判功能则可以不拘形式，于是杂文这种自由率性的文体就应运流行了。

对文学功能的重视促使我们回顾文学的根本价值，从而更理性地对待既有的文学形式。文学以其关注人生、丰富人生、慰藉人生、升华人生而让人感动，总之，文学是因为关切人生而动人，不是因为它的形象性和情感性，形象性和情感性只是强化动人力量的手段。在鲁迅的时代，因为有了鲁迅，于是有一种形象性不如小说，抒情性不如诗歌却同样、甚至更强有力地感染人的杂文出现了，它比传统的小说和诗歌更加"和现在切贴，而且生动，泼辣，有益而且也能移人情"①，仅此一点就不能将之拒于文学门外。由此我们也可以看到，杂文感动人的根本原因不在于它的形象性和情感性。朱自清在《鲁迅先生的杂感》一文中说："鲁迅先生的《随感录》先是出现在《新青年》上，后来收在《热风》里的，还有一些杂感，在笔者也是'百读不厌'的。这里吸引我的，一方面固然也是幽默，一方面却是有分别的，就是那传统的称为'理趣'，现在我们可以说是'理智的结晶'的，而这也就是诗。"② 鲁迅杂文直接提供给我们的是议论、是批评，而形象性、抒情性是语言作品艺术化的传统特征，杂文语言的艺术化也不必拒绝人类已有的语言艺术成就，因此我们在鲁迅的杂文中时时遭遇形象化、情意化的议论丝毫也不令人奇怪，但它在形象化、情意化之外加给我们的还有令人顿悟的点拨，一种扭转、突转、超越日常思维路向的推理。这种推理使人惊醒、顿悟、感奋，使人会心一笑，看到为各种意识形态话语遮蔽的人生的另一方面。可以说主要是妙理式的议论，令人会心一笑（悟）的理趣，这才是鲁迅杂文比其他文学样式特出的地方。

　　20 世纪现代艺术的一个发展方向就是对艺术的非形象性的探索。以回到文本本身的态度阅读鲁迅杂文，我们不难发现其中许多文章具有明显的非形象性的特点。如《"丧家的""资本家的乏走狗"》，这篇作品如果摆脱论争互骂的是是非非，以鉴赏的态度分析其论说艺术，那么这篇杂文令人叫绝的不是所谓的形象塑造，而是论辩、推理的绝妙思路。走狗的形象在冯乃超的文中已塑造完成，梁实秋对此说不生气，我想他是真的不生气，据《史记》所述，当人说孔老夫子是丧家之犬时他也不生气。但梁先生辩解说："我还不知道我的主子是谁。"③ 这句话按一般思路理解，是不知主子是谁即没有主子，所以，我不是走狗。而鲁迅的推理前提是，你是资本家的走狗是确切无疑的，把没有主子妙解为是因为丧家，所以主子才没了。至于梁实秋在文中反讥："如何可以到××党去领卢布，这一套的本领，我可怎么能知道呢？"鲁迅没有在是否拿卢布这个问题上死缠烂

　　① 鲁迅：《徐懋庸作〈打杂集〉序》，《鲁迅全集》第 6 卷，人民文学出版社 1981 年版，第 292 页。

　　② 孙郁、张梦阳编：《吃人与礼教》，河北教育出版社 2000 年版，第 221 页。

　　③ 梁实秋：《"资本家的走狗"》，引自《围剿集》，河北教育出版社 2000 年版，第 106 页。

打，却掉转思路说"不过想借此助一臂之力，以济其'文艺批评'之穷罢了"①，于是添一"乏"字。鲁迅在文章中的"遇见所有的阔人都驯良，遇见所有的穷人都狂吠"，"无人豢养，饿得精瘦，变成野狗"的描写并非精彩且过于刻薄，但对"不知我的主子是谁"的妙解却令人不得不叹服而报以一笑，恐怕梁先生当年也不例外吧？鲁迅的另一名篇《张资平氏的"小说学"》将张资平的小说及其"小说学"提炼为"△"，其构思结晶的三角图形也不是传统意义上的绘画形象，倒是现代艺术中抽象主义绘画的语汇。当然鲁迅杂文有经典性的形象化的议论，如"自己背着因袭的重担，肩住了黑暗的闸门，放他们到光明的地方去"，"恰如用自己的手拔着头发，要离开地球"等同样令人叫绝，但鲁迅杂文的议论并非全都是"形象化"的，还有一部分是非形象性的，而且在这部分非形象性的杂文中我们阅读的焦点是观念性的妙理式的推理，引起阅读快感的核心是观念性的推理而不是形象性的描述。这些非形象性的作品具有现代艺术因素，在鲁迅的杂文中具有更加重要的艺术意义。

对荒诞的关注和表现也是鲁迅杂文现代艺术因素的体现。沃尔夫冈·凯泽尔在《美人和野兽》中说："完全可以把怪诞看作是二十世纪绘画和文学中某些普遍现象的源泉。"② 但鲁迅有自己的独创性，他不写中国传统笔记小说中的怪人怪事，也不写变形的怪诞，他是以冷静的态度关注、以实录的方式记述历史现实中的人们早已习以为常的荒诞事件、荒诞意识、荒诞逻辑，将它们在杂文中定格，让人笑后不觉冒一身冷汗。

以剪报文字拼凑成篇，这是鲁迅敢用后人不敢学也不能学的现代艺术手法，以现成物构成作品，在立体主义、超现实主义等现代艺术中是常见的手法。这种"艺术做法"是不能互学的，但其将生活艺术化的现代艺术意识却是中外相通的。鲁迅的《匪笔三篇》《九一八》《太平歌诀》《铲共大观》《立此存照》等，将生活事件的"实录"放在艺术语境中做艺术观照，加上"拉扯牵连，若即若离的思想"，足以使人对熟视无睹的现象大吃一惊。鲁迅另一种将生活艺术化的做法却为现代人所发扬光大，

---

① 鲁迅：《"丧家的""资本家的乏走狗"》，《鲁迅全集》第4卷，人民文学出版社1981年版，第247页。

② ［德］沃尔夫冈·凯泽尔：《美人和野兽》，华岳文艺出版社1987年版，第137页。

那就是他的艺术化的、别致的售书广告《三闲书屋校印书籍》："现在只有三种，但因为本书屋以一千现洋，三个有闲，虚心绍介诚实译作，重金礼聘校对老手，宁可折本关门，决不偷工减料，所以对于读者，虽无什么奖金，但也决不欺骗的。"[①]鲁迅的这些作品体现了有意削弱生活与艺术的界限的现代艺术意识。

现代艺术力求消解艺术与非艺术的界限，突出了观念性在艺术构成中的作用和地位，也强调观念性艺术在日常生活中的作用。时代的发展使得形象性不一定是构成语言艺术品的充分必要因素，至少大降低了形象描绘在文学作品中的重要地位。图像化时代的青年，很难设想他们有耐心认真读完散文、小说中大段的景物描写或外貌刻画。一张照片，尽管粗糙也比精细的语言描写更加形象；一幅漫画，尽管简单也比文字描绘要直观、生动。现在还要正襟危坐地欣赏文学作品细腻生动的形象描写恐怕得有文学考古学家或历史学家的耐心才行。在当今的各种艺术符号中，形象刻画肯定不是文学擅长的东西，文学也应该扬长避短。照相术的发明使绘画卸去了描绘实用性肖像画的负担、结束了再现性绘画的一统天下，但导致了绘画更广阔的发展，促使人们学会用不同的观看方式看世界；电脑的普遍使用使人们从抄写的麻烦中解放出来，人们并不因此丧失书写能力，当今中国的书法家可能比任何时代都多。把形象创作的任务交给摄像机，把话语记录的任务交给录音机，把幻象制作的任务交给电脑三维动画，文学或许能更好地找到自己的本质。文学，富有诗意的文字，也许人类对它的期待就是说（不拘形象与否）不可说之神秘。也许观念性的表达才是文学最本分的表达方式，是文学可以卸下描绘形象的负担的时候了。天才的语言大师，才能使那不可言说的、难以言说的奥秘向我们敞开；真正的思者，可以使观念性的话语呈现出艺术性。在现代中国文学史上，鲁迅是富有天才的语言大师，是真正的思者，是具有现代意义的文学家。杂文就是杂文。杂文，特别是鲁迅的杂文成功地把观念性的妙理式推理变成了人们艺术鉴赏的对象，赋予观念性内容以高度的文学价值，这也许更切近语言的本性。人们对形象性情节性故事的消费已从小说转向影视，一度称霸的小

---

① 鲁迅：《三闲书屋校印书籍》，《鲁迅全集》第 8 卷，人民文学出版社 1981 年版，第 446 页。

说已被可视媒体艺术打败。对观念性话语的玩赏也许是文学最后可退守的地盘，以观念性感人也许是文学最为本分的功能？在这个意义上，无所不包的散文或是杂文，是文学的根本或最后的据点，也许散文、杂文将拯救当代文学？至少文学可能要回到它源始的地方——散文，然后重新出发？或许这将产生新的文学样式？

三　文学的终结与鲁迅杂文

在"文学终结"的时代，作为现代艺术的鲁迅杂文启示着文学新的发展的可能性。可以说鲁迅的杂文创作使杂文这一原本不是"文学"的文体成为文学，成为一种艺术文体，这其中的意义耐人寻味，给当代文学的发展以重要启示。

"文学终结论"大意是说在影视、互联网络等媒体占主导地位的时代，以小说、诗歌、戏剧为体裁，构建虚幻世界或表现自我，以文字印刷品为载体的"文学"，正在走向终结。其事实是曾拥有大量读者的小说、诗歌已风光不再，曾经大量阅读文学作品的"有文化"的人现在将大量时间用于看电视、上网，随着电脑、智能手机的普及，许多人被捆绑在网络上，产生了"网瘾"，更是无暇顾及传统的文学文本了。印刷的文学作品对人的影响正逐渐被数码作品取代，传统的文学活动正在淡出人的现实生活。在这个角度讲"文学终结"，主要着眼于传播媒介的变更导致文学活动方式的改变。因此，在这个意义上讲文学终结，应该理解为以印刷品为载体的"文学"的终结。由此令人想到鲁迅杂文的流传，正是依托于中国现代传媒——报刊——的普及，没有中国现代的报刊，就没有鲁迅的杂文。鲁迅的意义在于鲁迅不仅利用现代传媒传播原有的文学样式——小说、诗歌、戏剧，更是结合现代传媒的特点创造了一种与之完美结合的新文体——杂文。这应该是鲁迅给我们的一个重要启示，当下的新媒体固然可以用来传播经典的文学作品，但数不胜数的作者（作家）也在创造着与新媒体相适应的新文体。众多的网络写手之利用网络正如当时鲁迅及其同时代的作者利用现代报刊。因此，有理由做一个文学发展的乐观主义者，以印刷品为载体的"文学"的终结，也预示着另一种媒介载体的文学的兴起。当然，传统的文学实际上也是不会完全终结（消亡）的，最多只是边缘化而已。

　　如果我们考虑到"文学"不仅仅是近代以来的某种形式，传说、诗歌、故事、神话、童谣、民歌、谚语等也曾是在人们的生活中占重要位置的"文学"形式时，我们似乎可以说所谓的"文学终结"应该是某种文学或文学史的终结。无疑小说、诗歌、戏剧是近数百年来发展最为精致、完美的文学样式，以致在近百年来一说到文学，其不言自明的所指就是小说、诗歌、戏剧。这些形式是精英化的文学样式的代表，它们与现实生活有明显的差异，以致人们将它们看成一个相对独立的"文学世界"。新的文学发展（包括现代艺术的发展）模糊了文学与生活的界限，精英文学走下尊贵的殿堂，生活化、日常化、世俗化了。所谓的"文学终结"，其中的一个意义就这种是精英文学的终结，是一种文学或文学史的终结。但我们也应该看到，小说、诗歌、戏剧也不是一开始就理所当然地被认为是"纯文学"，它们也是一种历史性的文学样式，它们曾经与日常生活并无明显的界限。如果说当前"纯文学"与现实生活的界限已模糊，那我们更应该说是文学又向它的源始处回归了。就散文而言，当今所谓的以叙事、抒情为主要文体的"狭义散文"（或纯散文），在中国古代不是重要的艺术文体，而论、说等议论文倒是正宗的"文"，如《文选》《古文辞类纂》等重要的散文选本就选入大量的"论"。而"文学"的终结是这种"纯文学"的终结，意味着文学向源始处的回归，而这种回归可能意味着重新开始的可能性。

　　还是应该想到鲁迅的杂文，在他的大量杂文中有不少非艺术、非文学的文本。鲁迅深知文学原创性的价值，从事杂文创作的鲁迅是从文学的源始处重新探索文学发展的新的可能性，寻求在新的时代际遇中文学发展的新样式。鲁迅是有这个明确的意识的，他坚定地认为杂文可以成为文学的一种，而且鲁迅具有独创价值的杂文创作实践也展现了文学发展的新的可能性。

　　文学的源始之处是文学作为人生的一部分而不是对人生的再现或表现。诗意的话语是在真切呈现人的生存实际的基础上，对神性向往的生存的建构。只要人不是彻底沦为只有感性欲望的动物生存，就仍有诗意的向往，就仍有文学。鲁迅杂文的成功，告诉我们文学不会终结。

第八章　从文字细读开始的意义阐释

文化诗学的文本解读，一个基本的原则是致广大、尽精微，各种角度的解读都应该以细读作为基础。但细读的基础建立在何处是一个值得我们思考的问题。英加登分析文本构成的层次从声音开始，这样的话，解读文本自然以声音作为最基础的层次，文字只是声音、言语的记录，于是文学文本的所有可能性都建立在声音的基础上面。但中国传统的文学观，与此不同，中国传统的文学观念是以文字为基础的，在这个观念中文字的功能不限于记录言语，文字本身具有独特的超出记录言语的表达功能。或许，这可能给当代文学的发展提供一个新的可能性？

所以，文化诗学的文本解读立基于文字细读之上。

第一节　文学之"文"
——从章炳麟的《文学总略》说起

当所谓文学在当代生活中被边缘化时，也正是重新思考文学的时候。

文化诗学的理论自觉，说的是关于文学的思考力求从更深入的基础重新确立思考的起点。文化诗学的研究对象主要的还是文学。所以，文化诗学的理论自觉首先必须对"文学"概念本身进行更为深入的思考。或许对文学中的"文"这个词语、观念进行重新辨析有助于我们深入思考文学这个概念。

现当代流行的观念是将文学视为一种语言艺术，更深一层的思考应对"语言""艺术"本身进行辨析。刘若愚说："在古文中，最接近于'literature'的对应词是'文'。"① 确实，中国古代的"文"是语言的基础，从中国的思想传统出发对"文"进行考辨应该有助于我们对文学本身的思考。

所以，重读章炳麟的《文学总略》，其中关于文学的界说可以启发我们的思考。

一 重读章炳麟《文学总略》

章炳麟在《文学总略》中辨析文章与彣彰、文与笔、韵文与散文、学说与文辞、文集等概念，指出文学的本柢在于写在竹帛上的文字。"文学者，以有文字著于竹帛，故谓之文；论其法式，谓之文学。凡文理、文字、文辞皆称文；言其采色发扬，谓之彣②。以作乐有阕，施之笔札，谓之章。"③ 他的结论是"榷论文学，以文字为准，不以彣彰为准"④。这是一个重要的观点，指出了文学最深层的基础在于文字，我们对文学的思考应以文字为依据。

同时章炳麟将"无句读文"也纳入思考的范围，若以文字作为文学之本柢，指出"文字本以代言，其用则有独至。凡无句读文，皆文字所专属者也，以是为主。故论文学者，不得以兴会神旨为上。……知文辞始于表谱、簿录，则修辞立诚其首也。气乎，德乎，亦末务而已矣。"⑤

章炳麟的观点恐怕很难被普遍认同。《中国历代文论选》的编者对章炳麟这段话的说明是："其中论点，虽不尽符合于以艺术形象为特征的文学通则，但也有独到的见解。"⑥ 说章炳麟的看法不合流行文学观念的通则，这恐怕也是一般人读章炳麟这段文字时会有的想法。正是这个不合"以艺术形象为特征的文学通则"的看法，对我们重新思考文学有重要的启发作用。其要点有二：其一，文学研究的依据是著于竹帛的文字；其二，文学首要的功能及批评标准是"修辞立诚"，而非"兴会神旨"。下

① 刘若愚：《中国文学理论》，杜国清译，江苏教育出版社 2005 年版，第 8 页。

② 彣，错综驳杂的花纹或色彩；文采，才华。

③ 章炳麟：《国故论衡·文学总略》，庞俊、郭诚永疏证，中华书局 2011 年版，第 341 ~ 342 页。

④ 同上书，第 344 页。

⑤ 同上书，第 371 ~ 372 页。

⑥ 郭绍虞主编：《中国历代文论选》第四册，上海古籍出版社 1980 年版，第 325 页。

文试论此二要点。

1. 先论文字为文学之本柢

这个说法我们一般会注意到开篇时讲的"以有文字著于竹帛，故谓之文"的说法，认为他所讲的是广义的文学，即所有的语言作品，关注者或引用者立即会进一步说明艺术化的"文学"，是审美意义上的狭义文学，是语言的艺术作品，与广义文学不同。而思考艺术化的、审美意义上的"文学"不必后退到文字这个层面展开思考。作为语言艺术的文学，研究、讨论、思考的大多是它的审美价值、文采、抒情、形式等作为语言的艺术作品的基本特征，文本的分层结构一般从言语起始。英加登则将声音作为最基础的层次。认真的理论思考，它的思考需要后退到一个更为可靠的基础，思考文学文本的构成，其最根本的地方何在？章炳麟的论述很有启发意义，他辨析历代界说文学的依据之后将文学的根底确定为文字。

章炳麟首先辨析的是文章与"彣彰"，与"彣彰"相近的现代词语是语言优美、文采焕发，语言作品的形式具有审美价值，以致有些论著将文学文本的各个方面都贴上"美"的标签。将文学的特征确定为审美特性，并以此作为进一步思考文学功能、特性的基础。这正是某些流行的文学理论的思路。近代的文学，确实是在审美价值的基础上发展起来的。将文学作为审美的语言艺术，主要关注文学的审美价值，而体现文学的审美价值的在于文学的形式，也就是言语的形式美。这种观念它以言语中心主义信念为前提，于是将文字只是当作言语的记录或言语的替代，文字从属于语言、言语，所以，作为语言的艺术，从言语这个层面开始对文学的思考就够了。从文字到文学，其中有文字—记事（叙述）—言语形式—审美意味的言语形式（文学）这些环节，近代的文学理论并不是从文字这个层面开始对文学的思考，而是从言语的审美意味开始文学的思考。

从文字开始的广义文学自然可能发展为各种不同的文字表达形式，以审美言语为特征的文学观念突出文字的审美价值，以此创造出丰富的文学成果，强调文字在文本中焕发的绚丽丰采，但文字的其他方面的特性，在这一向度中则受到抑制。这里最容易出现如章炳麟所指出的，看重绚丽、优美的文字技巧，忽视平淡写实文字叙述的倾向。"今欲改文章为彣彰者，恶夫冲淡之辞，而好华叶之语，违书契记事之本矣。"① 尽管我们可能不同意章炳麟的看法，但我们从他的辨析可以看到思考文学的基本特性，除了以言语的审美价值作为思考起点外，还应当有更深一层的基础，这就是文字。章炳麟《文学总略》一文中是透过文章的"采色发扬"（审美特征的重要表现）直指更深一层的基础："是故榷论文学，以文字为准，不以彣彰为准。"②

随后，章炳麟考证文笔之分、骈散之辨、学说与文辞之界，指出这些方面都不是界说文学的最后依据，不能成为思考文学的根本出发点，从而支持以上的观点。章炳麟在辨析中针对的是古人的论述，但其说法在当代还是具有启发意义的。从他的思路推广，可以发现当代流行的文学理论著述，多从文学语言与日常语言、审美与非审美、虚构与写实、主观与客观、抒情与理性等方面区分文学与非文学，划出文学的疆界。如此划分比古人复杂、精细、严密，但这些划分都是人为的，从来就是游移不定的。同时这样的划分也并非天经地义，可以有其他的划分方式，这就允许人们从更深层次的基础出发，重新思考文学研究的对象，重新建构文学的本体。因此，重新思考文学，不是以现有的各种文学界说出发，应该重新思考现有流行的各种文学界说的依据，从而获得更深一层的思考基础。比如，现有的文学观念其核心意义一是语言，一是审美，借鉴章炳麟的想法，我们应当重新思考语言、审美的特性及其根基。

从审美功能角度思考文学，文章确实应写为"彣彰"，在这个基础上发展起来的现代文学就是一种任性的文学，表现个性、追求唯美，以神韵、气韵、格调、性灵为文学的最高标准。章炳麟以他的思路指出，更深一层的根基是文字。但章炳麟没有进一步阐释"榷论文学，以文字为准"的因缘，倒是直接推出另一个论点，即文学的最高宗旨则是"修辞立诚"。

2. 次论"修辞立诚其首也"

章炳麟的"文"不限于后世所谓语言的艺术作品的文学之文。其所指首先是文字，所有著于竹帛的文字都是文，包括有句读文与无句读文。

---

① 章炳麟：《国故论衡·文学总略》，庞俊、郭诚永疏证，中华书局 2011 年版，第 343 页。
② 同上书，第 344 页。

"条件相分，会计则有簿录，算术则有演草，地图则有名字，不足以启人思，亦又无以增感，不得言文辞，非不得言文也。"① 将无句读文纳入"文"的范畴，文的主要功能是代替言语，弥补言语的不足之处，主要用于指代事物本身。

> 文字初兴，本以代声气，乃其功用有胜于言者。……梦不可理，言语之用，有所不周，于是委之文字。文字之用，足以成面，故表谱图画之术兴焉。凡排比铺张，不可口说者，文字司之。及夫立体建形，向背同现，文字之用，又有不周，于是委之仪象。仪象之用，足以成体，故铸铜雕木之术兴焉，凡望高测深不可图表者，仪象司之。②

章炳麟从文字的创生阐释文字的功能。"声气"相当于"言语"，文字是言语的替代和补充，而这个补充的需要正是由于言语在非线性叙事方面的不足，需要叙事、表意功能超出言语的文字作为补充。章炳麟还是认同文字作为声音的补充、扩展，但其功能已超出仅仅作为言语的记录。在他看来言语、文字、仪象是三个层面，体现了人类线、面、体的三种表现、描述事物的方式。这三种方式的采用，都是为了更全面、更深入地表述各种事物。而且文字的使用还产生了一些"无句读文"，这些无法言说的文字表达同样是出于表述事物的需要，无句读，但能更清晰、更真实、更有条理地表达各种事物的关系。就他自己所说，他也不认为"无句读文"是属于"文辞"，但也是"文"，与文辞同根。他因此而追溯文学的根底，提出评价文学最重要的标准是"修辞立诚"。如果"文学者，以有文字著于竹帛，故谓之文；论其法式，谓之文学"，那么，文学的要义应是如何真实地表现各种事物。所以："故论文学者，不得以兴会神旨为上。……知文辞始于表谱簿录，则修辞立诚其首也。"③ 为贯彻这个标准，章炳麟讨论文学的《国故论衡》中卷将赠序、寿颂文章排除在外，正因其不合修辞立诚的要求。

---

① 章炳麟：《国故论衡·文学总略》，庞俊、郭诚永疏证，中华书局 2011 年版，第 361 页。
② 同上书，第 370 页。
③ 同上书，第 371～372 页。

修辞立诚，是所有"文"的最高宗旨，也应是文学的最高追求。这是在"榷论文学，以文字为准"的前提下作出的合理推论，因为，文字之用，首在代替事物本身，所以，真实无妄应是第一要义。"修辞立其诚"出自《周易·文言》："君子进德修业。忠信所以进德也。修辞立其诚，所以居业也。"对"诚"的理解，应与《中庸》的解读结合起来，在儒家的思想传统中，诚是一个特别重要的概念。"诚"不仅是品德的真诚，而且还应是事物的本然。"诚者，真实无妄之谓，天理之本然也。"①朱熹的这个解释也不只是对人的品德的要求，"真实无妄""天理本然"包括人的品德、思想、情感的真诚，但同时也是事物本然的真实无妄。"兴会神旨"的主要内容是感物之后人的思想、情感的兴发感悟，从根本上说，从文字出发讨论文学，则自然"不得以兴会神旨为上"，而应以"修辞立诚为首"。

天真的想法，以为只要如实的言说，就可以将事物本身客观地表达、显示出来，其实不然。孔子所说"辞达而已"正因为辞难以达意，所以将达意作为辞的目标，《论语》中专门说（记）了这句，实际上已体会到"辞达"②的难度。《老子》所谓："道可道也，非恒道也。"这不仅是说玄妙的道难以言说，其实，当我们要以言辞、文字显示事物本身时，各种说法总是既言及事物又非事物本身，所以，也是一种"道可道也，非恒道也"的状态。《庄子》中多处谈及道不可言，言而非道的观点。这些说法，如果祛除神秘的部分，可以看到不可言的不仅是神妙莫测的"道"，其实也是最普通的事物。任何言说、表达事物的文本，总是既说及某事物，但又不是某事物本身，实际上我们只能说及某事物的某个方面、某种特性，而不是某种事物本身，所以"辞达而已"是一个极高的要求，也是一个永无止境的追求。以致近代王国维有"词以境界为最上"之说，而境界则是能写"真景物，真感情"，这个说法与"修辞立诚""辞达而已"是一脉相承的。

若区分物之本体与物之文，文是物之本体的显现，文辞之作正是为了真实地体现物之本体，然而物之本体总是不以本相示人，所以人所作文辞

---

① 朱熹：《四书章句集注》，中华书局1983年版，第31页。
② 朱熹注曰："辞，取达意而止，不以富丽为工。"

以立诚为最高追求。近代的文学观，以表现人的个性、抒发人的感情为重，这本来不与修辞立诚相矛盾。将心中的思想、情感真实地表现出来，也是修辞立诚。情思之为物，最是变幻莫测，可视可触之物尚且难以达意，飘忽不定之情更难状写描摹，于是写情之文最为奇妙感人，于此发展为近代以抒情为主的艺术之文——文学。

然追问其根本，亦在修辞立诚。诚者，物之本然，修辞意在显示物之本体。

二　文字不只是言语的记录或替代

关于文字与言语的关系，流行的语言观一般认为先有声音（言语），然后产生记录言语的文字。章炳麟论文学以文字为根底，但还是认为文字之兴是为了补充声气（言语）的不足。但他与其他人不同的是他意识到文字有超越言语的功能，由此看到文学中文字在记录言语之外的重要功能，并进而推论文学的根底在于文字，所以文学的最高准则是"修辞立诚"。在此，须对文字与言语的关系做一些思考。

如果文字（书）只是言语的记录，那书不及言，文字的表意功能在言语之下。如斫轮者言："斫轮，徐则甘而不固，疾则苦而不入。不徐不疾，得之于手而应于心，口不能言，有数存焉于其间。臣不能以喻臣之子，臣之子亦不能受之于臣，是以行年七十而老斫轮。古之人与其不可传也死矣，然则君之所读者，古人之糟魄已夫！"（《庄子·天道》）书不尽言、言不尽意的感受深深地影响着中国古代贤哲的思想。文明社会中的人，往往是先学会说话，而后才学会写字（曾经大多数人一辈子都不会写字），以此类推，也以为人类早期是先有言语而后才有文字。西方传统的形而上学是逻各斯中心主义，而言语是思想的直接体现，因此也是语音中心主义，而文字只是能指的能指，未能直接表现思想，所以表音文字比表意文字（汉字等）更先进、更文明。① 这个文字观念长期以来在文学研究中占主导地位，文字超出言语表达功能的地方不被重视，连提出"榷论文学，以文字准"的章炳麟也对"无句读文"不予讨论，只是回溯了文辞的起源之处，然后提出研究文学应以文字为基础，进而主张文学应

---

① 参见德里达：《论文字学》的相关论述。上海译文出版社 1999 年版。

"修辞立诚"。

　　章炳麟论"文"有以下几层意思。文字初兴以代声气（言语），然而其功用超出言语；以文字著于竹帛而为"文"，文可分为"有句读文"与"无句读文"；文以修辞立诚为首。纵观这几个层次的意思，"榷论文学，以文字为准，不以彣彰为准"，所以，文辞"则修辞立诚其首也"。他的立论虽然还是将文字视为言语的代替，但已充分注意到文字功用超越言语的地方，认为言语表意是线，文字表意是面，仪象表意是体，这样推论，文字的表意比言语更广，那么，研究文学势必关注超出替代言语功能之外的文字功能。这是章炳麟给我们的重要启发。

　　但在这里，我们似乎应当从另一个角度思考文字的初兴与言语的关系。许慎《说文解字序》说："仓颉之初作书，盖依类象形，故谓之文。其后形声相益，即谓之字。"许慎所说的"文"后世也纳入文字的范畴，象形的文字，并非是为了替代言语。更早的结绳记事，也不是对言语的记录。当然，类似结绳的记号我们现在不认为是文字。但我们现在的文字观，是语音中心主义的文字观，将能系统记录言语的符号才称为文字。这样的看法反过来应用于汉语就有些不太对劲。如果放弃文字只是言语的记录或替代的标准，只要能记事的符号都应当称为文字，如象形文字，细想一下真不是记录声音的文字。所以从汉字产生、衍生的情况来看，主要方式是象形、指事、会意、形声，似乎应是言语与文字各自发展到一定程度之后，才可能相互结合，才确立文字记录言语的关系。

　　这样看来，最早的言语与文字应是两个独立的起源，文字与言语的关系并非是依附的关系，文字并非起源于言语的记录。如果这个看法可以成立的话，那么思考文学以文字为准，将会展开与现在的以言语为基础的文学观不同的领域，应该可以发现文学新的功能、新的表现手法。

　　我们重新思考文学之文，刘勰的说法也值得继承。"文之为德也大矣，与天地并生者何哉？夫玄黄色杂，方圆体分；日月叠璧，以垂丽天之象；山川焕绮，以铺理地之形。此盖道之文也。仰观吐曜，俯察含章，高卑定位，故两仪既生矣。惟人参之，性灵所钟，是谓三才，为五行之秀，实天地之心。心生而言立，言立而文明，自然之道也。旁及万品，动植皆文：龙凤以藻绘呈瑞，虎豹以炳蔚凝姿；云霞雕色，有逾画工之妙；草木贲华，无待锦匠之奇。夫岂外饰，盖自然耳。"（《文心雕龙·原道》）刘勰指出"日月叠璧""山川焕绮"都是"道之文",而人为"天地之心",于是"心生而言立,言立而文明,自然之道也"。这里提出了认识道之文以及人文与道之文的关系问题。其一,刘勰(以及中国古代的圣贤)设立了一个"道"或"理"作为万物的原始,于是万物都是"道"的体现,都是"道之文",在这个意义上可以说"动植皆文"①。这个命题,从现代思想出发也是可以理解的,人们认识事物,无法直接认识事物本体,我们看到、听到、甚至透视到的永远是事物的某些方面的呈现,我们所意识到的事物,可以说就是事物本体(本有)的各个方面呈现,是事物本有之文。所以,"动植皆文"应有两层意思,第一层是动植物作为"道之文",第二层是作为物本身之表现的动植物的形色。其二,人文原于道,人文也是"自然之道",人文本身就是道的体现。同时人文是天地之心,代万物发言。所以,人文、文章应体现天地之心、表达自然之道说。所以,人文的最高要求应当是"明道",同时真实地表达作为道之文的自然万物。这样的话,人文也应当"修辞立诚其首也"。当然,这里所说的作为天地之心的"文"只能是圣人所述的文,"道沿圣以垂文,圣因文以明道"。

章炳麟与刘勰的说法,启发我们对文本的解读应立基于文字,启发我们从文字出发进一步思考文学的功能与特性,启发我们意识到人文、文学具有比抒情、兴发更深广的意义和功能,立基于文字解读文本,方能敞开万物的本相。

三　摧论文学以文字为准的现代意义

从人文与道之文的关系,我们思考文学的基本(基础)功能,或文学功能的根基。借鉴刘勰《文心雕龙》对道之文、动植皆文的思想,可以认为最初文字是对道之文——天文地理——的呈现,只是到了后来,文字才主要是言语的记录。因此,文学若以文字为根基,文字、语言是代天地立言,文学同样不能缩小为人的个性表现,不能忽视文字超出记录言语的功能。

作为人文的语言,既是自然之道,也是对其他各种道之文的呈现。如

---

① 鲁迅认为《文心雕龙·原道》"动植皆文"的说法"其说汗漫,不可审理",其实不然。

果文学以语言（实际上是以言语）为准，直接的经验是言语与个人的意识密切相连，所以文学作为言语的艺术最直接的功能是抒情、言志。这实际上忽视了人文也是自然之道说的功能。如果将语言视为自然之道说，则表明人与语言的另一层关系，即人是自然之道的工具，自然借人而言说，语言借人而发声，此为自然之道的意思。要理解这一点，不能凭经验轻率地将语言视为供人随意使用的工具。从人为五行之秀，天地之心，"心生而言立，言立而文明，自然之道也"推论，人反而是自然之道说的工具（语言的工具）。

因此，文学更重要的是替天地发言，因此，文学更看重的应是修辞立诚。在这样的价值取向上，文学不能无限制地推崇个性表现。所以，章炳麟提出思考文学应以"修辞立诚"为首。修辞是人为的事情，立诚，是对修辞的要求。一方面是人对自己的要求，不能任性地固执自己的思想偏见和情感偏见，虚怀若谷以纳万物、呈现万物；另一方面，是力求将万物之文真实地呈现出来。所以在文学批评中，出现了提倡"无我之境"的说法，无我之境直观地体现了这两方面的要求。在个性表现的同时，还替天地立言，文学功能才完整、齐全。

因此，文化诗学对文本的解读，应立基于文字细读。

第二节　立基于文字（痕迹）细读的意义阐释

对文本的细读，在文学批评实践中还是一直受到重视的，不管是否有理论自觉，人们都意识到必须对文本做细致深入的解读，才可能真正理会文本的意义。文本的细读，现在汉语言专业的教学都比较重视这方面的训练，文学史、文学理论、文学批评等方面的课程受新批评方法的影响仍然很大，各种叙事学理论也高度重视文本的细读。我们应认真了解各种文本细读的方法。文化诗学的文本解读并非抛弃各种传统的文本解读方法，而是在传统方法的基础上试图更为深入地建立文本解读的基础。如果说传统的文本解读建基于言语之上，那么，文化诗学的文本解读更深一层地建基于文字之上，在某种程度上也还须更进一步建基于文化痕迹之上。文化诗学主张立基于文字细读，与其他细读略有不同的就是强调文本解读从文字开始而不是从言语开始。

第一，从文字开始也是一个抑制大一统解读范式、摆脱习惯性感受、重新调整解读范式的策略。

文本解读，特别是文学文本的解读应限制总括性的解读，抑制宏大叙事的解读。在文化、文学研究中最不可取的就是对文本做某种一言以蔽之的概括。对文学文本的解读也不是为了得到某种理念、主题或中心思想，不然我们只要知道某个文本的中心思想、主题就行了，不必阅读文学作品本身。而文学文本的接受，重要的是文本意义的全面呈现，从而享受解读的乐趣。而从文字开始解读文本，就为特定文本的意义产生展开更加广阔的空间，力求发现建构文本意义更多的可能性，才不至于用一个无所不能的范式解读所有的文本。所以，从文字开始解读文本，是在技术的层面抑制大一统解读范式的滥用，打开各种阐释的可能性。另外，将文字当作言语的记录，文字的独特性就被忽略了。而言语与人的习惯思维、习惯感受、习惯意识联系太紧密了，每一词语一出现就滑入流行的话语之中，如一谈到中国的古代诗词，马上就想到情景交融、借景抒情之类。一提到边塞诗，就是揭示战争的残酷之类。所以，要强调立基于文字细读，也就是辨析文字在特定文本产生各种丰富意义的可能性，在各种可能性中选择最具说服力的含义，以此避免落入习惯性的阐释而未能理解文本的特殊意义。只有认真理解这一个文本，才能充分揭示文本构成的复杂性及其无穷的含义。

如纳兰性德的《如梦令》：

> 万帐穹庐人醉，星影摇摇欲坠。归梦隔狼河，又被河声搅碎。还睡，还睡，解道醒来无味。①

"万帐穹庐人醉"，细读"醉"字，谁醉，为何醉，醉的状态，醉的后果……一个醉字，勾连了许多方面，在这个特定的文本中产生丰富而独特的含义。是住在"万帐穹庐"中的人醉了？或是看着（欣赏）万帐穹庐的人醉了？与万帐穹庐相关的是戍边的将士，他们能如此之醉，意味着

---

① 注释："穹庐"，毡制的帐篷，此指军队营帐。"解道"，知道。"狼河"，河名，即白狼河，今辽宁省大凌河。

什么？

"梦"字也须细读，"归梦隔狼河"，梦的内容倒是明确，做着回家的美梦。但梦被狼河所隔、被河声搅碎，流行话语中的梦是无所不至、飘忽不定、荒诞不羁的，怎么会被阻隔、搅碎？这里的叙述颠覆了流行话语的阐释，那么说"归梦隔狼河，又被河声搅碎"描述了梦的什么状态？

如同章炳麟所说，声音的表意是线，文字的表意是面（那就是多角度的表达了），从文字开始细读，读者自觉停下来从更多的角度、层面解读文字可能产生的含义。读者才不会被某种所谓正确的解读方式所限定，从而更丰富地展现诗词的意义。

对以上两字做了多种阐释的可能性的设想之后，再读"还睡，还睡，解道醒来无味"，却是"无味"而意味无穷。醉者是戍边的将士，醉成那样是因为边境无战事，天下太平。远离故乡，不得不思乡，大醉而眠，做起归乡的美梦，但"归梦隔狼河，又被河声搅碎"，应该是夜深人静，滔滔河水如雷巨响，吵醒了美梦中人。醒来叹一声："再睡，再睡，解道醒来无味。"对戍边感到"无味"，在此诗特定情境中却韵味无穷，能喝酒，醒来"无味"——无事可做，意味着边境无战事，这无论如何总不是坏事，因此，"解道醒来无味"不可做寻常理解，更不可一旦与军旅相关即解读为描写战争的残酷。如果山河是咱家的，国家是我们的，边境太平无战事，戍边将士虽然不能返乡，边境平安无事，自然感到"无味"，可此诗中的"无味"却是欣慰、无聊、寂寞、空旷、宁静、无奈各种况味似有似无，"无味"却意蕴绵绵。

文字，一方面可以表达更多层次的意思；另一方面也使言语的表意得到确定。"wúwèi"这个音节可以写出许多字，无畏、无位、无谓……，汉语有许多同声字、同声词，若非文字确定同一种声音的不同意思，混乱之处肯定多多。所以，不从文字开始解读义本真的是不行。其实这样的解读，传统的诗词解读大多这样做，只是受西方语音中心主义的文学观影响，我们视而不见罢了。文化诗学在这方面只是恢复自然的眼光而已，并无新意。

第二，经由前面的辨析，可以看到文字的表达比言语更为基础，而且文字表达出了比言语更多的意思。当然，我们也应看到在当代的文学文本构成中，文字作为言语的替代仍是其主要的功能，在言语的层面上，对书面言语构成的解读仍须重视，如新批评、形式主义对文本采取相对独立的细读，这是我们进一步解读的基础。文化诗学的文本解读不能放弃前人文本解读的成果，但不能因此而忽略了文字自身独特的表意方式和表意功能。

随着文字本身超出记录言语的功能和意义被重新认识，我们对文本的解读似乎应更深一层地以文字作为基础。其实，最古老与最时尚的文字表达，都出现了超出言语表达的范围，它们构成了非言语性的形式，如章炳麟所说的"无句读文"，在文化诗学的视野中这也应是一种文学的表达方式，也应列入文学批评的范畴。

立基于文字细读的文本解读，开阔了关注无句读文的视野。代数、计算机语言、网络流行的表情符号等，都是无句读文。当然，代数、计算机语言等都是有句法、语法的，当然代数、计算机语言等"无句读文"确实不能算是文学，称其为"无句读文"只是说它们不是人的言语的记录，不是在一般语言学中的言语的替代、声音的记录——能指的能指。这让我们看到有某些"语言"并不是记录声音的符号。如果说章炳麟所说的"无句读文"，难以归入文学（艺术性的文字表达），但他提出的"无句读文"的概念却使我们打开眼界，看到时尚的"非句读文"的艺术性、文学性。比如网络写作中的各种表情、表意符号，本身就读不出来，但所表达的情意充实丰富，是具有艺术性、文学性的"无句读文"。网络写作中故意写别字，也是对记录语音的调侃，在这种调侃中文字显出了更多的含义。随着网络技术的完善、传播速度的极速，更生动的、完整意义上的多媒体写作也出现了。比如一位年轻记者写的这样一则微信：

　　"#路痴的自我修养#担心迟到赶早灰出来，结果发现采访的地点离家超近，大大大大大大大惊喜"

一段"文字"配了一幅一只蜜蜂停在一朵向日葵上的图片，图文互释产生了丰富的含义。没有图，"灰出来"简直不知所云，有了图，多层隐喻年轻记者的工作特点。图片不必原创，网络上多得是，可以很方便地下载使用，海量的现成图片已成"词库"可供人选用。数字化技术，使得图文混编十分方便，而且各种图片文字化了。"灰出来"的"灰"字又体现了网络文化的诙谐氛围、南方普通话的自嘲……读者可以发现这里非言语的因素太多了。

这一段微信图文并用、互释的写作，是"无句读文"与"有句读文"的联合演出，是比较流行、也比较典型的多媒体写作。这样的写作不文学吗？如果具有艺术性，可以算"文学"，那这样的文学就不是仅仅作为言语的艺术。要将这样的写作看作"文学"，其实很简单，只要我们改变一下文字与言语的关系的看法就行了，即文字并不仅仅是言语的记录和替代。

其实，即使在纯文字的文学作品中，比如现代诗歌的句式排列，也是非言语记录的文字表达方式，可以看作也是无句读文的一种表达方式。如果将文字当作人的言语的记录，文学批评着眼于如何通过言语表达个性、思想、情感，那这些"无句读文"就不可能纳入文学批评的视野，对现代的各种超出传统文学活动方式的文学活动就会视而不见。

从文字出发研究文学，重要的就是看到文字可以具有比记录言语更广大的功能，因此，可以自然而然地将这些"无句读文"纳入研究视野，这就丰富了人们的文学观念。立基于文字细读的文本解读，也让我们看到了文学更多的可能性和发展空间。

当然，还有比文字更原始的文化痕迹，比文字更本源的实物。这些在文化诗学的视野中都可以成为解读的文本，这样的文本观念似乎太宽泛了一些。但我们也有必要给予关注，在需要的时候也应认真解读。如近年叶舒宪提出的四重证据法的文本解读方法就是一个很有价值的方法。书籍文献、甲骨文、民俗、古代文化图像实物，这四个层面都是文本解读应充分关注并加以解读的对象，经由这四重证据，我们可以更深入地解读文本，解决古籍解读的疑难之处。

当然，追求更本源的基础也不可能无限后退，所以在具体的解读实践中，我们也应当确定适当的后退环节。所以，作为现实中实际操作的文学批评，文化诗学的文本解读基础，确定在文字的层面是比较合适的。

总之，文化诗学主张在细读的基础上，在广阔的视野中梳理文本产生的关系网络，创建文本的示意结构。

第九章　文本的善意解读与诗意向往

关于文本解读，我们还应思考一个基本问题，就是对各种文本的解读其目的何在？文化诗学的文本解读以文学文本为主要对象，旁及各种类型的文本，之所以这样主张，是因为文本解读应有助于建构美好的人生境界，这是文化诗学的文本解读的基本目标与功能。因此，我们将文本的善意解读作为文化诗学文本解读的基本原则，对文本的善意解读也是开启人生诗意向往的起点。

第一节　诗意向往与生存论阐释

文化诗学对文学的研究、批评不限于文学本身，而是在文学与人生相互建构的关系中解读文学文本，因此，应当将文本解读与人的生存结合起来把握。首先是对人的生存的解读（理解、阐释），然后在这个基础上才是对各种文本的解读。所以，文化诗学将文本解读视为人的生存方式的组成部分。伽达默尔说："我认为海德格尔对人类此在（Dasein）的时间性分析已经令人信服地表明：理解不属于主体的行为方式，而是此在本身的存在方式。本书中的'诠释学'概念正是在这个意义上使用的。它标志着此在的根本运动性，这种运动性构成此在的有限性和历史性，因而也包括此在的全部世界经验。既不是随心所欲，也不是片面夸大，而是事情的本性使得理解运动成为无所不包和无所不在。"[①] 借鉴伽达默尔的论述，我们也应该在更深入的基础上把握文本解读，文本解读是对文学的阐释，也是对人

---

① ［德］汉斯—格奥尔格·伽达默尔：《真理与方法——哲学诠释学的基本特征》第二版序言，洪汉鼎译，上海译文出版社 2004 年版，第 4 页。

生的阐释，它实际上属于"此在本身的存在方式"的理解（阐释）的组成部分。同时伽达默尔指出理解也是对未来的筹划："海德格尔首先把理解这一概念刻划为此在的普遍规定性，他的意思正是指理解的筹划性质（En-twurfscharakter），亦即此在的未来性。"① 伽达默尔的这些论述，总起来说就是将理解（诠释）作为此在的基本的存在方式，理解在人的生存中也是对未来的筹划。"只要此在存在，它就筹划着。此在总已经——而且只要它存在着就还要——从可能性来领会自身。"② （这段话里的"领会"洪汉鼎翻译为理解，在陈嘉映的译本中，"领会"相当于洪汉鼎译本的"理解"）所以，对文本的解读不是对一种现成的意义的"理解"，而是在生存中对未来的各种可能性的领会（理解），从而在生存实践中对可能性的创想与选择。我们在这样的基础上把握文化诗学的文本解读。

如海德格尔所说："此在作为实际的此在一向已经把它的能在置于领会的一种可能性中。"③ 在中国语境中，文学艺术总是展现某种人生境界，这就是在各种艺术文本中展现各种生存可能性的重要表现。不仅文学家、艺术家，中国的思想家也喜欢谈论人生境界。叶朗在《美学原理》中说："冯友兰所说的最高的人生境界即天地境界，是消解了'我'与'非我'的分别的境界，是'天人合一'、'万物一体'的境界，因而也就是一种超越了'自我'的有限性的审美境界。"④ 这是一个很有代表性的说法，但我认为各种限定性的境界都不太可能是人生最终的境界。而且，这种"天人合一""万物一体"往往是人的生存的本然，本来如此，自然如此，并非人们追求的境界。当然，这种本来如此的因缘关系在当代被遗忘了，审美活动和哲学思考将它阐释出来，让人重新意识到自身与万物的本然关系，可以在这样的意义上将"天人合一""万物一体"作为一种人的觉醒所达到的境界。但在我的思考中，审美境界不能作为人生的最高境界，人生不应当定下一个限定性的最高境界，人的生存总是不断向善的，不断对自己的生存提出更高的标准和要求。人生是一个无止境的追求更为完善的

---

① ［德］汉斯—格奥尔格·伽达默尔：《真理与方法——哲学诠释学的基本特征》第二版序言，洪汉鼎译，上海译文出版社 2004 年版，第 14 页。

② ［德］海德格尔：《存在与时间》，陈嘉映译，三联书店 1999 年版，第 169 页。

③ 同上书，第 170 页。

④ 叶朗：《美学原理》，北京大学出版社 2009 年版，第 437 页。

过程，这就是我们所说的诗意的生存。

我们曾经说过，诗意的生存不是对诗词意境的模仿，也不是对古人生活方式的模仿。诗意生存是超越现实局限以最美好的可能性为导向筹划现实人生的生存方式。文学活动是人的一种具体的现实生活方式，所以，在这个范畴里，对未来可能性的筹划必然有具体化的描述，形象化的展现，这就是在文学文本中表现的诗意生存。

诗意生存首先是对人自身的建构，对人性、人格的建构。如果我们意识到人的现状是人自己选择、塑造的结果，那么，对人性的阐释实际上也是人对人性的选择与建构。在古今中外的文学传统中，在经典文学家的作品中，我们看到的是在人性的拷问中对人性善的向往、探寻。人的教化，文学是重要的内容，在学校教育中使用的文学文本大都是经典作家的作品，赞美自然、人性、神性，向往更美好的人类未来……这样的做法实际上是在人性建构的各种可能性中选择了以善为本的人性建构。中国儒家信奉性善论，尽管在传统的叙述中，认为人性为天命所赋，"天命之谓性"，如果我们从现代思想的角度、从人的生存真际出发对这个说法重新审视，可以看出，所谓的"天命"，实际上是古人对人性善的选择，借"天命"解说选择人性善的绝对性与权威性，本章第二节将专题讨论这个问题。但此时，我们已经可以认定人类的主流是选择了至善作为人性建构的目标，在各种现实缺憾中不断向善，这是根本意义上的诗意向往，从诗意向往反观文本解读，势必以善意解读为基本原则。如果说前面的论述是从公正对待文本意义的角度提倡对文本的善意解读，那么，从人的诗意向往的角度说，对文本的善意解读是必要的基本原则。在这里主要体现为文本解读必须有助人的诗意向往，有助于人类不断向善的进程。自从人类对人性的建构做了性善的选择，也就开启了对文本的善意解读。只是在现代科学化、技术理性化的思想背景下，人们淡忘了对文本的善意解读，文化诗学在此只不过是重提而已。

文本的善意解读，最根本的意义就是在不断向善的价值取向中解读各种文本，由此对各种文本进行文化诗学的批评。在解读文本时，应有足够的善意，从而解读、领会各种文本对人的存在有益的意义。对那些恶意歪曲现实的文本，颂扬暴力、恶行的文本，善意解读的立场并非不加批判地接受，而是从维护人性善的需要出发，对这类文本进行揭露、批判。现实中的文本（人的各种行为）善意解读，其通俗的解释就是与人为善。在各种解读的可能性中，首先从善意的角度解读，以此相互激发、培育善心、善意，从而建构善良的人性。当然，与人为善并非纵容各种暴行、恶行、罪行，而是为维护人性善的建构务必排斥各种暴行、恶行、罪行，但对罪行的惩罚从根本上说是出于拯救的善意。比如对鲁迅那些"骂人"的杂文，它本身就是对社会上各种反人类文本的解读，但鲁迅写作这些杂文的目的却是为了人类的不断向善，人类的进步，是为了救赎的批判。从这个角度解读鲁迅杂文，就是善意解读的表现。

诗意生存是人的本真生存，本真的生存是人生之美。所以，文本的善意解读与人生之真、人生之美是统一的。所以，在大量的叙事文本中，我们会经常看到所描述的人物比现实中的人更美好。

在文学文本中的诗意向往表现为对理想文化人格的建构，并以此引导人的现实人生。例如季羡林先生对胡适的描述。1948 年 12 月中旬当时解放军已经包围北平，正值北京大学 50 周年校庆，季羡林写道："记得作为校长的适之先生，满面含笑，做了简短的讲话，只有喜庆的内容，没有愁苦的调子。正在这个时候，城外忽然响起了隆隆的炮声。大家互相开玩笑说：'解放军给北大放礼炮哩！'简短的仪式完毕后，适之先生就辞别了大家，登上飞机，飞赴南京去。"刊出的这篇文章后面，季先生又写了一段后记，说对此事的确实性有点疑惑，查报纸得知："胡适于 12 月 15日已离开北平，到了南京，并于 17 日在南京举行北大校庆 50 周年庆祝典礼，发言时'泣不成声'云云。可见我的回忆是错了。"① 在回忆性的散文中，这种"回忆是错了"的情形是常见的，几乎不可避免的。对这样的例子，善意的解读是必要的。满面含笑的胡适之先生，在季先生意识中已成为胡适的人格意象，所以他写的校庆讲话是季先生心中应该如此的胡适先生，他是按理想化的人格在写胡适。

季先生写胡适的这段话在我的其他著作中多处引用，因为它太经典了。大多数的记人叙事文本，是不自觉地描述了比现实中更美好的人，按理想文化人格叙述文本中的人物，但不自觉、不明说，而季先生非常诚实

---

① 季羡林：《站在胡适之先生墓前》，载王剑冰主编《中国散文年度排行榜》（1998—1999），长江文艺出版社 2002 年版，第 158、169 页。

地将他对往事记忆的失实公开出来，让我们看到他所写的正是按理想化的胡适来写胡适。对叙事文本的这种失实，应做善意解读，则可以体会文学文本的诗意所在。当人们在愿有良知的引导下，建构超越现实局限的理想文化人格，所体现的正是人们的美好向往，不必一有失实就认为是虚伪。一般情况下，在文学文本中体现的理想文化人格，实际上是我想成为这样的人或他应该是这样的人。这样的理想文化人格，引导着现实人生不断地建构诗意的人生。从生存的诗意向往出发，必须善意解读各种文本，反过来说对文本的善意解读也开启文学文本中的诗意向往，将在实际生存中培养健康的心理和健全的人格。

在文化诗学的视野中，人类做出了人性善的选择，在文学文本中表现为理想文化人格对现实人生的引导。选择善作为人性建构的导向，在中国具有悠久的传统，以下补充论述一下儒学"性"论与人的自我塑造。

第二节　儒学"性"论与人的自我塑造

这里的"性"指的是人的本性，儒家"性"论是指儒家关于人的本性的思想。《中庸》是儒家关于人的自我塑造的精神纲领，起首指明"天命之谓性，率性之谓道，修道之谓教"，我们重新解读"性"论，即从此入手。

文化诗学关注人的自我塑造，揭示文学活动在人的自我塑造过程中的重要作用。我们可以从人的自我塑造维度重新解读中国古代文化经典，特别是那些与此密切相关的文化经典，如儒家的《论语》《孟子》《大学》《中庸》等。

如何塑造人，首要的是认识人的本性，确认自我，由此展开人的自我塑造，故本节以"儒家'性'论与人的自我塑造"为题。

一　人性之源始

儒学"性"论，首说人性之源始，阐释人性的根源，再说人性的基本构成。

在古代儒家的话语模式中，人性来自天命。或许这是不言自明的，无须讨论的，所以"夫子之言性与天道，不可得而闻也"（《论语·公冶长·13》)。但对人性还是有所意识的，"性相近也，习相远也"（《论语·阳货·2》)。到了《中庸》，就有了对人性来源的正面阐释："天命之谓性，率性之谓道，修道之谓教。道也者，不可须臾离也，可离非道也。是故君子戒慎乎其所不睹，恐惧乎其所不闻。莫见乎隐，莫显乎微，故君子慎其独也。喜怒哀乐之未发，谓之中；发而皆中节，谓之和；中也者，天下之大本也；和也者，天下之达道也。致中和，天地位焉，万物育焉。"（《中庸·第一章》）这段话首先说明人的本性来自天命，但也隐含对这个说法的否定因素。如果"天命之谓性"，那么人性是先天的，"率性之谓道"，人只要遵循这个本性就可以走在正道上了，但为什么还要对人性进行修正、引导，"修道之谓教"？后面说"喜怒哀乐之未发，谓之中；发而皆中节，谓之和"这也表明喜怒哀乐之发可能"中节"也可能不"中节"，这些说法，实际上承认了人在现实中表现出来的人性既有先天的定则，也有现实中的建构。所以君子应"慎独"，不可须臾离"道"。

历代儒家基本上都认为人性秉承天命。宋代理学家如是说："天授于人则为命（自注：亦可谓性），人受于天则为性（自注：亦可谓命）。"[①]"天之赋与之谓命，禀之在我之谓性，见于事业之谓理。"[②] 值得注意的是王夫之关于人性所受并非一成不变的论述，王夫之说："命日降，性日受。性者，生理，未死以前皆生也，皆降命受性之日也。初生而受性之量，日生而受性之真。为胎元之说者，其人如陶器乎！"[③] 有生之时都是"降命受性之日"，这个说法虽然还是说人性来自天命，但已注意到人性的发展变化，人不是像陶器那样一次定型，所以人对天命的接受是一个不间断的过程，这更切合人生实际，但仍在"天命之谓性"的话语模式中阐释人性源始。

历代儒者对"天命之谓性"的命题尽管从天命以什么方式授予人、性与命的关系等问题有所阐发，但对于人性来源于天命则是未加置疑的。对这个问题的重新思考我们还应讨论天赋人性的具体内涵。这最具权威的应该是孟子的说法，孟子对人性的描述有四个方面的基本内容："仁义礼

① 张载：《语录中》，《张载集》，中华书局1978年版，第324页。
② 《二程遗书·卷六》，《二程集》，中华书局1981年版，第91页。
③ 王夫之：《思问录·内篇》，《思问录；俟解；黄书；噩梦》，中华书局2009年版，第16页。

智，非由外铄我也，我固有之也。"（《孟子·告子上》，其中"铄"解为授，意为不是由外人给予我的）"君子所性，仁义礼智根于心。"（《孟子·尽心上》）将人性的基本内涵界定为"仁义礼智"，这也是历代儒者的共识。

认为人性源自天命，人性之本是"仁义礼智"，这是儒家关于人性、天命的基本看法。这样的看法，从现代学理看来，并不完全合理。但我们应注意的是，对人性的思考，更重要的并不是将人性只作为学术研究的认识对象看待，而是要作为人的安身立命之本。如果人性如此，我则必须循此本性而行，走出我的人生之道，"率性之谓道"。所以，尽管我们可以指出古人对人性之源始的阐释有诸多缺失之处，但更重要的是要理解古人为何要如此确认人性基本内涵以及由此对现实人生的影响。所以，对儒家传统性论，做出如下重新解读。

首先，古人对人性的阐释，实际上是对人性发展可能性的选择，为强调这种选择的权威性、可靠性、合理性、合法性而将之阐释为"天命"。现代思想界，大都不承认人的天性来自"天命"。从文化诗学的角度看，我们现在更愿意认为人的本性是在人类历史中历史地形成的。人在自己的历史中历史地形成人性，一个维度是各种现实存在塑造了人性；另一个重要的维度就是人对自己本性的选择、认可、巩固、发展，以致成为自然而然的所谓人的"天性"。因此，儒家原典中对人性的论述，可以看成是中国传统思想对人性的原初性选择。孟子主张性善，荀子认为性恶，还有的人认为性不善不恶。各种说法都认为自己所体验到的人性是天生自然的人性，争论了几千年仍没有结论。这个现象足以说明，人的本性并非天生，如果人性是天生的、不变的，各种关于人性的看法最终会趋于一致。实际上，没有来自天命的人性，不是天命如此，而是我们愿意如此、应该如此。

如果我们仍处于古人的话语模式中，我们或许会承认人性天赋，但经过现代思想的洗礼，我们更倾向于认为人的所有特征、"本性"实际上是在社会实践中建构而成的，这是现代人关于人性的话语模式。我们无法设想古人的人性是来自天命，而现代人的人性才是在社会实践中形成的。如果现代人关于人性的把握比古人更合理的话，那么应该认为古人的人性，也是在社会实践中形成的，于是我们可以从这个角度重新解读古人——儒家的孟子、《中庸》——关于人性的立论，如果人性是在社会实践中形成、建构的，那么儒学的创始人为什么要这样说。一种可能是受制于当时的话语模式，真以为"天命之谓性"，未能意识到这样说实际上是对人性应当如何的一种选择；另一种可能是，他们意识到人性的现实根源，但为了树立这种选择的权威性、可靠性，而有意说成是"天命之谓性"，那这便是教化的高明策略了。我倾向于后一种可能，孟子不会比现代人笨，他也能看到人性在现实社会中的建构过程。不管怎么说，儒学的"人性善"的思想，在后世得到流传、强化，说明得到大众的认可，也就实际地塑造了儒家文化影响下的中国人，久而久之，"仁义礼智"就成了人的"本性"了。如果可以这样说的话，那我们现在的问题是，先贤们为什么做这样的选择？这种选择有什么意义？这个选择塑造了什么样的人？当然，塑造中国人的不只是儒家一种学说，还有其他的各种思想，但儒学的这一学说，影响最大、意义深远，在现代文化的建构中最值得现代人认真思考其中的重要意义。

其次，在"天命之谓性"的基础上将人性界定为"仁义礼智"，这实际上是将"仁义礼智"作为人性建构的具体范型，说是人性之本，但也更是人性的完成。这包含了人的自我塑造的价值取向与现实原则。

在古人看来，既然人性来自天命，人照着做就是了，但如果在现代视野来看，人所确认的"本性"内容，原以为天经地义的人性，确实是人自己的选择的结果，那么，人既可能选择善也可能选择恶作为人的本性。如果认为人性本恶，所以需要对人进行教化，这样的人性选择归根结底还是善。但如果，认为人性本恶，真实的人的生存就应该顺从恶的本性、顺其自然，这才是真正选择了恶，这才是真正的恶，因为如此的话，人性就是让人能自由地作恶。儒学的"性"论，认为人的本性是"仁义礼智"，实际上是在最为原初处选择了善作为人之本性。因此，说人性善并不是说人性天生是善的，而是说我们的人性应该是善的。

所以，人性善的说法，实际上是从人之应然的角度做出的阐释。当人遵从人自己选择的人性，人才走在自己的正道上。这才是孔子所说的"人能弘道，非道弘人"。儒家所说的"道"，就是人生的正道，只有人走在路上，才有人之道，所以"人能弘道"；没有人也就无所谓道，所以"非道弘人"。如果将"道"理解为与人对立的绝对真理、最高真理、客观规律之类，"人能弘道，非道弘人"则无解，而将道理解为人应行之正道，孔子的这个说法就显得意味深长了。

二　儒家性论与自我意识

《中庸》讲"天命之谓性，率性之谓道，修道之谓教"，要率性、修道需要一个基点、起点，在现代理论视野中这个起点就是"自我"，首先要有对"自我"的确认，先要知道我是我，才可能展开率性、修道的"诚之"过程，完成人之为人的历程。在中国传统思想中，对自我的确定似乎不被重视，更多的是强调天人合一，"天地万物，本吾一体"（朱熹《中庸章句》第一章）。或许，在中国传统思想中，"自我"的存在是不容置疑的，本来就已经确立的，所以这个问题被忽略过去了。

但是，不管是否被忽略，对自我的确定要在自我感知中才知道我就是我。对自我的感知，其具体过程就是对自我的本性的体验、确定。

如何确定自我？"我思故我在"这是一种"去思的自我"。其实还有更为根本的"去爱的自我"。① 或许"此在"也是对自我的一种把握。但这些都是西方思想对自我的把握，试图找出一个最为根本、源初的基点作为对自我的界定。值得注意的是黄作介绍的马礼荣的自我概念，认为"爱洛斯者"——经由爱洛斯还原而实现的"去爱的自我"，人之自爱是最为根本的，比"思"更为根本，所以在确立自我时，去爱的自我比去思的自我处于更根本的位置上。古人也许早就意识到这一点，所以，孔门对仁的阐释是："仁者，爱人。"这里强调的是无条件的"爱人"，因为从接续的阐释看，仁是人性因素之首，人性来自天命，所以"仁者，爱人"应该是理所当然的，其不容置疑的可靠性来自天命。基督教传统中提倡像耶稣一样的"彼此相爱"，也是以神的权威强调爱人不可讲条件的主动性。由此，确切地、主动地、不讲条件地行仁道，由此最终是不讲自我而真正地确立自我，因为人只能在他处得到自我的确认。

对"自我"的确认，不可能在一个自我封闭的状态中完成，现代人常说的"我就是我"并未能够真正地确认自我。自我，不可能是一个孤

① 参见黄作《一种新的自我理论？——试论马礼荣的"爱洛斯者"概念》，《世界哲学》2013 年第 4 期，第 34 ~ 43 页。

立的实体。人要在与他人的关系中才可能真正确认自我，获得自我的确定性。"每一种自给自足的确定性其实是不足的，它不但不能'确信自身'，而且，'一点也不能使我安心，反而在徒然的化身面前使我恐慌'。""只有从别处出发我才能确信自我。"①"仁义礼智"看似没有界定自我，然而同样都是确切地从自我出发的行为，主动、自由地去爱别人（仁），诚信待人（义），尊重其他人（礼），正确认识世间万物（智），说的都是如何对待他者，这样的展开模式正是"只有从别处出发我才能确信自我"的描述。于是，在"率性"的过程中，不动声色地确立了"自我"。因此，在传统儒学中没有，也似乎不必单独提出如何确立"自我"的问题。

　　自我只能从他得到确认，因此，我们可以这样说儒学似乎不讲个体性，不讲自我，其实是以更高明的方式确立自我。儒家"性"论，从他处入手，论人之为人，不讲自我，倒是使自我得到确认。因为，将人性之本确定为"仁义礼智"，当率性而行时，这是确切的我的行为、我的意识、我的情感，我能确切地主动践行这些人性的内涵，从而在别人处得到我的人性体现，在他处确立了一个"仁义礼智"的自我，这是从向善的取向确立自我，从而才能够真正地确立自我。如果处处强调自我，以自我为中心，坚持只有别人对我好我才对人好，那别人是否爱我、信我总是无法得到最终的确认，所以，"我"总处于不安的自我怀疑之中，人由此而总是处于孤独之中，这就反倒丧失了自我。

　　从自我确认的角度看，"仁义礼智"指向的是他者，在与他者的关系中确立自我，而且随着这种人性的展开、履行，确立的是一个向善的自我。"仁义礼智"的全面展开，由此确立的自我不仅仅是"我思故我在"的思辨的自我，也不仅仅是遵从各种规范的自我，而是"仁义礼智"全面实现的自我。人对自我的确认，不能只是理智上的确认，"我思故我在"，而且应是从情感、礼义等全方位地展开，这样确立的自我才是一个健全的、真正的自我。

　　将人性的基本内涵界定为"仁义礼智"，这只是人性的基本框架，对于每一个人而言，总还须有具体的"仁义礼智"的表现，在具体的为人

---

① 黄作：《一种新的自我理论？——试论马礼荣的"爱洛斯者"概念》，《世界哲学》2013年第4期，第34~43页。

处世中成就自我，走出自我的人之道，这就是"率性之谓道"的个别化的过程。《二程遗书·卷六》："读《论语》《孟子》而不知道，所谓'虽多亦奚以为'。"① 如果不从人之为人、人生当行之路（道）的角度解读《论语》《孟子》，只是将这些学说作为"学术研究"的对象，即使成为"国学大师"，那与人生也没多大关系。但儒学不是这样的学问，儒学的可贵之处正在于它是关于人生的学问，是人自我塑造的学问，是当代文化建构的可贵的理论资源。

儒学性论对现代人指点的正是率性而行的正道，人性应为"仁义礼智"，在这种人性的具体化过程中成就自我、真正地确立自我。

三　性善论与现代文化建构

文化建构归根结底是对人的塑造。确立自我，是自我塑造的起点，自我塑造是文化建构的焦点。《中庸》虽然认为"天命之谓性"，但也别有深意地接着说："率性之谓道，修道之谓教。""喜怒哀乐之未发，谓之中；发而皆中节，谓之和；中也者，天下之大本也；和也者，天下之达道也。"（《中庸·第一章》）这个说法，已承认了天命的本性是一种潜在的本质，由此在现实生活中的呈现既可能符合天命也可能违背天命，所以必须强调"率性"才是正道，这就允诺了现实中的人的自我塑造的可能性与必要性。如何展开人的自我塑造，重要的就是对人性内涵的确认，也就是对人性构成的可能性的选择。所以，儒家虽说"天命之谓性"，但也承认了对现实中的人进行塑造的必要性，从我们现在看来，这个"性"是一种文化选择，所以"率性之谓道"实际上就是以"仁义礼智"（选定的人性）对人的塑造。儒家选择了"仁义礼智"作为人性的基本内涵，也就是以善作为人性建构、人性塑造的基本尺度。

如果人性善是一种文化选择，那如何阐释这种选择的必然性、必要性，让人自然而然地接受并发展人性之善则是儒家的重要问题。对这个问题的解决儒家选择了依靠人本身的自觉与努力的论证方法。在《论语》中，以孝悌之情启发人们对"仁"的体验，以此启发人们对本性的领悟。另一个经典论证是大家比较熟悉的孟子关于恻隐之心人皆有之的论述。但

① 《二程遗书·卷六》《二程集》，中华书局 1981 年版，第 89 页。

王夫之的阐释更为深刻，更合理："'学而时习之，不亦说乎！有朋自远方来，不亦乐乎！人不知而不愠，不亦君子乎！'人性之善征矣。故以言征性善者，必及乎此而后得之。诚及乎此，则若火之始然，泉之始达，道义之门启而常存。若乍见孺子入井而怵惕恻隐，乃梏亡之余仅见于情耳，其存不常，其门不启，或用不逮乎体，或体随用而流，乃孟子之权辞，非所以征性善也。"①"学而"这几句以反问句式表达这种情感的必然性。必有此情，正是人性善的表现。当然，反驳者也可以举出反例。但这就证明了我们的论点，人性善实际上是论述者的文化选择。

　　但是，儒家对人性善的选择也有其先天的不足之处。其一，"天命之谓性"，只是在起源的环节上阐释了人性善的必然性，随后是否"率性"全在人的自觉与否，缺乏一个外在于人的强制性的精神力量实施对人的制导。所以，在现实生活中，不依仁义礼智进行自我塑造、不行正道的人缺乏外在的精神震慑力量。其二，虽然儒学经典中曾阐释在现实中圣人不存在、中庸不可能，但在儒学的理路中缺乏对以圣人自居、以中庸自得的否定机制。圣人还是人，中庸之道也可以做庸俗化的解释，所以，历代有无数厚颜者僭居圣人之位、中庸之道。其三，中国文化以天地人三才作为世界的构成，期许圣人能与天地参、赞育万物，突出了人的地位。因此，对人性善的引导、建构，重在人的自我修为。这一方面可能激发人的主体自由意识；另一方面也为回避善举打开了方便之门，为伪善者留下可乘之机。在现实社会中，皇帝作为"天子"往往以圣人自居，实际上是将一个独裁者奉为"圣人"，将他神化，以其意志训导百姓，以此建构一个"和谐"的社会，但也可能将社会引向灾难。

　　在当代文化建构中儒家重在每个人的自我塑造的人性论更具启发意义。但儒学性论在现实中的实行有以上所述三弊，直接导致的是现实中的人缺乏坚定的信仰、信念，如鲁迅所批判的那样"毫无特操，是什么也不信从的"②。但是，在现代社会人们已无法重构某种人间的绝对威权，或西方中世纪那种绝对权威的神权以制导人们的精神了。我们不能重新引入一个人间的"圣人"或实体化的神，我们应该解决的问题是如何仅仅

---

① 王夫之：《思问录》，《思问录·俟解·黄书·噩梦》，中华书局2009年版，第3页。

② 鲁迅：《马上支日记》，《鲁迅全集》第3卷，人民文学出版社1981年版，第328页。

依靠人自身有效地保证现代人坚持人性善的选择，并在现实生活中必须在人间寻求更具说服力的阐释来说明人性善的选择的必然性与必要性，探寻更有效的途径以向善的取向进行人的自我塑造。

在人的自我塑造的实践中，在现代社会中取代神的权威的是法。但法治也不是万能的，人生尚有许多法治未及的领域，这些领域是其他各种文化活动的空间。在祛神的时代，人必须更加坚强，必须承受人性建构的责任，忍受各种非理性的折磨，或许，能给我们些许安慰的还是文学？

由此，我们重新关注文学话语的功用。中国文学的传统，表明文学与人的情感、人的生存总是相融相成的。当"文化"这个词已具有数百种定义、被讲得天花乱坠、让人无所适从时，从文学的视角看文化，文化却能显出单纯、返璞归真的一面：文化就是对人的塑造。人创造各种文化成果，人也在不断地文化自己（塑造自己）。

文学的功用是多方面的，可以具有宣传、表现、再现、象征、交流、纪实等功用，但从文化诗学的角度看，文学最为基本的功用是与现实人生的相互建构。文学文本不能只作为超功利的审美对象，文学文本与人生的关系，不只是审美鉴赏的关系，而是一个相互建构的关系，是人创造文化与人的自我文化的表现。"兴于诗，立于礼，成于乐"，孔子的这个教育大纲，表明文学在人的塑造过程中起着最为根本、最为基础的作用。对愿意自我塑造的人而言，文学有实际的用处，不必故弄玄虚地说文学之用是无用之大用，其实文学对人而言，对人的性格、情感、心理实际地、直接地起着重要的建构作用。

与人类其他的文化建构相比，文学对人的塑造以诗意导向为特征。人类的文化自己有各种各样的价值取向，各种价值取向都有它们自身的善意所在，但各种政治、经济、宗教、科学等的价值取向总难免有所偏向，人类需要有一种超越性的美好向往取向，这种超越各种偏向的美好向往，可名为诗意。诗意最直接也是最为普及的表达方式是向善的文学。

儒学性论，实际上选择了向善作为人性建构的基本价值取向，这是诗意向往的核心内涵，因为超越各种意识形态偏见的向善正是诗意向往的特征。"兴于诗，立于礼，成于乐"，文学在塑造、建构人的文化时处于基础的环节，这是中国文化深厚的传统，我们应从这个角度重新认识文学与现实人生的相互建构作用。当代文学的发展千变万化，极为复杂，本人不可能全面论述，所以限于本书篇幅和个人能力，以下主要论述散文话语与理想文化人格的相互建构。

第三节　散文话语与理想文化人格的相互建构

在当代或将来，文学是否走向消亡？与此相关的是文学的功能、文学以什么方式影响社会人生、文学本身存在的必要性及可能性、文学学科存在的合理性等问题。

为文学辩护的观点认为文学可以使人成为更优秀的人，文学有助于人的成长、社会的和谐。如果文学走向消亡，那我们面临的问题是，要么找到某种新的艺术形式取代文学在人的生存中的作用，要么重新思考、认识文学存在的方式及其功能。

文学文本与人生有着广泛的联系，被阐释为反映、再现、表现、象征等等关系，但这些阐释并未穷尽文学文本与人生的复杂关系。在文化诗学的视野里，突出了文学文本与现实人生相互建构的关系。对此，当代西方文学理论，特别是新历史主义的文化诗学已有较多论述，但它们主要从小说、剧本、诗歌立论。如果从中国的文学传统和实践出发，可以看到对人生影响更为广泛、直接的是散文。

一　散文话语与理想文化人格互构的基本原理

散文与话语合称，意在说明本文讨论的对象是尽可能广义的散文文本，而不仅限于"艺术散文"或狭义散文。在散文之后加话语，意在说明散文是一种话语实践，指出话语对人的存在具有建构作用。在话语之前加上散文，意在强调文字化话语在人格建构中的重要性。

人是一种不断筹划未来的存在者，总以某种应然的理想规约自己的现实。各种意识形态及各种制度、法律、习惯、礼仪从思想和行为各方面规约人的生存，各种"文化因素"在生存着的人身上全方位地训导他成为一个"合格"的人，成为符合某种意识形态规范的人。各种意识形态对人的制约都以话语作为重要环节，生存着的个体也在话语中筹划、建构自己的未来。正是在这个意义上，话语对人的生存具有建构作用。人的生存既不断地以其接受的话语建构自己的生存方式，同时也借话语提出自己的建构主张，因此话语与生存的相互建构得以成立，这就是文学文本与现实人生相互建构的基本依据。

人们常说，文学是人学，其实各种人文学科在某种程度上可以说都是人学，只是个别的人文学科是从某一方面阐释人的行为、精神、心灵，将人作为单方面的存在物进行研究并阐释人生的意义。同时各种意识形态话语，往往要求人成为某种身份，扮演某种角色，成为合格的父亲、母亲、儿子、女儿、工人、学生、售货员、官员、消费者、生产者等等，如果固执一端互不相容，将某种身份强调到极端则可能造成精神的分裂、主体的解构。所幸人们并不极端固执，各种身份也有兼容的可能性。人是生存着的存在者，人生意义的各种阐释、不同身份的扮演在人的实际生存中得到统一。至今为止，在各种话语中，力求将各种阐释融为一体，从而全面、整体地参与人的生存建构的就是文学的话语实践。文学话语不是从某个单一的方面或角度阐释人，它既然是全面参与人的生存建构，因而也就呈现为人的存在的敞开，从而人的生存也建构着文学文本。意识到文学与人生的相互建构，这为文学研究的多学科融合提供了可能性，也正是这种可能性导致了对文学的文化研究的兴起。

对文学与人生的相互建构的研究，是文化诗学研究的主要内容。它一方面拓展了文学与人的关系，从更广泛的角度考察文学；另一方面，也从更具体的角度思考文学与人的关系。当文化与文学纠缠在一起时，文学就与人的教化联系在一起了。文化，其广义、源始的含义是对人的教化（身份与人格的建构），在这个意义上可以将"文化"作为动词来理解。从文化的角度研究文学，一个必然的课题就是研究文学在人的"文化"过程中能起什么作用，其中文化诗学重视的是文学与人格的相互建构作用，而不仅仅是各种话语对人的身份的建构。

生存着的人，能将各种话语统一起来也就意味着可能导致分裂。文化研究中的身份研究表明各种文化力量对人的身份的建构往往是片面的，往往是单方面地建构某种"身份"，这可能导致人的片面发展。因此，如果各种身份扮演各行其是而缺乏一个能将各种身份和谐统一的机制，人将陷于分裂。当然，正常的人似乎不会陷于分裂，不得不扮演各种身份、角色的个体可以保持一个统一的人格。人格，是人作为个体所形成的相对稳定的思想行为的特质和特征，这些动态的、有组织的特征影响着个体在不同情境中的认知、动机和行为。如果说，政治、经济、道德、职业等话语建构的身份是突出某一方面特征的，那文学话语建构的是整体的人格，并由此而体现出人的主体性。因此，人的生存需要文学，文学对人的生存的建构并非具体行为的规范，而是从整体上对人格的建构，而且是从人的生存的可能性出发建构人的理想文化人格。

文学的写作，是人们依据已有的人生信念描述（构建）自己的历史，同时探索生存的可能性。散文，人们视之为真实人生的写照。写散文的人，在其写作过程中不断地设计自己的人生，而自己的人生也成为散文写作的依据和内容，这是最为直接的散文文本与现实人格的相互建构。"作品的隐含作者""文如其人"（或"文不如其人"）等等说法，默认了存在着"散文中的人"。"散文中的人"，不是散文描写的人，也不是真实的作者的在场，而是散文中呈现出来的作者的理想文化人格①。这样的一个理想文化人格是作者追求的人的生存的可能性，即我应该是一个什么样的人，人应该成为什么样的人。写散文、读散文的人，不断地设计他的理想文化人格，在实际生活中也不断地参照其理想文化人格修正、引导自己的人生。在这个意义上我们可以讨论散文文本与人格的相互建构。

人格与身份有联系更有区别，人格具有一定程度上的独立性、自主性，身份更倾向于个体对外在权威的顺从。承认人格的相对独立性，人才可能具有主体性。过分强调由外在因素决定的"身份"，人也就失去了主体性。尽管在后现代主义的视野中，人已失去了主体性，现代人已被分割成各种身份的碎片，但实际生存着的人，总还是力求拥有自己的独立人格。中国文学，在经历了"文革"之后曾高扬过主体性的旗帜，正体现了人的诗意追求，体现了人对独立人格的向往。在人的实际生存中，身份与人格应该是相辅相成的。人在被建构为各种身份的境遇中生存着，但也在追求着人格的独立。诗意地生存着的人，总是自觉或不自觉地以某种未来的生存状态引导自己，这种人们认可、向往的体现未来生存状态的人格理想就是个体化的理想文化人格。

---

① 参见沈金耀《散文范式论》，海峡文艺出版社 2009 年版。

二　散文话语与理想文化人格互构的基本特点

人的生存，以对现实人生的阐释作为前提，各种意识形态话语几乎无所不至地影响着人对现实人生的解释。各种话语，一方面建构着每一个体的身份；另一方面也建构着个体的独立人格。

在各种话语中，散文话语是最具感染力的话语，特别是一些经典散文文本，往往以其审美特性及权威地位，在不知不觉中范导人的行为，让人在美感中接受散文话语阐释的基本价值观念。在讨论文学与现实人生的相互建构时，西方学者更多看重的是以小说、诗歌为主体的文学作品对人的建构作用，同时着重关注的是"身份"的塑造。如卡勒认为："文学作品为身份的塑造提供了各种隐含的模式。""文学不仅使身份成为一个主题，它还在建构读者的身份中起了很大的作用。"① 在卡勒的论述中，似乎将身份与人的个性和主体性混为一谈，这也许与他的后现代主义立场有关。而就中国的文学实践看，在中国，散文话语对人的独立人格的建构具有更直接、更广泛的作用。这与中国传统散文观有关系。

中国散文话语对人格建构具有重大影响，首先应归因于国人对文章的敬重态度。由于"道因圣以垂文，圣因文以明道"②，文章可以"究天人之际，通古今之变"③，于是有理由认为文章是"经国之大业，不朽之盛事"④。而"文以载道"的观念，则使公认的散文经典作品占有真理性、拥有权威性。这些观念隐含着遵从散文话语的教诲就是对天道的服从这样的信念，使得散文话语在中国历史上起着强有力的规约作用。古代中国的统治者以经典散文作为成人、儿童的教材，系统地向百姓灌输"天经地义"的圣人之说，并由此产生有利于维护社会秩序的日常话语。而民众也由于对"文章"的敬畏，以为接受经典散文话语的规训就是等于接受

---

① ［美］乔纳森·卡勒：《文学理论入门》，李平译，译林出版社 2008 年版，第 115、118 页。

② 刘勰：《文心雕龙·原道》，见周振甫注《文心雕龙注释》，人民文学出版社 1981 年版，第 2 页。

③ 司马迁：《报任安书》，见（清）姚鼐《古文辞类纂》，上海古籍出版社 1998 年版，第 346 页。

④ 曹丕：《典论·论文》，见郭绍虞主编《中国历代文论选》第一册，上海古籍出版社 1979 年版，第 159 页。

圣人的思想，因而自觉服从散文话语的教诲，由此养成文化人格。如中国传统文化中关于"孝道"的散文话语就形成了完整的系统，有孔子说的"孝弟也者，其为仁之本"（《论语·学而》）强调孝为立身之本，有张载的《西铭》从天地人一体的原则出发论证人之行"孝"的天经地义，与之相关的还有《史记》《礼记》等描述舜、申生等人坚守孝道的经典散文文本，还有《二十四孝图》《三字经》《弟子规》等讲述孝子故事及训诫的通俗读物，这些散文文本系统建构关于"孝"的话语，以此范导现实人生，它们与现实人生形成相互建构的关系。孝道话语从恪守孝道的道理、行为模式各方面阐释了遵守孝道的合理性、绝对性，其中，之所以强调遵守孝道的绝对性，看起来好像是服从不容置疑的天理，其实从现实的角度看正是统治者"以孝治天下"的需要，要求从"孝道"引申出对父权乃至皇权的绝对服从。在散文话语与民族理想文化人格相互建构的意义上讲，文章真的具有"经国之大业"的性质。

在现代中国，文学的主要体裁是小说、诗歌、戏剧、散文。人类童年时期曾天真地将神话、传说作为建构身份、人格的模式。但是在现代社会，人们不仅将神话而且已将小说视为虚构的故事，将诗歌视为大胆的想象，一般情况下不会要求人们直接模仿小说、诗歌的人物行为和情感。但散文则不同，在一般的文学观念中，散文被认为是真实的叙述，散文中所写的人是真实的人，所叙的事是真实的事，是可以或应该模仿的人生。现实生活中大量产生这一类散文话语。向先进人物学习，绝大多数的人实际上是向散文话语叙述的先进人物学习，学习的是这些散文话语倡导的人格范式。这类文本是根据人物事迹建构的，这些文本又借助制度力量规范现实人生，因此，在当代学习模范人物的运动中，散文话语与现实人生的相互建构表现得相当充分。与政权相结合的意识形态对人的规约是具有强制性的，即使是民主、平等的现代社会，其温和的话语之中也隐含着强制性。将散文的文学特点或审美特征阐释为"真实"，其中隐含真理性的意蕴，其对人的规范被认为体现着必然性、规律性，从而也就隐含着强制性的要求。

在强制性之外，散文话语对人的建构往往以审美特性作为伪装。在一般的文学论著中，总是将散文阐释为一种自由的文体，将散文的自由特性理解为散文的审美特征，这样的审美特征总让人错以为散文话语就是自己内心真正的愿望，放心地将散文话语的强制性要求理解为自然而然的真理性的要求，从而在内心深处自觉服从。正是散文话语的审美特征，导致散文话语与现实人生的相互建构成为一种从情感乃至下意识的层面控制、规训人的权力运作。当代文化研究中往往对这种运作采取贬低的态度，更多地揭露各种意识形态对人的规训，对人的主体性的消解。确实，有的散文话语具有明显的意识形态特征，这类散文被认为是说教的文章，被排除于"审美文学"之外，然而，这类散文话语往往借助某些政治、文化力量而"教化"（建构）现实人生，它们对人的社会身份具有强劲的建构作用。然而，历代流传的经典散文，被认为真正的艺术、文学、审美的散文文本，往往是超越某种狭隘的意识形态的，它们对人的影响是深层的，特别是在人格建构方面的影响。或者说，当人们感受到那些散文作品有助于独立人格的建构时，将它们视为真正的文学、真正的散文、美文。

这些"真正的散文"往往呈现出人们的理想文化人格。因为，即使是写实的散文也不可能是完全真实的叙述，文本中的叙述与真实的事件、人物总是有区别的。对此，我们对各种散文经典可以做善意的解读，将经典散文文本视为一种理想化的叙述，从生存的角度认为应该如此的人生，表现的是一种人们应该追求的理想文化人格，而不是将文本的描述与现实真实的差别解读为虚假、阴谋、权术。表现什么样的理想文化人格，实际上是体现当代人的理想文化人格向往，它显示的是当代人的文化追求、民族文化发展的价值取向。在强权政治体制下，某种理想文化人格是钦定的，是自上而下、恃强凌弱地建构起来的；而在现代民主社会中，一个民族、一个时代、每一个体的理想文化人格是在各种文化力量的协商之中产生的。而散文话语正是这种交流、协商的广阔空间。散文话语是文学中最为便捷、最为平民化的表达方式。在散文话语的交流空间中，人们不仅发出自己的声音，而且往往会确立一些散文文本作为经典文本，认同其中显示的理想文化人格，并以之作为建构普遍认同的理想文化人格的基础。

散文经典的产生、确立与作者的生存状态及其人格魅力有关，或者可以说是作者的人生与散文文本相互建构而成的。因此，确立散文经典时往往伴随着对作者人格的理想化叙述，在这样的相互叙述中实现理想文化人格与散文经典的相互建构。孔子与《论语》、孟子与《孟子》、庄子与《庄子》等，陶渊明、韩愈、苏轼、欧阳修、范仲淹等与他们的散文，这些人的生存过程与其文章相互建构，也正因此他们流传下来的散文具有强烈的感染力。人们阅读这些散文文本时，并非只是将它们作为超功利的审美鉴赏的文本，更多是为其中所表现的理想文化人格所感动。散文经典，化入源远流长的民族散文话语，甚至凝聚为格言在日常生活中流传。这些格言在流传中被创造性地解读而产生丰富的意义，成为人们的行为的某种依据。如"学而时习之，不亦说乎""鞠躬尽瘁，死而后已""先天下之忧而忧，后天下之乐而乐"等，已成为日常流行的格言，众多的格言成为人们日常话语的语料库和阐释依据。同时，在经典散文中所体现的典范人格，后人在散文中做理想化阐释的"孔子""庄子""孟子""陶渊明"等人物，成为理想文化人格的典范，成为后世人们模仿的人格范式。在当代生活中，人们也依据某些人物行为建构典范性的散文话语，在这些散文话语中阐释理想文化人格，如当代散文《谁是最可爱的人》中的志愿军战士、《雷锋故事》中的雷锋等英雄模范人物。

三　文学消亡时代的散文话语

在这个时代，宣布文学死亡的声音此起彼伏，任何思考文学的人都回避不了文学是否消亡这个问题。文学的现代含义是语言的艺术，文学的源始含义是一切话语的文献。文学话语，覆盖几乎所有的话语领域。文学话语，它涉及人的生存的各个方面、各个层次，由此而成为包容万物的话语，而非某种单一领域的话语。

文学作品曾是人们最主要的阅读对象，但在图像化时代，人们越来越多地以图像媒介进行娱乐、消遣、劝喻、认知、宣传等活动，文学活动被边缘化了，于是有了文学消亡之说，其实文学是退居后台了。取代娱乐性阅读的是电影、电视剧，但流行的电视剧还得以文学叙述作为脚本，收视率位居前列的电视剧往往是由小说改编的。从这个角度看，文学的存在方式发生了重大变化，但文学并未消亡。同时，各种展览、演出、广告也不能离开"文案"，文学以灵活的方式成为这些活动的脚本。语言艺术具有观念性特征，人的各种活动总先有表象，然后才有附诸实际的活动，观念性的表象永远在行为之前，文学似乎脚本化了。

我们曾赞叹大师们以文字描述景物、音乐、肖像、情感的高超能力，但文学绘声绘色的功能在这个时代不得不让位于图像媒介。然而，各种图像，仍须得到解读。于是我们也可以看到，对各种图像媒介的解读仍离不开观念性的文学话语。当人们谋求对各种人生场景、行为、画面进行最有说服力的解读时，文学复活了。或许，我们由此可以意识到文学最本质的特征并不是它的形象性，而是它的观念性的、富有感染力的话语表达？或许，散文的场景描写，真正使我们感动的是隐含于描写之中的对场景的解读。当文学作为图像、场景、行为的解读话语时，文学的主要形式就不是小说——这个曾在文学领域占据主要地盘的形式——而是散文话语了。散文话语以前所未有的普及范围渗入我们的现实生活，文学的主要形式似乎回归散文话语实践，可以说，文学并非走向消亡而是文学的主要活动方式改变了。

　　作为鉴赏对象的文学不再独占鳌头，但作为人生一部分的文学却更显出重要性。如鲁迅的生命化入了杂文写作，在他的杂文写作中充分体现他的理想文化人格，也正是写那样的杂文使他成为那样的鲁迅。许多小说家、诗人，晚年更多的是写散文，在散文中凝聚着他们的日渐成熟的人格力量。如巴金、孙犁等作家的散文为民族理想文化人格的建构提供了新的内涵，具有重要的建设性意义。又如史铁生，在他身上散文话语与理想文化人格的相互建构演绎得极为感人，他的人生写入散文，他的散文写作也是他的人生，散文话语与人生相互建构。在《病隙碎笔》中，史铁生深入思考语言、政治、文化对"残疾"身份的建构，思考超越这种身份建构的可能性，揭示现代人的普遍性的"残疾"及自救的可能性，在对被建构的身份的超越中显示了他的理想文化人格，由此建构自己独特的现实人格。

　　是否、能否、愿否保持一个独立的人格，对现代人而言已是一个重要的问题。在后现代文论的视野里，人的主体性不是人的一种独立的存在而是语言、政治、文化的建构，这样的看法深刻揭示了现代社会各种霸权话语对人的割裂。各种文化力量将人塑形为各种身份，一个人必须扮演各种相互矛盾的身份，如生产者与消费者、控制者与被控制者、教育者与受教育者等等；被限定为某种身份并被赋予某种"本性"，如男人、女人、东方人、西方人、白人、黑人、健全人、残疾人等等。在这样的身份塑形、分割中，要保持一个独立的人格似乎已不可能，因此，可以说大写的人死了。但现实生活中的每一个人不管他/她必须扮演的身份如何相互矛盾、丰富多样，仍是一个独立的具体存在者，各种身份总得在一个身体（尽管这个身体也是被建构的）融为一体，各种身份在一个身体上的组合总会形成某种特征。因此，大写的人，还是不断地复活，努力建构一个独立的人格。

只要人还生存着，每个人总是呈现为一个独一的存在者，即使界限有点模糊，但还是一个整体，这个整体的特征表现为人格。人格是超越各种身份的生存着的人的个体特征。现代的生存，并非主体性已全然丧失，而是人不得不生存在身份与人格的张力之中。如果将人的身份的被建构推到极点，人的主体性、独立性将不复存在。但人能意识到这种被建构，是因为人是能建构的存在者，所以人也总是能建构地生存着。中国古代"内圣外王"的理想人格范式，似乎预先揭示了人的社会存在中身份与人格的矛盾与张力。外王是个体身份的最高成就，内圣是在个体身上各种精神力量和谐统一的人格最高境界。身份是外在的文化因素强加给人的，人格是人自我养成的思想、行为、情感特征。现代人悲观地意识到自己的被建构，但也在顽强地建构自己和谐统一的人格，只是被建构的是身份，能建构的是人格，愿意建构的是理想文化人格。

生存着的人顽强地形成自己的相对独立的人格，而文学话语则是最可借助的话语实践。在文学话语中，小说作为专业化的写作，往往被强势意识形态所收编，成为感化、塑造大众的话语。但散文不同，在一个文化普及的时代，写散文的人越来越普遍，写小说永远是少数人，写散文则可以成为多数的写作。散文既可以是专业写作也可以大量地业余写作。因此散文话语可以被强势意识形态用以塑造大众，但多数人也可以借散文话语发出自己的声音，建构自己的理想文化人格。因此，一个民主的时代，散文话语最有可能成为人们建构主体性、独立人格、理想文化人格的话语形式。同时，网络传播方式也给大众散文的广泛传播并产生影响提供了可能性。在人格建构中散文话语是最直接、最广泛的话语实践。

各种身份的塑形使人陷于分裂，但人又总是顽强地进行自我修复。孔子倡导的中庸之道，老子指引的返璞归真之道，庄子描述的与道共在的真人，马克思阐释的个性全面发展的个人，海德格尔向往的诗意栖居在大地上的人，荣格对现代人灵魂的呼唤……无不在深刻揭示人的现实存在的分裂、异化、矛盾的同时探索人的自我修复之道。即使解构主义，虽宣告了人之死但也预示了主体新生的可能性。

因此，生存着的人，总在形成独立的理想文化人格，个体化的散文话语，则是理想文化人格显现的领地。现代社会普遍存在被建构身份与能建构人格的矛盾，只要人格与身份的张力存在，文学就不会消亡。

人永远在文化之中。

结　语
——文化诗学的文学批评实践

一　文化诗学的文学批评，是基于文化诗学的基本观念的批评实践

当代的文化诗学在关于文学批评的一些基本观念上都有自己的理解和阐释，尽管各家的阐释不尽相同，但我们还须做出自己的理解。

1. 文化，人创造文化成果，人也文化自己（自我塑造）

本书主张文化从根本上说是人的文化，一方面人创造了各种文化成果；另一方面人也不断地进行自我塑造，文化自己。我们在这个角度理解文化并由此思考人类创造的文学及其与人的文化的关系。

2. 人对自己的文化是最为根本的文化创意

人类历史，是文化不断发展的历史。各种文化成果是人类文化创意的对象化，然而最为根本的文化创意应该是人对自身的塑造。现有的人不是天生如此、历来如此的，而是在生存过程中不断自我塑造而成的。对于个体而言，也可以说是在一定的文化境遇中被塑造而成的。总是在创造文化的人们，也在不断地塑造自己和别人、塑造民族的形象。如何塑造人自身，这是最根本的文化创意。

在人的自我塑造中，首先是对人性的选择和建构。有人认为存在着某种先天的人性，但从人类历史来看，现有的人性表现更多的是在人类历史实践中形成的，是人文化自己的结果。因此，先贤对人性的论断，与其说是对先天人性的发现，不如说是对人性发展的选择。一个民族对人性的选择，是最为重要的文化创意。中国儒家的主导思想认为人性善，我们可以认为这是对民族性发展的选择，为人性的建构确定了一个向善的标尺。这是最具深远意义的文化创意，也是最富有诗意的文化创意。尽管在中华民族的历史发展过程中，何者为善的具体内容有所变化，但在人性善这一文化创意的引导下，人类大体上是愿有良知地生存着，最终将不断迈向至善的境界。

人对自我的塑造有各种各样的维度，人们可从政治、经济、宗教、民族的角度对人进行塑造和规范，但人性善作为最根本的文化创意，应是其他文化创意的依据与导向。因此，人类应有一种超越各种文化维度的最为美好的诗意向往，它标志的就是终极意义上的向善的文化创意。

3. 文学文本与现实人生相互建构

人的文化应是富有诗意的文化，所以人的文化离不开文学。文学在人的文化的起始环节发挥作用。人的自我塑造"兴于诗"，文学激发人们的生活热情，启发初始的文化创意。文学在一个起始的环节对人发挥建构作用。

在文化诗学的视野中，文学作为人的活动它与人的社会实践的关系不仅是再现、表现、象征、隐喻的关系，文学一方面参与社会实践、建构人的生存方式；另一方面它的产生也是人类社会各个方面共同运作的结果。所以，文学与社会实践的关系可用相互建构来概括。

文学总是表达着人类最美好的文化创意，以致人们将最美好的文化创意称为诗意。人类的文化创意有各种各样的维度，诗意是最为美好的维度。然而，在文化诗学的视野里，诗意不能等同于诗歌作品表达的意境，而应当看作不断向善的人性建构对现实的超越和引领。但文学文本，特别是人类的经典文学文本，仍是最富有诗意的文本。所以，文学与人类社会的相互建构是在诗意维度上的建构。

当我们意识到文学对人的建构作用时，我们也需更从更为广阔的角度看待文学文本，须将更多的文学文本形式纳入研究的视野。同时也要调整我们的文本观念。文学文本不能仅限于传统的文本形式，文学文本也在不断地衍生中。而且在文学与现实人生的相互建构中不断遴选新的重要的文本形式。

二　采取文化诗学的文本解读策略

文化诗学的文学批评最重要的一环就是对文本的解读。文化诗学倡导者强调文化诗学作为一种批评实践，也标志一种理论自觉，表明它的文学批评不限于某种理论和方法，而是从文化的角度反省各种理论和方法，从而选择或创立合适的理论方法。因此，本书并不是介绍某种方法，而是讨论文本解读的策略。

如果说文学与现实的相互建构是在诗意维度上的建构，这个诗意维度的终极意义是不断向善，那么文化诗学的文本解读的基本原则应有助于人类的不断向善。所以对文本的善意解读应成为文化诗学的文本解读的基本原则。

对文本的善意解读不是一种伦理原则。善意解读首先要求的是对文本的尊重，愿意尽可能无偏见地解读文本。所以，文化诗学的文本解读必然要谨慎地对待各种文本，尊重文本自身的特性，反思传统文本观念的盲区，对我们可能忽视的文本特征予以重新审视、重新关注。

为达到对文本的充分尊重，我们从借鉴中国传统思维方式、尊重文化中的文本自律性、以文字作为解读的基础等方面阐述文本解读的策略。立基于文字细读的文本解读，重返文学的根基，也有助于解读当今的多媒体写作，文学由此展现更多的可能性。

文化诗学的文本解读更看重在充分尊重文本特定建构的前提下解读文本的正面文化价值。人性善是一种文化创意，是一种人性建构的选择，所以，文学文本的解读应有助于人性善的建构。因此，文化诗学的文学批评应有一个根本性的尺度，那就是以诗意向往为尺度进行文学批评。

三　以诗意向往为尺度展开文学批评

文学本质上是对未来生存的可能性的想象，中国儒家为人类选择了"善"作为建构的起点和归宿，这是最伟大的文化创意，文学文本应当有助于这个伟大创意的实现。所以，文化诗学应当坚持以善意解读为基本原则，以诗意向往为尺度展开文学批评。

2015 年 8 月 5 日修改